शारदादेश का साधक

(आचार्य अभिनवगुप्त के जीवन पर आधारित उपन्यास)

शारदादेश का साधक

(आचार्य अभिनवगुप्त के जीवन पर आधारित उपन्यास)

शैलेश कुमार मिश्र

प्रलेक प्रकाशन

प्रलेक प्रकाशन

PRALEK PRAKASHAN

(an Imprint of "PRALEK PUBLISHING HOUSE PVT. LTD.")

मुख्य कार्यालय : 702, जे-50, ग्लोबल सिटी, विरार (वेस्ट), मुम्बई, महाराष्ट्र-401303
दिल्ली एनसीआर कार्यालय : 03/सी, ज्ञान खण्ड-4 इंदिरापुरम गाजियाबाद, उ.प्र.-201014
बनारस कार्यालय : 02, उर्मिल प्रेम सदन, नासिरपुर, वाराणसी, उ.प्र.-221005

E-mail : pralek.prakashan@gmail.com
Website : www.pralekprakashan.com
दूरभाष : +91 7021263557

शारदादेश का साधक
-शैलेश कुमार मिश्र
Shardadesh Ka Sadhak
by Shailesh Kumar Mishra

ISBN : 978-93-5869-01-70

प्रथम पेपरबैक संस्करण : 2025

आवरण एवं पुस्तक सज्जा : प्रलेक स्टूडियो

(प्रलेक प्रकाशन का लोगो मिक्की पटेल की तूलिका से।)

समर्पण

उन आचार्यवृन्द को जिनसे 'अभिनवगुप्त' को जानने समझने का मार्ग मिला और यह कृति आकार ले सकी

स्मृतिशेष आचार्य सत्यनारायण मिश्र
स्मृतिशेष आचार्य देवनारायण मिश्र
स्मृतिशेष प्रो. अयोध्याप्रसाद सिंह
स्मृतिशेष प्रो. नन्हकूराम दूबे
प्रो. उमाशंकर शर्मा 'ऋषि'
प्रो. अशोक प्रियदर्शी
प्रो. जयनारायण पाण्डेय
प्रो. रामाशीष पाण्डेय
प्रो. चन्द्रकान्त शुक्ल
प्रो. रामकुमार पाठक

सुहृद्-मण्डली को जिनकी शुभकामनाएँ इस ग्रंथ के रूप में प्रतिफलित हुई हैं

श्री कमलेश कुमार पाठक
डॉ धनञ्जय वासुदेव द्विवेदी
प्रो. अर्चना कुमारी दुबे

परिजनों को जो इसके लेखन-संघर्ष के अभिन्न अंश हैं

श्री मिथिलेश मिश्र
श्रीमती स्मृति मिश्र
श्री रत्नेश कुमार मिश्र
श्रीमती शैलजा किरण
श्री निलिम्प नन्दन
सुश्री इरा काम्या
सुश्री ईप्सा अदिति
श्री प्रांजल वत्स

॥ॐ॥

वितस्ता की चंचल धारा कल-कल ध्वनि करती तुषार-घाटी के पत्थरों से बतियाती बहती चली जा रही है– सितांशुमौलि के मंदिर की निचली सीढ़ियों को अपनी तरंगों से स्पर्श करती हुई, मंदिर में विराजित भगवान् सितांशुमौलि के पद पखार लेने को उत्कंठ-सी। सफ़ेद, काले, धूसर रंगों के छोटे-बड़े पत्थरों को नहलाती, सर्पीले रास्ते पर लहराते केशपाश वाली अल्हड़ युवती-सी बलखाती वितस्ता को प्रातःकालीन सूर्य की किरणों ने स्वर्णिम आभा से दमकता दुकूल उपहृत किया था। सितांशुमौलि की प्रातःकालीन अर्चना संपन्न कर आचार्य अत्रिगुप्त मंदिर की सीढ़ियों पर वितस्ता की धारा के निकट आ बैठे। भक्तगण जा चुके थे। थोड़ी देर पहले मुरज, घंटे-घड़ियाल और मन्त्रों से गुंजायमान मंदिर के प्रांगण में अब नीरवता व्याप्त थी। वितस्ता की कल-कल साफ़ सुनी जा सकती थी। सीढ़ियों पर बैठे अत्रिगुप्त वितस्ता की निर्मल धारा को एकटक निहार रहे थे। लगभग आधे मील तक दृश्यमान वितस्ता देवदार और चिनार के घने वन-प्रान्तर में विलीन-सी हो गई थी। वितस्ता की स्फटिक-सी स्वच्छता को निहारते अत्रिगुप्त को कन्नौज की गंगा की याद हो आई। उन्होंने मन-ही-मन कहा– 'वितस्ता तो काश्मीर की गंगा है। जैसे गंगा की भगवान् शंकर से निकटता है ठीक वैसी ही निकटता वितस्ता की भी है। भगवान् सितांशुमौलि की धरा पर बहती स्वच्छ निर्मल वितस्ता।' उनकी आँखें नदी की स्वर्णिम धारा की ओर लगी थीं किन्तु उनका चित्त जैसे अतीत की यात्रा में खो गया था। तीस वर्ष पुराना इतिहास स्वयं को पृष्ठ दर पृष्ठ खोल रहा था। उनका मन इतिहास के पन्नों को पढ़ने में तल्लीन था, तभी किसी बालक की कंठध्वनि से उनकी विचार-तंद्रा भंग हुई। सामने नीलाभ खड़ा था- उनका द्वादशवर्षीय पौत्र।

"अरे नील! तुम कब आए? मैंने तुम्हें आते नहीं देखा?"

"तातपाद! आप तो वितस्ता से बातें करने में व्यस्त थे। मैं घर के द्वार पर ही खेल रहा था। आपको एकाकी बैठे देखा तो चला आया। आप रोज इस वितस्ता से क्या बातें करते हैं तात!"

"नील! तुझे वितस्ता अच्छी लगती है?"

"हाँ, बिलकुल।"

"क्यों भला?"

"तातपाद! इसमें क्यों का क्या प्रश्न? मेरा जन्म इसी वितस्ता के तट पर हुआ है न! आप ही ने तो बतलाया था। इसी ने हमारे खेतों में अन्न दिए। इसी ने हमारे प्यासे कंठों की प्यास बुझाई। इसी ने हमें पाला पोसा, तो फिर यह हमें क्यों प्रिय न होगी? वितस्ता हमारी माँ है।"

"बिलकुल ठीक कहा पुत्र!"

"पर आपने बतलाया नहीं पितामह कि आप प्रतिदिन वितस्ता से क्या बातें करते हैं?"

"नील! वितस्ता को निहार-निहार कर मैं अपनी वितस्ता को देख पाता हूँ।"

"क्यों? आपकी वितस्ता कोई और है?"

"हाँ नील! मेरी वितस्ता मेरी गंगा माँ है। मेरा जन्म उसी गंगा के तट पर हुआ था।"

"पर गंगा तो यहाँ नहीं है।" किंचित् प्रश्नवाचक मुद्रा में नीलाभ बोला।

"हाँ, यहाँ नहीं है। कान्यकुब्ज में है। मेरा जन्म कान्यकुब्ज में हुआ था।"

"कान्यकुब्ज! आपका जन्म यहाँ काश्मीर में नहीं हुआ? कान्यकुब्ज में हुआ? यह कौन-सा स्थान है? जहाँ हर्षवर्धन राज्य करते थे वह तो नहीं?"

"हाँ, हाँ वही। यहाँ से सैकड़ों कोस पूरब की ओर है- कान्यकुब्ज। गंगा के किनारे।"

"सैकड़ों कोस दूर? पर उतनी दूर से आप यहाँ क्यों चले आए?"

नीलाभ को खड़े-खड़े प्रश्न करता देख अत्रिगुप्त ने कहा- "आ, यहाँ मेरे निकट आकर बैठ। तुझे पूरी कथा सुनाता हूँ।"

नीलाभ अपने पितामह के पास सीढ़ी पर बैठ गया। अत्रिगुप्त ने कहना शुरू किया -

"आज से लगभग तीस वर्ष पुरानी बात है। मेरी आयु बत्तीस वर्ष की रही होगी। गंगा यमुना के मध्य अंतर्वेदी देश कान्यकुब्ज में महाराज यशोवर्मन का शासन था। ये जो महाराज प्रतिदिन पूजा के लिए मंदिर में आते हैं न...."

नीलाभ बीच में ही बोल पड़ा– "कौन? महाराज ललितादित्य?"

"हाँ, हाँ। इन्होंने दिग्विजय के क्रम में महाराज यशोवर्मन को पराजित कर कान्यकुब्ज पर अधिकार कर लिया था।"

"फिर क्या हुआ पितामह?"

"कान्यकुब्ज की सत्ता महाराज ललितादित्य के अधीन हो गई। महाराज बड़े विद्याव्यसनी हैं। शास्त्रों और शास्त्रज्ञों को बड़े आदरभाव से देखते हैं। कान्यकुब्ज विजय के उपरान्त सम्राट् ललितादित्य ने कान्यकुब्ज पर अधिकार कर लिया था। महाराज यशोवर्मा ने बहुत अधिक प्रतिकार नहीं किया था। नतशिर होकर इनकी अधीनता स्वीकार कर ली थी, परिणामतः यशोवर्मा तब भी कान्यकुब्ज के शासक बने रहे किन्तु ललितादित्य के अधीन। दोनों क्षत्रिय योद्धा तो थे ही साथ ही विद्वत्ता की प्रभा से भी उनका व्यक्तित्व प्रदीप्त था। विद्वानों को अत्यधिक आदर करनेवाले महाराज यशोवर्मा स्वयं कवि थे। उन्होंने स्वयं 'रामाभ्युदय' नामक नाटक की रचना की थी। भवभूति, वाक्पतिराज जैसे यशस्वी कवि उनके राजदरबार की श्रीवृद्धि करते थे।"

"तातपाद! कान्यकुब्ज की भूमि काव्य रचना के लिए ऐसी उर्वर रही है कि वहाँ के राजा भी कवित्व में निपुण हुआ करते थे। यशोवर्मा से पूर्व महाराज हर्षवर्धन भी तो नाटककार थे न? हमारे गुरुजी हमें ऐसा बता रहे थे।"

"तुमने ठीक स्मरण किया नील! हर्ष ने रत्नावली, नागानंद, और प्रियदर्शिका नामक तीन नाटकों की रचना की है।

"महाराज ललितादित्य ने कान्यकुब्जविजय के उपरान्त भी महाराज यशोवर्मा को राज्य वापस दे दिया पितामह?" नीलाभ ने प्रश्न किया।

"महाराज के प्रतिनिधि के तौर पर वे राजा तो कहलाते हैं पर शासन महाराज ललितादित्य के निर्देश के अनुसार ही चलता है। कान्यकुब्ज विजय के बाद उन्होंने राजसभा में सभी शास्त्रज्ञ विद्वानों, कवियों, आचार्यों को आमंत्रित किया। सभा के मध्य में बड़े-से सिंहासन पर विराजमान थे महाराज ललितादित्य। उनके बगल में किंचित् छोटे आसन पर महाराज यशोवर्मा बैठे थे। सिंहासन के कुछ चार सोपान नीचे सामने के आसनों पर अमात्यों के साथ कान्यकुब्ज के मान्य आचार्यगण, कविगण तथा सभी विद्वानों की मण्डली विराजमान थी। महाकवि भवभूति और वाक्पतिराज शोभायमान थे। उनके पीछे दूसरी पंक्ति में मैं भी बैठा था। सम्राट् ललितादित्य ने कहना आरम्भ किया–

"कान्यकुब्ज के विद्वान् शास्त्रज्ञ आचार्यों को ललितादित्य का प्रणाम। विद्वद्-वृन्द! सभासदवृन्द! कान्यकुब्जविजय की मेरी चिरकालीन आकांक्षा पूरी

हुई। मैंने कान्यकुब्ज की भूमि पर विजय पा ली है किन्तु मेरे बन्धु यशोवर्मा ने मेरा हृदय जीत लिया है। वे न केवल एक सहृदय शासक हैं बल्कि एक निपुण कवि और शास्त्रज्ञों, कवियों के पारखी भी। आज यहाँ महाकवि भवभूति और वाक्पतिराज जैसे महान् कवियों को देखकर मैं अभिभूत हूँ। वस्तुतः यशोवर्मा कितने धनी हैं जिनके पास ऐसे-ऐसे दिव्य विद्वद्-रत्न हैं। युद्ध से, भय से भूमि पर अधिकार किया जा सकता है, सैन्यबल को अधिकार में किया जा सकता है किन्तु विद्वानों, कवियों, शास्त्रज्ञ आचार्यों को युद्ध या भय से अधिकार में नहीं लाया जा सकता। वे स्वच्छन्द हुआ करते हैं। वे भगवत्स्वरूप हुआ करते हैं अतः वे भगवान् की तरह केवल सम्मान और प्रेम के भावों के मोल हृदय हार सकते हैं। काश! भवभूति सदृश कविगण मेरे राज्य की श्रीवृद्धि करते....।"

अभी ललितादित्य की बात पूरी भी न हुई थी कि यशोवर्मा चिहुँक कर बोले-

"महाराज! यह समस्त कान्यकुब्ज की धरा आपकी है। ये अमात्य, ये सैनिक सब आपके हैं। महाराज! बस एक याचना है आपसे। मेरे शास्त्रज्ञानी आचार्य मेरे पथप्रदर्शक हैं, कृपया उन्हें मेरे निकट रहने दिया जाए। उनके बिना तो मेरा जीवन-पथ ही तिमिराच्छन्न हो जाएगा।"

"नृपराज! आप आश्वस्त रहें। इन आचार्यों, कवियों का ज्ञान-आलोक आपको मिलता रहेगा, पर मुझे भी तनिक आश्वस्त करने की कृपा करें। कोई भी एक आचार्य को जो मेरे राज्य में धर्म-अध्यात्म का पथ प्रदर्शन करने की कृपा करना चाहें तो आजीवन मैं उनका ऋणी रहूँगा। और आप उन्हें कान्यकुब्ज से प्रस्थान की अनुमति प्रदान करें तो बड़ा अनुग्रह हो आपका!" याचना भरे स्वर में सम्राट् ललितादित्य ने कहा।

सम्राट् की याचना सुनकर यशोवर्मा पशोपेश में पड़ गए। उन्होंने अपनी सभा में बैठे आचार्यों पर एक दृष्टि डाली। सभी-सभी अपने-अपने क्षेत्र के अधिकारी विद्वान्। किसे यहाँ से जाने की अनुमति दें। यशोवर्मा मौन हो गए। उनकी दृष्टि में करुणा थी, याचना थी; मानो कह रहे हों कि आपमें से किसी का भी दूर होना मुझे पसंद नहीं, किन्तु यदि आप चाहें तो महाराज कि इच्छा पूरी करें। टूटे हृदय से मुझे यह भी स्वीकार करना पड़ेगा। महाराज यशोवर्मा की द्विविधा देख मुझसे रहा नहीं गया। मैं अपने स्थान पर खड़ा हो गया पर कुछ कह न सका। मेरे कंठ से ध्वनि न फूट सकी। मुझे खड़े देख महाराज यशोवर्मा ने कहा।-

"कहिए आचार्य अत्रिगुप्त! आप कुछ कहना चाहते हैं?"

मैंने धीमे स्वर में कहा– "महाराज! आपसे और अपनी इस मातृभूमि से विलग होने का विचार ही बड़ा हृदयविदारक है, किन्तु आप जैसे दानवीर के राज्य से महाराज ललितादित्य का रिक्तहस्त लौट जाना संभवतः आपको भी पसंद न होगा। मैं काश्मीर जाने को तैयार हूँ।"

"आचार्य! आपने मेरे मन के भाव ताड़ लिए। किस हृदय से मैं आपको यहाँ से विदा कर पाऊँगा। आप मेरे राज्य में शैव-दर्शन के मान्य आचार्य हैं। आपकी इस बात से मैं भी सहमत हूँ कि महाराज ललितादित्य को रिक्तपाणि लौटा देना सर्वथा अनुचित होगा, किन्तु...."

महाराज को द्विविधाग्रस्त पाकर मैंने उन्हें उन्हें बीच में ही टोक दिया– "बीच में टोकने के लिए क्षमा करें महाराज! आप मेरे प्रस्थान से तनिक भी दुःखी न हों। मैं ठहरा शिवजी का भक्त, तो काश्मीर जाकर तो मैं शिवजी के और निकट ही पहुँच जाऊँगा। मानसरोवर दर्शन की वर्षों पुरानी मेरी साध संभवतः पूरी होनेवाली है।"

"हो सकता है आचार्य! यह भगवान् शंकर की ही इच्छा हो। आपको मेरी अनुमति है। आप काश्मीर जाएँ और अपने शास्त्रज्ञान से उस धरा को भी आलोकित करें। काश्मीर भी आपकी यशोभूमि बने। कान्यकुब्ज को सदैव आप पर गर्व रहेगा। आचार्य! मैं आपको विदा तो करूँगा किन्तु महाराज से मेरी भी एक याचना है कि आप जब भी चाहें अथवा आपकी मातृधरा जब भी आपको पुकारे आप यहाँ आ सकें।"

मेरे कुछ कहने से पहले ही ललितादित्य बोल पड़े–

"नृपश्रेष्ठ! इसमें याचना कैसी? आचार्य जब भी चाहेंगे मैं उनके यहाँ आने-जाने की व्यवस्था करूँगा। यह आचार्य अत्रिगुप्त की मातृधरा है, तो काश्मीर उनकी कर्मभूमि बने बस इतनी-सी प्रार्थना है मेरी।"

मैंने राजाज्ञा शिरोधार्य की। निश्चित तिथि को महाराज ललितादित्य अपने सैन्यबल समेत कान्यकुब्ज से काश्मीर को चल पड़े। हाथी, घोड़े और रथों का समूह कभी किसी जनसंकुल गाँव से होता हुआ कभी निर्जन वन-प्रान्तर की नीरवता को अपने कोलाहल से भंग करता हुआ आगे बढ़ता जाता। मास भर की यात्रा के बाद हमलोग प्रवरपुर पहुँचे। महाराज ने मुझे भगवान् सितांशुमौलि की सेवा का अवसर दिया। तब से इन्हीं भगवान् सितांशुमौलि की शरण में हूँ। जिस आवास में हम रहते हैं वह महाराज ने ही दक्षिणास्वरूप मुझे दिया है। वे मुझे अपना गुरु मानते हैं।"

"जी, समझा। इसीलिए माँ वितस्ता को देख-देखकर आपको अपनी गंगा

माँ याद आ जाती है।"

"तुमने बिलकुल ठीक कहा।"

"मास भर की यात्रा तो बड़ी रोमांचक रही होगी तात! उसके विषय में तनिक विस्तार से बताइए। अच्छा! फिर किसी दिन।"

"तातपाद! बातों-बातों में मैं तो भूल ही गया। माँ ने मुझे आपको लिवा लाने भेजा था। यदि आपकी पूजा संपन्न हो गई हो तो प्रातराश के लिए घर चलें?"

"चलो नील!" अत्रिगुप्त वितस्ता का किनारा छोड़कर नीलाभ के साथ अपने आवास की ओर चल दिए।

(2)

आश्विन माह बीतने-बीतने को था। आज शुक्लपक्ष की द्वादशी थी। आचार्य अत्रिगुप्त भगवान् सितांशुमौलि के मन्दिर से अपने आवास पर आ चुके थे। उनके आवास के विस्तृत परिसर में विशाल वाटिका थी। चिनार से झरते लाल-लाल पत्तों से भूमि ढँकी थी। सूर्य की पीली किरणें उन लाल पत्तों पर पड़ती तो उस रक्तपीत आभा से ऐसा प्रतीत होता जैसे प्रकृति ने धरती पर सोने की चादर बिछा दी हो। देवदार के लम्बे-लम्बे शंक्वाकार वृक्ष वाटिका के चारों ओर प्रहरी की तरह खड़े थे। वातावरण में ठण्ड व्याप्त थी। पर्वतों के शिखर रौप्यमय मुकुट धारण कर चुके थे। अभी भी तुषारपात पर्वत की चोटियों तक ही सीमित था। धरती पर हिम का साम्राज्य अभी नहीं फैला था। देवदार की हरियाली और चिनार की लाली ने वातावरण को एक मोहक वर्ण में रंग रखा था। चिनार के दो घने वृक्षों के नीचे पाषाणमय चबूतरे पर अत्रिगुप्त की शाला लगती थी। मध्याह्न में घंटे-दो-घंटे आचार्य शास्त्रोपदेश किया करते। आज भी उनके शिष्य वहाँ बैठे उनकी प्रतीक्षा कर रहे थे। हवा के मन्द-मन्द झोंके वृक्षों की शाखाओं को तनिक हिला देते तो चबूतरे पर पड़ने वाली सूर्य की किरणें भी जैसे हिलती हुई प्रतीत होतीं। अत्रिगुप्त अपने कक्ष से निकलकर वाटिका में प्रतीक्षा कर रही उस शिष्यमण्डली की ओर चले। चिनार के सूखे पत्तों पर उनके पैर पड़ते थे तो चर्र-मर्र की ध्वनि हो रही थी। अपने गुरु को आते देख सभी शिष्य अपने स्थान पर उठ खड़े हुए। अत्रिगुप्त उनके निकट पहुँचे। मांडूक्योपनिषद् का मन्त्रपाठ 'ऊँ सह नाववतु सह नौ भुनक्तु.....तेजस्वि नावधीतमस्तु' हुआ। पश्चात् भगवती शारदा की स्तुति। चबूतरे पर काठ के बने एक आसन पर चर्माम्बर बिछा था। अत्रिगुप्त आसन पर विराजमान हुए। सभी शिष्यों ने अपने गुरु को दण्डवत् किया और निर्दिष्ट स्थान पर आ बैठे। श्रीवत्स, उमानंद, वसुगुप्त, कल्लट आदि शिष्यों की मण्डली गुरुदेव के आदेश की प्रतीक्षा में

थी। आचार्य अत्रिगुप्त ने श्रीवत्स को लक्ष्य कर कहा–

"श्रीवत्स! कल के अध्ययन में हमने कहाँ विराम लिया था?"

"श्वेताश्वतर उपनिषद् के चतुर्थ अध्याय का प्रसंग चल रहा था गुरुदेव!"

"तुमने ठीक याद किया श्रीवत्स! प्रसंग यह था–

मायां तु प्रकृतिं विद्यात् मायिनं तु महेश्वरम्।
तस्यावयवभूतैस्तु व्याप्तं सर्वमिदं जगत्।।

ऋषि का अभिप्राय है कि माया भगवान् की शक्तिरूपा प्रकृति है। इस शक्तिरूपा प्रकृति जिसे माया की संज्ञा दी गई है, उसका अधिपति परब्रह्म परमात्मा महेश्वर है। उस परमात्मरूप महेश्वर की शक्तिरूपा प्रकृति के ही अंगभूत कारण-कार्य समुदाय से यह सम्पूर्ण जगत् व्याप्त हो रहा है।"

"महेश्वर पद को तनिक और स्पष्ट करने की कृपा करें गुरुदेव!" उमानंद ने कहा।

"उमानंद! तुम तो स्वयं उमा के आनंद हो, महेश्वर हो। महान् और ईश्वर होने के कारण उस परम सत्ता को महेश्वर नाम दिया गया है। महेश्वर अर्थात् शिव ही अनादि देव हैं, जिनमें सभी कर्तृत्व समाहित हैं। माया को सत्ता-स्फूर्ति आदि देनेवाले तथा अधिष्ठानरूप से उसे प्रेरित करनेवाले महेश्वर ही हैं। जिस तरह रस्सी में सर्प के मायामय अवयवों का अध्यास है उसी तरह उस परमेश्वर महेश्वर में मायामय जगत् का अध्यास है। वह परब्रह्म माया का आश्रय है किन्तु ब्रह्म उससे अलिप्त है। यह उससे कलुषित नहीं होता। उस परब्रह्म महेश्वर की सत्ता सम्पूर्ण सृष्टि में व्याप्त है।

आगे ऋषि का वचन है–

सूक्ष्मातिसूक्ष्मं कलिलस्य मध्ये विश्वस्य स्रष्टारमनेकरूपम्।
विश्वस्यैकं परिवेष्टितारं ज्ञात्वा शिवं शान्तिमत्यन्तमेति।।

वह परब्रह्म परमात्मा सूक्ष्म से भी सूक्ष्म है। या कहें कि सूक्ष्मतम है। वह सबके हृदय-गुहा में स्थित है। वह अनेक रूप धारण करनेवाला है और अखिल विश्व का सिरजनहार है। समस्त जगत् को वह परिवेष्टित अर्थात् सब ओर से घेरे हुए है। वही एक अद्वितीय कल्याणरूप महेश्वर अर्थात् शिव है जिसका ज्ञान हो जाने पर परम शान्ति को प्राप्त कर लेता है। भगवद्गीता में भी भगवान् कहते हैं– 'मया ततमिदं सर्वं जगदव्यक्तमूर्तिना'...।"

"आचार्यवर! उस परम सत्ता के सूक्ष्मतम होने से क्या अभिप्राय है?"

"तुम्हारा प्रश्न उत्तम है श्रीवत्स! उस परमात्मशिव के सूक्ष्मतम होने का अभिप्राय यह है कि वे हमारे तुम्हारे ज्ञान का विषय तब तक नहीं हो सकते

जब तक वे स्वयं कृपा न करें। उनकी कृपा से ही उनका ज्ञान हमें हो सकता है। सूक्ष्मता से ऋषि का अभिप्राय यही है।"

"जी आचार्य!"

"तो आज की चर्चा यहीं विराम लेती है। मृत्यु के पाश को काटनेवाले उन मोक्षप्रद शिव की सत्ता की चर्चा पुनः अगली कक्षा में करेंगे- नमः सितांशुमौलये। नमः शिवाय।"

"नमः शिवाय।"

सभी शिष्यों ने आचार्य का वचन दोहराया, उन्हें प्रणाम किया और आचार्य से विदा ली। अत्रिगुप्त शैवशास्त्री थे। शैवशास्त्रज्ञ होने के कारण ही ललितादित्य उन्हें यहाँ सितांशुमौलि की सेवा में ले आए थे।

(3)

आज भाद्र शुक्ल की त्रयोदशी है। वर्षा ऋतु विराम की ओर है। प्रवरपुर की उपत्यका में जैसे हरियाली बिछी हुई है। आज आसमान बिलकुल साफ है। चीड़, देवदारु के ऊँचे-ऊँचे वृक्ष जैसे धूप से चमकते नीलाभ आसमान को छू लेने को उत्सुक प्रतीत हो रहे हैं। आज सितांशुमौलि मंदिर से तनिक दूर आकर वितस्ता के तट पर अत्रिगुप्त नीलाभ के साथ बैठे हैं। वे वितस्ता के उस पार निहार रहे हैं। दूर-दूर तक अनध्युषित पर्वत प्रदेश में अरण्य की गंभीर शान्ति व्याप्त है और इस पार मंदिर के निकट के तट पर कोलाहल है। भाद्र शुक्ल त्रयोदशी वितस्ता का प्राकट्य दिवस है। काश्मीर के निवासी बड़े धूमधाम से वितस्ता माई का पूजन करते हैं और उनका जन्म दिन मनाते हैं। प्रवरपुर में मेला लगा है। सितांशुमौलि मंदिर के निकट वितस्ता के घाट पर भक्तों की भीड़ है। दीपक जलाकर वितस्ता की धारा में प्रवाहित किए जा रहे हैं।

नीलाभ बचपन से ही इस उत्सव को देखता आ रहा है। अब तक वह उत्सव के आनंद में डूबा रहता था। आज उसका बालमन इस उत्सव के पीछे का इतिहास जानने को उत्सुक हो उठा। उसने अपने पितामह से प्रश्न किया-

"तातपाद! वितस्ता माई के तट पर हर वर्ष यह उत्सव क्यों होता है?"

"आज भाद्रपद की शुक्ल त्रयोदशी है वत्स! वितस्ता माई का प्राकट्य दिवस है।"

"प्राकट्य अर्थात् जन्म दिवस?"

"हाँ, जन्म दिवस।" अत्रिगुप्त बोले।

"आपने कभी बताया नहीं तात!"

"तुमने कभी पूछा नहीं वत्स! आज तुम्हें विस्तार से वितस्ता माई की गाथा सुनाता हूँ। चलो वितस्ता के तट पर कुछ दूर भ्रमण कर आएँ। यहाँ के कोलाहल में बातचीत नहीं हो सकेगी।" कहकर अत्रिगुप्त नीलाभ के साथ

मंदिर से कुछ दूर चले आए। वातावरण बिलकुल शान्त था। वितस्ता की जलधारा के निकट एक चिनार के नीचे दोनों बैठ गए। अत्रिगुप्त ने कहना शुरू किया–

"वितस्ता माई की गाथा बड़ी अद्‌भुत है वत्स! कश्मीर की इस धरा पर भगवती सती स्वयं नदीरूप में अवतरित हुई हैं।"

"माँ सती ने वितस्ता का रूप धरा है?" उत्कंठित नीलाभ ने पूछा।

"हाँ, बिलकुल! *'सती देवी नदी भूत्वा कश्मीरायां विनिर्गता'*। हमारे इतिहासकार आचार्य ऐसा कह गए हैं।"

"पितामह! आज मैं वितस्ता माई की गाथा विस्तार से सुनने को उत्सुक हूँ।" नीलाभ बोला।

"ठीक है, तो सुनो। काश्मीर की यह पुण्यभूमि 'सतीसर' कहलाती थी। प्रत्येक मन्वन्तर के अन्त में जलप्रलय होता है। जलप्रलय में अशेष सृष्टि नष्ट हो जाती है किन्तु हिमालय का विनाश नहीं होता। शतपथ ब्राह्मण में उल्लिखित नौबन्धन शिखर की चर्चा तो सुनी ही होगी। प्रलय के बाद भगवान् शंकर स्वयं जलरूप में होते हैं और माता सती नाव के रूप में। मनु उस नाव पर विविध प्रकार के बीजों को सुरक्षित रख देते हैं। मत्स्यरूपधारी भगवान् नारायण उस नाव को खींच लाकर नौबन्धन शिखर से बाँध देते हैं। जलप्रलय के उपरान्त मनु पुनः प्रजावर्ग की सृष्टि करते हैं। नाव के रूप वाली माता सती भूमि का रूप धारण कर लेती हैं और भूमि पर एक सुरम्य सरोवर बन जाता है। उनके ही नाम पर वह सरोवर सतीसर की संज्ञा पाता है। सतीसर देवताओं के लिए जलक्रीडा का उत्तम स्थान बन जाता है।

एक दिन की बात है। देवराज इंद्र अपनी भार्या शची के साथ यहाँ आए। सतीसर की रमणीयता से मोहित शची बोलीं–

"देवराज! ऐसा सुन्दर सरोवर तो अपनी अमरावती में भी नहीं है।"

शची की बात का उत्तर देते हुए देवेन्द्र बोले– "प्रिये! सचमुच सतीसर की रमणीयता का कहना ही क्या! भगवती सती जहाँ स्वयं उतर आएँ तो उनके सौन्दर्य से कौन स्पर्धा कर सकता है भला? देखो न! चारों ओर देवदारु वृक्षों की हरीतिमा और उनके मध्य रंग-बिरंगे फूलों की पंक्तियाँ। उनके बीच में यह नीलनीरसम्पूरित सतीसर।"

"देवराज! तो ऐसे मनोहर स्थल की रमणीयता को आँखों से ही क्या निहारें, हृदय में भी भर लें। आइए न! थोड़ी देर सतीसर में जलक्रीड़ा का आनंद

लिया जाए।" कहकर शची इंद्र का हाथ पकड़कर सरोवर की ओर चलीं। इंद्र बोले–

"शची! प्रकृति के इस मनोमोहक दृश्य के मध्य सतीसर का निर्मल निश्छल सौंदर्य और साथ में तुम! मैं तो सौन्दर्य के सागर में बड़े गहरे डूबता जा रहा हूँ।

"आप तो हर क्षण बस परिहास की मुद्रा में होते हैं। और यदि आपको ऐसा ही प्रतीत हो रहा है तो आइए इस सतीसर में मेरे साथ उतरकर सौन्दर्य की गहराइयों में उतर जाइए।"

"हाँ, हाँ चलो भी। ऐसे आमंत्रण को तो अस्वीकार करनेवाला तो कोई मूढ़मति ही होगा।"

कहकर शची का हाथ पकड़े इंद्र सतीसर में उतर गए। शची की स्वर्णदेहयष्टि सूर्य की किरणों से दमकते सतीसर के जल में और भी दमक उठी। उनके कर्णफूल, हार और कंगनों पर जड़ी मणियों की दीप्ति से उनका सौन्दर्य द्विगुणित हो उठा। शची का जो लावण्य झीने वस्त्रों से आवृत था, वस्त्रों के भीग जाने पर वह भी तनिक झलक उठा। शची और देवेन्द्र जलक्रीडा में मग्न थे। इसी बीच न जाने कहाँ से संग्रह नामधारी दैत्य वहाँ आ गया। शची के उस अनिंद्य मादक सौन्दर्य को देखकर उसका वीर्य सतीसर में स्खलित हो गया। वह शची को पा लेने के लिए व्यग्र हो उठा। अपनी इस अनैतिक लिप्सा की पूर्ति के लिए वह ज्यों ही शची की ओर बढ़ा उसी क्षण इंद्र ने उसका वध कर दिया। सतीसर के जल में गिरे उस दैत्य के वीर्य से एक शिशु उत्पन्न हुआ। जल में जन्म लेने के कारण वह जलोद्भव कहलाया। जलोद्भव ने अपने तप से ब्रह्मा को प्रसन्न किया और उनसे जल में अमर रहने का वरदान प्राप्त कर लिया। वैभव मनुष्य को अंधा बना देती है। जलोद्भव को राजवैभव तो प्राप्त था ही, ब्रह्मा से वरदान पाकर वह और भी उन्मत्त हो गया था। वह सतीसर के निवासियों को कष्ट देने लगा। धीरे-धीरे जलोद्भव के आतंक से आतंकित वहाँ के निवासियों ने सतीसर छोड़ दिया। महर्षि कश्यप के पुत्र नीलनाग ने भी सतीसर त्याग दिया। सतीसर के निवासी बड़े दुःखी थे। स्वयं नीलनाग से सतीसर निवासियों की व्यथा देखी नहीं जा रही थी। एक दिन नीलनाग के पिता महर्षि कश्यप अपनी तीर्थयात्रा के क्रम में कनखल पधारे।

"कनखल! दक्षयज्ञ की स्थली?" उत्सुक नीलाभ ने प्रश्न किया।

"हाँ, हाँ। हरिद्वार के निकट कनखल में दक्ष ने यज्ञ किया था। फिर क्रुद्ध रुद्र के आदेश पर दक्ष का यज्ञ विध्वंस भी हुआ था। वह एक अलग आख्यान

है, पर है सती से ही सम्बन्धित। तो अपने पिता महर्षि कश्यप को कनखल आया जानकर नीलनाग उनके दर्शनार्थ कनखल जा पहुँचे। नीलनाग ने उन्हें जलोद्‌भव दैत्य के आतंक की कथा बतलाई। महर्षि कश्यप नीलनाग के साथ सतीसर चले आए। उन्होंने जलोद्‌भव के विनाश के लिए भगवान् विष्णु से प्रार्थना की। यह जो घाटियाँ तुमलोग देख रहे हो, यह सतीसर के जल से भरी होती थीं। जलोद्‌भव के विनाश के लिए भगवान् विष्णु ने सतीसर को घेरे खड़ीं वराहमूल[1] की इन पहाड़ियों का तनिक उच्छेदन किया और सतीसर का सारा जल बहकर निकल गया। इस प्रकार जलोद्‌भव का आश्रय ही नष्ट हो गया। जलोद्‌भव सूखे सरोवर से ज्यों ही बाहर आया, विष्णु ने अपने चक्र से उसका सिर काट दिया। इस प्रकार महर्षि कश्यप के प्रयास से सतीसर जलोद्‌भव दैत्य से मुक्त तो हुआ किन्तु अब वहाँ जल का कोई भी स्रोत नहीं रह गया था।"

"तात! वितस्ता माई तो जल का स्रोत थीं ही।" नीलाभ बीच में ही बोल उठा।

"वत्स! अभी कथा पूरी नहीं हुई है। तनिक धैर्यपूर्वक सुनो।"

"चपलता क्षमा करें तात!" नीलाभ ने दबे स्वर में कहा।

"कोई बात नहीं वत्स! बालमन चपल होता ही है। तो अब सतीसर के निवासियों के लिए जलस्रोत आवश्यक था। पुनः एक बार महर्षि कश्यप ने भगवान् शंकर से प्रार्थना की कि वे एक ऐसी स्वच्छ, निर्मल सरिता यहाँ प्रवाहित कर दें जो दैत्यों के आतंक से सर्वथा मुक्त हो। भाद्र शुक्ल त्रयोदशी का दिन था। कश्यप की प्रार्थना से प्रसन्न भगवान् शिव ने अनंतनाग के निकट विरहनाग[2] में अपने त्रिशूल से भूमि पर प्रहार किया। त्रिशूल के प्रहार से वहाँ एक 'वितस्ति' अर्थात् द्वादशांगुल परिमाण का गर्त बन गया और स्वयं सती देवी नदी के रूप में वहाँ से प्रकट हुईं– *'सती देवी नदी भूत्वा कश्मीरायां विनिर्गता'*। वितस्तिमात्र स्थल से प्रकट होने के कारण यह सरिता वितस्ता कहलाई।

"पितामह! आपने बतलाया वितस्ता का उद्‌गम स्थल अनंतनाग में है। आपने कश्यप ऋषि के पुत्र नीलनाग की चर्चा की। यह नाग क्या है? क्या इसका सम्बन्ध नागों के कुल से है?"

"वत्स! नाग शब्द 'नग' से बना है। न गच्छति इति नगः अर्थात् जो चले नहीं, स्थावर हो। नग पर्वत को कहते हैं। और नगात् जातः नागः। नग या पर्वत से उत्पन्न होनेवाले को नाग कहा गया। पर्वतमूल से फूटनेवाले झरनों को नाग कहा गया अतः बहुत से स्थल जो ऐसे जलाशयों के निकट हैं उनके नाम में नाग जुड़ा है। एक दूसरी मान्यता यह भी है कि कश्यप ऋषि की एक पत्नी

1. बारामूला का प्राचीन नाम 2. वेरीनाग का प्राचीन नाम

कद्रू के गर्भ से नागों की उत्पत्ति हुई और इन्हीं से नागवंश की स्थापना हुई। वर्तमान महाराज ललितादित्य नाग जाति के कर्कोटक वंश के हैं। महर्षि कश्यप के पुत्र नीलनाग के नाम पर वितस्ता नीलजा या नीलसुता भी कहलाती है। वितस्ता काश्मीरधरा का पोषण करनेवाली माँ है और यह समस्त प्रदेश उसके स्तनन्धय शिशु। माई वितस्ता को प्रणाम करता हूँ।"

अत्रिगुप्त ने वितस्ता की धारा की ओर मुँह किया और दोनों हाथ जोड़कर कहा– "नमो वितस्तायै।"

"नमो वितस्तायै।" अपने पितामह के स्वर में स्वर मिलाकर नीलाभ ने भी वितस्ता माई को हाथ जोड़े और बोला–

"तातपाद! सचमुच वितस्ता माँ की कथा अद्‌भुत है। ये तो साक्षात् भगवती सती यहाँ उतर आईं हैं।"

"काश्मीर की धरा भगवती सतीस्वरूपा है अतः भगवान् शिव को अतिप्रिय है वत्स!"

"वितस्ता-गाथा सुनकर मैं तो धन्य हो गया पितामह!"

"स्वस्ति ते वत्स! अब संध्यावन्दन का समय हो आया। चलो अब घर चलें।" अत्रिगुप्त ने कहा और नीलाभ के साथ वे वापस घर की ओर चल पड़े।

(4)

यह शरत्पूर्णिमा का दिन था। प्रकृति ने सम्पूर्ण तुषार घाटी में जैसे पुष्प महोत्सव की तैयारी कर रखी थी। केसर की क्यारियों में नीले बैंगनी पंखुड़ियों वाले फूल खिले थे। उन पंखुड़ियों के बीच से झाँकते केसरिया रंग के केसर के धागे सूरज की मद्धिम किरणों से जैसे बतिया रहे थे। श्वेताभ शिखर वाले तुषाराच्छन्न पर्वत महाप्राचीर की तरह खड़े मानो कश्मीर की धरा की रक्षा कर रहे हों। सचमुच कश्मीर की धरती का धन बड़ा अमोल है।

यह अत्रिगुप्त के प्रवचन का समय है। वे धीरे-धीरे अपनी शाला की ओर बढ़ रहे हैं। शिष्यगण शाला में उनकी प्रतीक्षा में हैं। वे वहाँ पहुँचकर शिष्यों का अभिवादन स्वीकार करते हैं और अपने आसन पर विराजमान हो जाते हैं। देवस्तुति के उपरांत कक्षा प्रारम्भ होती है–

"प्रिय शिष्यवृन्द! पिछली कक्षा में मैंने आपको परब्रह्म महेश्वर के विषय में बतलाया था। आज मोक्षप्रद शिव की चर्चा करेंगे। उमानंद तुम कुछ कहना चाह रहे हो?" उत्कंठ उमानंद को अत्रिगुप्त ने पूछा।

"जी, आचार्य! आपने बतलाया था कि परब्रह्म महेश्वर ही शिव हैं। इस काश्मीर की धरा में भी उनका स्थान तो है ही।" उमानंद ने कहा।

"बिलकुल है उमानंद! वैसे तो पारमार्थिक रूप में सम्पूर्ण सृष्टि में परब्रह्म शिव व्याप्त हैं, पर व्यावहारिक रूप में हम इन हिमशिखरों में उनकी सत्ता का अनुभव करते हैं। काश्मीर की धरा तो शिवमयी है ही। गिरिराज हिमालय के कण-कण में गिरिजा के गिरिजेश व्याप्त हैं और गिरिजा गंगा, यमुना और वितस्ता बनकर उनमें व्याप्त है। शिव और शक्ति दोनों एक दूसरे के पूरक हैं। बिना शक्ति के शिव शवमात्र हैं। शिव का अर्द्धनारीश्वर रूप इसी को द्योतित करता है। मर्त्यलोक में स्त्री पुरुष उसी ब्रह्म के उसी शिव-शक्ति के प्रतिरूप हैं। कहते हैं परमात्मा ने हर मनुष्य को अधूरा रचा है। हर स्त्री में आधी स्त्री

और आधा पुरुष गढ़ा है तथा हर पुरुष में आधे पुरुष और आधी स्त्री को रचा है। ऐसा इसलिए है क्योंकि प्रत्येक मनुष्य को उसका अर्धांश पिता और आधा अंश माता से मिला है। अर्धनारीश्वर का प्रतीक यही इंगित करता है। स्त्री पुरुष दोनों अपने इस अधूरेपन को पूर्ण करने के लिए एक दूसरे की खोज करते हैं। जब अपनी-सी जानी-पहचानी गन्ध मिल जाती है तो खोज पूरी हो जाती है। उसी से प्रेम होता है, उसी पर भरोसा हो जाता है, विश्वास होता है। कालिदास का वचन संभवतः तुम सब को याद हो- 'सर्वः सगन्धेषु विश्वसिति।' दरअसल हम जिसमें अपनी आत्मा की छाया देखते हैं, जिसमें अपने आचार-विचारों की गन्ध पाते हैं, हम उसी से प्रेम करते हैं। प्रेम उस व्यक्ति से नहीं स्वयं की छाया से, अपने आप से, अपनी आत्मा से प्रेम करते हैं। कुछ ऐसी ही बात हमारे ऋषियों ने कही है। बृहदारण्यक उपनिषद् में महर्षि याज्ञवल्क्य मैत्रेयी से कह रहे हैं–

'न वा अरे पत्युः कामाय पतिः प्रियो भवति......। तो अब आते हैं श्वेताश्वतर उपनिषद् के उस प्रसंग पर जहाँ ऋषि कहते हैं–

घृतात्परं मंडमिवातिसूक्ष्मं ज्ञात्वा शिवं सर्वभूतेषु गूढम्।
विश्वस्यैकं परिवेष्टितारं ज्ञात्वा देवं मुच्यते सर्वपाशैः।।

तात्पर्य यह है कि जो घृत के ऊपर रहनेवाले सार की भाँति अत्यंत सूक्ष्म हैं, सभी जीवों में सन्निहित हैं, समस्त जगत् को व्याप्त किए हुए हैं, उन परब्रह्म शिव का ज्ञान हो जाने पर जीव समस्त बंधनों से छूट जाता है। सांसारिक माया मोह के पाश से मुक्ति के लिए शिव की सत्ता से एकाकार हो जाना पड़ता है। हम उस परमात्मा को पाने के लिए तीर्थों में भटकते फिरते हैं, परन्तु उसके स्वरूप की झलक नहीं मिल पाती, कारण– हमारी मायाच्छन्न दृष्टि। इन चर्मचक्षुओं से हम उस परब्रह्म परमात्मा का साक्षात्कार नहीं कर सकते। उसके लिए मर्मचक्षुओं को खोलने की आवश्यकता होती है। जिनके मर्मचक्षु खुल गए वे शिव की सत्ता को पा लेते हैं फिर किसी प्रकार का कोई बन्धन उसे नहीं बाँध सकता- मुच्यते सर्वपाशैः। जब अज्ञानरूप अन्धकार का सर्वथा अभाव हो जाता है उस समय प्रत्यक्ष होनेवाला तत्त्व न दिन की तरह प्रकाशमय है न रात की भाँति अंधकारमय। वह इन दोनों से विलक्षण है। वह सत् और असत् दोनों से विलक्षण, एकमात्र कल्याणस्वरूप शिव हैं। उस परम शिव की सत्ता अविनाशी है और उसकी कोई उपमा नहीं– 'न तस्य प्रतिमा अस्ति'....।"

"आचार्य! 'न तस्य प्रतिमा अस्ति' का अर्थ कुछ लोग कहते हैं कि उसकी कोई प्रतिमा अर्थात् मूर्ति नहीं है। क्या प्रतिमा से यह तात्पर्य है?"

"प्रतिमा मूर्ति या अनुकृति का वाचक भी है परन्तु यहाँ सादृश्य के अर्थ में प्रयुक्त है। उस परब्रह्म का कोई सादृश्य नहीं है, उसकी कोई उपमा नहीं है। वह हमारी इन्द्रियों का विषय नहीं, इन्द्रियातीत है, अनुपम है– 'नेति नेति'।

"नेति नेति। ब्रह्मस्वरूप की व्याख्या के शब्द अद्‌भुत हैं गुरुदेव! सचमुच मर्मचक्षुओं के खुलने पर ही इस अतीन्द्रिय ब्रह्म का साक्षात्कार होता होगा।" श्रीवत्स ने कहा।

"वत्स! कोई भी उसे नेत्र से नहीं देख सकता अपितु उसकी सत्ता से नेत्र को दृष्टि मिलती है। श्रुति ऐसा ही कहती है–'यच्चक्षुषा न पश्यति येन चक्षूंषि पश्यति'।

"जी समझा आचार्य! जो इस ब्रह्मरूप का साक्षात्कार अर्थात् आत्मसाक्षात्कार कर लेते हैं तभी वे 'अहं ब्रह्मास्मि' की अवस्था को प्राप्त हो जाते हैं।"

"बिलकुल ठीक समझे वत्स! 'अहं ब्रह्मास्मि' कहो अथवा 'शिवोऽहम् कहो, दोनों स्थितियाँ समान हैं।"

"जी, आचार्य!" सभी शिष्यों ने समवेत स्वर में कहा।

"तो, आज की कक्षा यहीं विसर्जित होती है। नमः शिवाय।"

"नमः शिवाय।" सभी शिष्यों ने एक स्वर में कहा और गुरुदेव से अनुमति ले लौट चले। अत्रिगुप्त भी अपने कक्ष की ओर बढ़ गए।

(5)

आज पुनः अत्रिगुप्त अपने पौत्र नीलाभ के साथ वितस्ता के तट पर बैठे थे। नीलाभ ने उनसे कहा– "तातपाद! उस दिन आपने कहा था कि कान्यकुब्ज से प्रवरपुर का अपना यात्रावृत्तान्त आप मुझे सुनाएँगे। आज सुनाइए न!"

"अच्छा! तुम्हें मेरी यात्रा के विषय में सुनने की बड़ी उत्सुकता है, तो सुनो उस यात्रा का एक रोचक वृत्तान्त सुनाता हूँ! यात्रा के क्रम में कान्यकुब्ज से चले हमें लगभग बीस-इक्कीस दिन हो चुके थे। इस वितस्ता के सदृश निर्मल जलधार बहाती विपाशा के स्वच्छ तट पर एक दिन हमारे सार्थपति ने शिविर लगाया। हम सब अपने-अपने पटवेश्म में विश्राम कर रहे थे। मध्यरात्रि का समय रहा होगा। बाहर कुछ कोलाहल हो रहा था। उससे मेरी निद्रा भंग हो गई। मैंने सोचा प्रहरी सैनिक आपस में कुछ बातें कर रहे होंगे। मैंने करवट बदली और सो गया।"

"पटवेश्म! यह क्या है तात?" उत्सुक नीलाभ ने प्रश्न किया।

"पटवेश्म पटनिर्मित कुटिया है। यात्रा के दौरान रात्रि-विश्राम के लिए मोटे वस्त्रों और बाँसों की सहायता से छोटे-छोटे कक्ष बनाए जाते हैं जिसमें बिस्तर लगाए जा सकें। रात्रि में उन सभी पटवेश्मों के बाहर उल्काएँ दीप्तिमान रहती हैं जिससे चारों ओर प्रकाश होता है। शिविर से थोड़ी दूर पर लकड़ियाँ एकत्र कर आग जला दी जाती है जिससे हिंस्र पशुओं का भय नहीं रहता। "

"उल्काएँ क्या होती हैं तातपाद!"

"खुले आकाश के नीचे दीपक की लौ वायु के प्रकोप से बुझ सकती है अतः काष्ठखण्ड में पुराने जीर्ण वस्त्र लपेट कर उसे तेल से भिगोकर रात्रि में जलाया जाता है। उसे हाथ में लेकर कहीं भी जाया जा सकता है। तेज वायु के झोंकों से भी यह बुझती नहीं है। यही उल्का कहलाती है।"

"अच्छा! मैंने उल्का शब्द नहीं सुना था। तात! फिर क्या हुआ? उस रात्रि

के कोलाहल का कारण क्या था?"

"हाँ, दो दिनों के बाद दिन एक सैनिक विस्तार से सारा वृत्तान्त मुझे सुनाने लगा– 'आचार्यजी! रात्रि की नीरवता में हम सभी प्रहरी अपने-अपने निर्धारित स्थान पर खड़े थे। अचानक दूर से किसी व्यक्ति के चिल्लाने की ध्वनि मेरे कानों में पड़ी। मैं कुछ करता तभी पास के पटवेश्म से निकलकर मेरे चार सहकर्मी सैनिक मेरे निकट आए और बोले– 'यह तो वीरभट्ट के चिल्लाने का स्वर है।' इस कोलाहल को सुनकर और भी सैनिक दौड़े-दौड़े आए। कुछ सैनिक हाथों में धधकती उल्का लिए उन सैनिकों के साथ उस चिल्लाहट की दिशा में बढ़े। कुछ दूर जाने पर विपाशा के तट से लगा श्मशान दिखलाई पड़ा। हम लगभग बीस-पच्चीस सशस्त्र सैनिक और चार पाँच उल्काधारी सैनिक वहाँ पहुँचे। वीरभट्ट के तीव्र स्वर से श्मशान की नीरवता भंग हो रही थी। उस चिल्लाहट के कारण कुछ कुत्ते लगातार भूँक रहे थे। कुछ चिताओं में अभी भी अंगारे धधक रहे थे। हमने निकट जाकर देखा कि एक चिता के निकट बैठी दो भैरवियाँ वीरभट्ट को अपने बाहुपाश में जकड़े बैठी हैं। उनके खुले अस्त-व्यस्त केशपाश से उनका आधा मुख ढँका है। वीरभट्ट उनसे छूटने का प्रयत्न कर रहा है, किन्तु उन दोनों ने अपनी पूरी शक्ति से उसे जकड़ रखा है। एक भैरव तलवार लिए खड़ा है।"

"तुम लोग हट जाओ मेरे मार्ग से!" एक भैरवी चिल्लाई।

"आप हमारे सैनिक को छोड़ दें, हमलोग चले जाएँगे।" एक सैनिक ने निवेदन के स्वर में कहा।

"छोड़ दें! क्यों छोड़ दें? हम दो भैरवियाँ हैं और भैरव एक। दूसरा आया ही नहीं। हमारी साधना के लिए एक भैरव की आवश्यकता थी। कालिका माई ने इसे भैरवस्वरूप में हमारे पास भेजा है, हमारी साधना पूर्ण करने के लिए। हमारी साधना के मार्ग में विघ्न न बनो अन्यथा....।"

"हम आपसे प्रार्थना करते हैं। आप इसे छोड़ दें।" मैंने उनसे प्रार्थना की।

"महाकालि करालवदने कपालकुण्डले! अभयं देहि मे! कहकर पास बैठा भैरव खड्ग हाथ में लिए चिल्लाता हुआ हमारी ओर बढ़ा। सैनिकों ने देखा कि यहाँ प्रार्थना से कुछ होनेवाला नहीं। अँधेरे का लाभ उठाकर दो सैनिक बड़ी चतुराई से पीछे से जाकर उस भैरव के दोनों हाथ जकड़ लिए और उसके हाथ से तलवार खींचकर फेंक दी। क्रोध से उसके नेत्र अंगारों के सदृश दहक उठे।" वह चिल्ला उठा–

"दुष्टो! जारजातो! मुझे मुक्त कर दो अन्यथा सबके कपाल एकत्र कर ले

जाऊँगा।"

"हमारे भैरव को छोड़ दो दुष्टो! अन्यथा तुम सबकी चिता यहीं जलेगी।" एक भैरवी बोली।

थोड़ी देर तक दोनों ओर से तीक्ष्ण वाक्प्रहार होता रहा। अंत में विवश होकर भैरवियों ने वीरभट्ट को छोड़ दिया। हम उसे लेकर शिविर तक आए। अगले दिन यह बात सार्थपति तक पहुँची। उस सैनिक को सार्थपति के समक्ष प्रस्तुत किया गया। सार्थपति शिविर की सुरक्षा को लेकर चिंतित थे अतः कारण जानना चाहते थे। उन्होंने उससे पूछा–

"तुम वहाँ श्मशान में कैसे पहुँच गए? क्या वे भैरवियाँ हमारे शिविर के निकट आई थीं? वे तो जनसमूह से दूर रहा करती हैं।"

"नहीं देव! वे नहीं आई थीं।" वीरभट्ट बोला।

"तो हुआ क्या?"

"देव! मुझे क्षमा करें। कल रात्रि में मैंने कुछ अधिक मदिरा पी ली। मदमत्त चित्त मुझे कुछ ध्यान न रहा और मैं रात्रि में नदी की ओर चला गया। मैं श्मशान से दूर नदीतट पर बैठा था तभी अचानक उन तीनों भैरव-भैरवियों ने वहाँ आकर मुझे पकड़ लिया। उन्हें एक भैरव की आवश्यकता थी और मैं उन्हें मिल गया।"

"आज तो मुक्त करा लिए गए सैनिक! अन्यथा वे तुम्हें अपनी साधना में किसी प्रकार भी प्रयोग कर सकते थे।"

"देव क्षमा करें!" वीरभट्ट ने हाथ जोड़कर कहा और हम सभी के प्रति कृतज्ञता प्रकट की।"

"यह वृत्तान्त उस सैनिक ने हमें दो दिनों के पश्चात् सुनाया।" अत्रिगुप्त ने नीलाभ से कहा।

"अभी आपने भैरव भैरवियों की चर्चा की। ये क्या हैं तात!"

"ये तन्त्रविद्या की साधना करने वाले लोग हैं।"

"तन्त्रविद्या! यह कौन सी विद्या है पितामह जिसका अध्ययन अर्धरात्रि को श्मशान में होता है?" नीलाभ की उत्सुकता चरम पर थी।

"यह गूढ़-गंभीर विषय है नील! तुम अभी नहीं समझ सकोगे।"

"जी। तातपाद! मैं सोच रहा था कि यात्रा में इतने सैनिकों की क्या आवश्यकता। किन्तु इस वृत्तान्त को सुनकर मुझे मेरे प्रश्न का उत्तर मिल गया।"

"वत्स! इसके अतिरिक्त यात्रा-मार्ग में और भी अनेक विघ्न हैं। कभी लुंठकों का दल लूटपाट कर सकता है। विशेषकर जब किसी राजा की यात्रा

हो तब तो सैनिकों का रहना अत्यावश्यक है। मार्ग में कोई भी शत्रु आक्रमण कर राजा को बन्दी बना सकता है। प्राकृतिक आपदाएँ भी कम नहीं होतीं। वर्षा, झंझा, शीत, ताप, बाढ़ आदि का सामना करना पड़ सकता है। कभी रोग घेर लेते हैं। इसलिए चिकित्सकों का एक दल भी साथ चलता है। अमात्यों का एक दल साथ होता है। तुम यह समझ लो कि राजा की यात्रा में एक छोटा-मोटा चलायमान राज्य हुआ करता है।

"इतने बड़े समूह की यात्रा कैसे होती है?"

"मैं तुम्हें प्रारम्भ से अपनी यात्रा का पूरा वृत्तान्त सुनाता हूँ।"

"जी पितामह!"

यात्रा की रोचक कथा सुनने को उद्यत उत्सुक नीलाभ की मुद्रा देखते ही बनती थी। चित्रलिखित-सा वह अपने गाल पर हाथ रखकर अत्रिगुप्त को एकटक देख रहा था। अत्रिगुप्त ने बोलना प्रारंभ किया-

"निश्चित तिथि को हम कन्नौज से प्रवरपुर के लिए चल पड़े। मुझे विदा करते हुए महाराज यशोवर्मा के विगलित हृदय का भाव उनके भीगे नयनों में उतर आया था। वे मौन थे कुछ बोल न पाए। मुख से बोलना भी क्या, सब कुछ तो नेत्रों ने कह ही दिया था। मैंने भी हाथ जोड़े। हम दोनों का यह मौन संवाद किसी वाचिक संवाद से कहीं अधिक मुखर, अधिक अर्थवान् था। सार्थपति ने महाराज ललितादित्य से प्रस्थान की अनुमति ली और सार्थ चल पड़ा। हमने प्रातःकाल यात्रा आरम्भ की थी। अभी मध्याह्न में विलम्ब था। नगर का कोलाहल पीछे छूट गया था। हमें लगभग एक सौ योजन की यात्रा करनी थी। एक दिन में हमारा सार्थ लगभग चार योजन की दूरी तय करता और सूर्यास्त से कुछ पहले ही सुरक्षित स्थान देखकर पड़ाव डाल देता। सार्थपति को मार्ग में पड़नेवाले निरापद स्थानों की पूरी जानकारी रहती है अतः पड़ाव के स्थल का चुनाव वह स्वयं करता। सार्थ के सबसे अग्रभाग में अश्वारोही सैनिकों का दल चलता था। मार्ग में आनेवाली बाधाओं आपदाओं का निरीक्षण निराकरण करते हुए वह आगे बढ़ता। उनके पीछे महाराज के सशस्त्र अंगरक्षक घोड़ों पर सवार होकर चलते। उनके पीछे-पीछे महाराज की शिबिका उनके परामर्शक अमात्यगण तथा उनके चिकित्सकों के रथ चलते। दैनन्दिन आवश्यकताओं की सामग्रियाँ घोड़ों की पीठ पर लादे महाराज के भृत्यगण, सूपकार आदि पीछे-पीछे चल रहे होते। सशस्त्र सैनिकों का एक दल इस सम्पूर्ण यात्री-समूह के अंत में चलता। इस प्रकार प्रतिदिन जब सार्थ का विश्राम होता तो शिविर लगा दिया जाता। पटवेश्म बना लिए जाते। सूपकार भोजन बनाने में तत्पर हो

जाते। प्रहरी सैनिक अपने कर्त्तव्य पर तत्पर रहते।"

"अच्छा! तो इसके पश्चात् आपकी यात्रा निर्विघ्न संपन्न हुई?"

"हाँ, एक दिन पुनः एक बाधा हुई। महाराज की कुटी के पार्श्व में ही मेरा पटवेश्म लगता था। एक रात्रि में मुझे नींद नहीं आ रही थी। मैं सोने के प्रयास में ही था कि महाराज की क्षीण कंठध्वनि मुझे सुनाई पड़ी–

"प्रतिहारी ई ई ...।"

मैं भागा-भागा महाराज के पास पहुँचा। तब तक प्रतिहारी पहुँच चुका था। महाराज ने उससे कहा–

"जाओ वैद्यजी को बुला लाओ।"

अपनी शय्या पर व्याकुल लेटे हुए महाराज बोले। प्रतिहारी चला गया। मैंने महाराज से पूछा–

"क्या हुआ महाराज?" अर्द्धनिमीलित नेत्रों से मेरी ओर देखते हुए उन्होंने कहा–

"कौन आचार्य अत्रिगुप्त!"

"जी महाराज! मैं अत्रि।"

"अत्यन्त असह्य उदरशूल है आचार्य! प्रतीत होता है कोई तीक्ष्ण शल्य चुभ रहा है। साँस भी फूल रही है।"

तब तक वैद्यराज यशोधरभट्ट दौड़े-दौड़े आए।

"वैद्यराज! असह्य पीड़ा है और साँस लेने में भी किंचित् कठिनाई है।" अपने पेट की ओर संकेत करते हुए महाराज बोले।

यशोधरभट्ट ने उनकी कलाई थाम ली और उनका नाड़ी-परीक्षण किया और उनके उदर पर यत्र तत्र उँगलियों का दबाव देकर परीक्षण किया और बोले–

"उदरवात है महाराज! उसी के कारण शूल है। कदाचित् उदरवात की वृद्धि से साँस भी फूलती है। मैं औषध दे रहा हूँ।" कहकर वैद्यराज अपनी कुटी में गए और औषध लेकर आए।

"यह कर्पूरमिश्रित यवानी का अर्क है महाराज! और यह एक क्रव्याद गुटिका। इससे त्वरित कार्य होता है।"

एक पात्र में थोड़े जल में अर्क की बूँदें मिलाकर महाराज को पिलाया गया। इसके पश्चात् वैद्यजी ने एक गुटिका महाराज को खिलाई। आधे घंटे में महाराज स्वस्थ अनुभव करने लगे। उसके बाद ही हम अपनी-अपनी पटकुटी में लौटे।

इसी प्रकार भगवान् की लीलास्थली मथुरा, वृन्दावन होते हुए हम हरिद्वार पहुँचे। वहाँ हमने गंगा माई के तीर पर तीन दिन व्यतीत किए। गंगा माई हमें

अपने अंक में दुलारती रही। मुझे गंगा का तट छोड़ने की इच्छा ही न थी, किन्तु विवशता थी।

हरिद्वार से चलने के दो दिनों के पश्चात् हमने एक पर्वतीय क्षेत्र में अपना शिविर डाला। अपने शिविर में एक दिन प्रातःकाल हम आगे की यात्रा के लिए तैयार हो रहे थे। भोजन बन रहा था। उसी समय जोरों के विस्फोट जैसी ध्वनि हुई। सभी घबरा गए। सैनिकों का एक दल आस पास दौड़ा। थोड़ी देर में वे लौटकर आए और बतलाया कि आगे मार्ग पर भूस्खलन हुआ है। एक विशाल शिलाखण्ड टूटकर मार्ग पर आ पड़ा है। सार्थ ने कहा कि अब एक दिन और यहीं विश्राम करना होगा। अगले दिन भृत्यों ने उस शिलाखंड को काटकर मार्ग से हटाया और तभी यात्री समूह आगे बढ़ सका। इसी प्रकार मार्ग की बाधाओं से संघर्ष करते आगे बढ़ते हुए हम एक दिन जालंधर पहुँचे जो विख्यात शक्तिपीठ है। माता सती का वामस्तन वहीं गिरा था। भगवान् शिव की नेत्रज्वाला से उत्पन्न दैत्य का नाम जलंधर है। उसी के नाम पर यह प्रदेश जालंधर कहलाया। जलंधर की भूमि-विपाशा और शुतुद्रि का संगम। अहा अतीव मनोरम! वहाँ से चलकर हमने काश्मीर राज्य की सीमा में प्रवेश किया तो उत्तुंग शैलशिखर घने वनों और हिमशीतल पवन ने हमारी अगवानी की। उसी वन्य प्रदेश में विपाशा के तट पर भैरव-भैरवियों ने सैनिक को पकड़ लिया था। लगभग एक मास की यात्रा के बाद हम प्रवरपुर पहुँचे।"

"आपकी यात्रा तो बड़ी रोमांचक रही तात!"

"हाँ, ऐसी यात्राएँ हृदय में आनन्द, भय, शंका, हर्ष, विस्मय आदि विभिन्न प्रकार के भाव सिरजती रहती हैं।" कहकर अत्रिगुप्त उठ खड़े हुए और नीलाभ को साथ लिए आवास की ओर चल पड़े।

(6)

प्रातःकाल सूर्यदेव की बालकिरणें जब हिमालय की हिमाच्छादित चोटियों को स्पर्श करतीं, तो वे सुनहरी आभा में नहा उठतीं। वितस्ता का जल, मानो किसी साधक की भाँति, पूरी शांति और ध्यान में मग्न स्थिर होकर बहता रहता। पक्षियों का कलरव धीरे-धीरे इस सन्नाटे को तोड़ता, जैसे वे इस पवित्र भूमि को जागृत करने के लिए कोई वेद-मंत्र गा रहे हों। नदी के तट पर कुछ साधक अपनी साधना-उपासना में लगे होते। एक ओर के घाट पर गृहिणियाँ अपने-अपने घट में जल भरती होतीं। वितस्ता के उसी तट पर एक छोटी-सी पर्णकुटी थी। उसके द्वार पर तुलसी का एक हरा-भरा पौधा लहलहा रहा था, और समीप ही धूप की सुगंध वातावरण को और पवित्र बना रही थी। पर्णकुटी के भीतर विशुद्ध स्वर में शिवोपासना के मन्त्र गूँज रहे थे। यह आचार्य नरसिंहगुप्त का निवास था। आचार्य नरसिंहगुप्त सितांशुमौलि के प्रधान अर्चक और राजदरबार के प्रधान पुरोहित थे।

काश्मीर में दो सौ वर्षों से चला आ रहा कर्कोट वंश का शासन अब समाप्त हो चुका था। उत्पल वंश के राजा अवन्तिवर्मन् ने काश्मीर में उत्पल वंश के शासन की नींव डाल दी थी। इसी उत्पल वंश में अवन्तिवर्मन् के लगभग सौ वर्षों बाद क्षेमगुप्त काश्मीर के राजा बने। राजघरानों के परिवर्तन से राजनीति बदलती है, प्रशासन बदलता है, किन्तु विद्वानों की प्रतिष्ठा यथावत् रहती है। ललितादित्य के काल में शैवशास्त्र के सुविख्यात ज्ञाता अत्रिगुप्त को जो प्रतिष्ठा प्राप्त थी, उसी तरह क्षेमगुप्त के काल में उन्हीं अत्रिगुप्त के वंशजों को सम्मान प्राप्त था। क्षेमगुप्त के शासनकाल में काश्मीर में अनेक प्रतिभाशाली आचार्य, कवि और शास्त्रज्ञ रहते थे। इन्हीं में से एक अत्यंत प्रतिष्ठित नाम था– नरसिंहगुप्त। नरसिंहगुप्त, प्रख्यात विद्वान् अत्रिगुप्त के वंशज थे। अत्रिगुप्त का नाम कश्मीर के बौद्धिक इतिहास में आदर के साथ लिया जाता है, और

नरसिंहगुप्त ने इस विद्वत्परंपरा को और भी ऊँचाइयों पर पहुँचाया। वे शास्त्रों के प्रकांड पंडित थे। वेद, उपनिषद्, शैवदर्शन, व्याकरण और काव्यशास्त्र पर उनका असाधारण अधिकार था। तत्कालीन विद्वद्गोष्ठियों में राजनीति और कूटनीति के साथ-साथ दर्शन, काव्य, कला और शास्त्रों पर भी गहन चर्चाएँ होती थीं। विद्वत्समाज में नरसिंह गुप्त को विशेष सम्मान प्राप्त था। यद्यपि क्षेमगुप्त कई प्रकार के दुर्व्यसनों से घिरा था तथापि विद्वानों का बड़ा आदर करता था।

आचार्य अपने आवास पर ही अपने शिष्यों को शास्त्रोपदेश किया करते थे। एक दिन कुटी के भीतर, आचार्य नरसिंहगुप्त ध्यानावस्थित बैठे थे। उनकी मुद्रा स्थिर थी। वे कमलासन में बैठे थे। मेरुदण्ड एकदम सीधा, आँखें बंद और मुख पर दिव्य शांति। उनके मस्तक पर हल्की सी भभूत की रेखा थी और जटा बँधी हुई। सूर्य की किरणें खिड़की से भीतर आकर उनके मुख पर पड़ रहीं थीं, जिससे उनका आभामय मुख उस तेज से और भी आलोकित हो रहा था। उनका सौम्य, तेजस्वी और शांत मुखमंडल देखकर ऐसा प्रतीत होता था मानो साक्षात् विद्या और साधना ने मानव रूप ले लिया हो। धीरे-धीरे उनके शिष्य एकत्र होने लगे। वातावरण में पूर्ण शांति थी। केवल पक्षियों का कलरव और शिष्यों के आने-जाने की हल्की पदचाप। शिष्य मौन साधे प्रतीक्षा करते रहे। कुछ देर बाद ध्यान से व्युत्थित आचार्य ने आँखें खोलीं। उनकी दृष्टि से स्नेह छलक रहा था। शिष्यों ने अपने गुरु को दण्डवत् किया। नरसिंहगुप्त ने आशीर्वाद के शब्द कहे– "शिवम्भूयात्। भगवान् सितांशुमौलि की कृपा सब पर बनी रहे। नमः सितांशुमौलये।"

शिष्यों ने भी एक स्वर से दुहराया– "नमः सितांशुमौलये।"

एक शिष्य ने प्रश्न किया, "आचार्यवर! क्या केवल शास्त्रज्ञान ही मनुष्य को पूर्ण बनाता है?"

आचार्य नरसिंहगुप्त ने मुस्कुराते हुए कहा,

"वत्स! शास्त्रज्ञान तो केवल दीपक है, जो तुम्हारे भीतर के अंधकार को मिटाता है। परंतु दीपक का प्रकाश तभी सार्थक है जब वह तुम्हारे मार्ग को आलोकित करे और तुम्हारे आचरण को शुद्ध बनाए। केवल शास्त्रों को पढ़ लेना पर्याप्त नहीं है, जीवन में उनका आचरण आवश्यक है। जब तक हम इन्हें अपने आचरण में नहीं उतारते, तब तक ज्ञान केवल शब्द है, अनुभव नहीं...।"

वे शिष्यों को उपदेश कर ही रहे थे कि एक सेवक ने आकर सूचना दी–

"आचार्य! महाराज आपके दर्शनार्थ पधारे हैं।"

"उन्हें सादर लिवा लाओ" कहकर नरसिंहगुप्त भी कुटी से बाहर निकले

तो महाराज आते दिखलाई पड़े। उनके अंगरक्षक द्वार पर ही खड़े रहे।

राजा ने आचार्य के समक्ष नतमस्तक होकर कहा, "आचार्यवर! आपके दर्शन से मन को अपूर्व शांति मिलती है। इसलिए आज बिना सूचना दिए असमय ही आपको कष्ट दिया। आपकी ज्ञान और साधना ने कश्मीर को नई दिशा दी है। आपके और आपके पूर्वजों के शास्त्रज्ञान और विवेक से कश्मीर राज्य सदा लाभान्वित होता रहा है। काश्मीर सदैव आपके कुल का ऋणी रहा है और रहेगा भी। आचार्यवर! आप जैसे विद्वान् हमारे राज्य के गौरव हैं। आप शास्त्रों के केवल ज्ञाता ही नहीं, उनके सच्चे साधक भी हैं। मेरी इच्छा है कि कश्मीर में विद्या और शास्त्रों की यह परंपरा सदा पुष्पित-पल्लवित होती रहे इसके लिए काश्मीर में आपके मार्गदर्शन में एक विद्यापीठ की स्थापना हो, जहाँ हमारी भावी पीढ़ी शास्त्रज्ञान से आलोकित हो।"

"महाराज! जब राजनीति प्रजा के शैक्षिक विकास के प्रति सक्रिय रहा करती है तो राष्ट्र की उन्नति का मार्ग प्रशस्त होता है। शास्त्र और शास्त्रज्ञों की रक्षा और उनका संवर्धन करने वाला नृप देवतुल्य होता है। आपका यह संकल्प प्रशंसनीय है। इसका मैं हृदय से सम्मान करता हूँ। मैं इस कार्य में अपना सर्वस्व अर्पित करूँगा।" क्षेमगुप्त ने आचार्य को सादर प्रणाम किया और आश्वस्त मन से लौट गए।

कश्मीर के सांस्कृतिक पुनर्जागरण के स्वर्णयुग में, जहाँ शिल्प और शास्त्र एक-दूसरे के पूरक बनकर उभरे, वहीं आचार्य नरसिंहगुप्त अपनी विद्वत्ता, सादगी और आध्यात्मिक तेज के साथ एक दीपस्तंभ की भाँति प्रतिष्ठित हुए। वे केवल एक शास्त्रज्ञ आचार्य नहीं थे, बल्कि समाज के नैतिक पथप्रदर्शक, एक संयमी साधक और भारतीय ज्ञान-परंपरा के जीवंत प्रतीक थे। वे विद्या के साथ विनय के प्रतीक थे। एक ऐसे आचार्य, जिनका तेजस्वी व्यक्तित्व और मधुर व्यवहार समाज के हर वर्ग को आकर्षित करता था। उनके ज्ञान का विस्तार जितना गहन था, उनके आचरण की सरलता उतनी ही प्रबल। कभी वे राजदरबार में शास्त्रीय विचार देते दिखालाई देते, तो कभी किसी ग्राम में साधारण जन को धर्म और जीवन के सत्व की शिक्षा देते। उनके लिए समाज केवल राजा और मंत्रियों तक सीमित नहीं था– वे किसान, शिल्पकार, व्यापारी और साधु-संतों को समान दृष्टि से देखते थे। उनकी वाणी में स्नेह था, उनके तर्क में संतुलन, और उनके निर्णयों में न्याय।

नरसिंहगुप्त केवल शास्त्रों के ज्ञाता नहीं थे। वे उन शास्त्रों को अपने जीवन में जीने वाले साधक थे। उनका आध्यात्मिक स्वरूप वैदिक तपस्वियों की याद

दिलाता था। जहाँ साधना और सेवा, दोनों एक दूसरे के पूरक बन जाते हैं। उनके मुख पर एक दिव्य शांति थी, और नेत्रों में एक गहरा प्रकाश, मानो आत्मसाक्षात्कार के अनुभव उनके व्यक्तित्व से झलक रहे हों।

कश्मीर की झीलों के तट पर, हिमालय की गोद में, जब वे ध्यान में बैठते, तो उनकी उपस्थिति में भी एक दिव्यता का अनुभव होता। उनके प्रवचनों में शास्त्रों की जटिलताओं को साधना की सरलता में ढालने की अद्भुत कला थी। शैवाद्वैत, योग, व्याकरण आदि विभिन्न शास्त्रों के मर्म को उन्होंने अपनी आत्मानुभूति से समझा और लोकभाषा में उसे लोगों के समक्ष रखा। उनकी आध्यात्मिकता केवल ग्रंथों तक सीमित नहीं थी। वे मानवता को ही सबसे बड़ा धर्म मानते थे। उनका मत था कि धर्म केवल पूजा-पाठ में नहीं, बल्कि सेवा, सहानुभूति और संयम में है। उनके शिष्यों में राजा से लेकर साधारण जन तक सभी थे, और सभी के लिए वे समान रूप से स्नेही गुरु थे।

आचार्य का व्यक्तित्व संयम, विद्वत्ता, करुणा और साधना का अनूठा सम्मिश्रण था। उनके व्यक्तित्व में विद्वत्ता की गंभीरता, करुणा की कोमलता, और साधना की शक्ति थी। उनका भाषण केवल तर्क का खेल नहीं था, उसमें आत्मा का स्पर्श था। शब्दों में इतनी गहराई होती कि सुनने वाले को अपने भीतर एक नई दृष्टि के उदय का अनुभव होता।

आचार्य की अवस्था कोई सत्ताइस की रही होगी। शास्त्रज्ञान के पिपासु जन उनके पास आते। वे अपने आवास पर प्रतिदिन उपदेश करते। सितांशुमौलि की अर्चना के उपरांत प्रातःकालीन उपदेश करते और पश्चात् राजदरबार चले जाते। वहाँ राजा के साथ विभिन्न विषयों पर मंत्रणा करते। दिन के दूसरे प्रहर घर लौट आते जहाँ उनकी पत्नी विमलकला उनकी प्रतीक्षा में आँखें बिछाए रहती।

आज भी जब आचार्य अपने कक्ष में लौटे तो उनकी पत्नी विमलकला उनकी प्रतीक्षा कर रही थीं। विमलकला एक सरल, स्नेहमयी और विदुषी महिला थीं। जैसे ही उन्होंने आचार्य को देखा, उनके चेहरे पर प्रसन्नता झलक उठी। उन्होंने मधुर उपालंभ के स्वर में पूछा–

"आज बहुत विलम्ब हुआ, स्वामी! अभी तो राजदरबार जाने का समय भी नहीं हुआ?"

"नहीं महाराज स्वयं आ गए थे।"

"महाराज क्षेमगुप्त? यहाँ? भला क्यों?" विस्मित स्वर में विमला ने पूछा।

"उनका का आग्रह है कि कश्मीर में एक विद्यापीठ की स्थापना हो। और मैं इसकी रूपरेखा तैयार करूँ। वे इस विषय में मेरा मार्गदर्शन चाहते हैं।"

"यह सचमुच एक शुभ संकल्प है। यह अत्यंत पुण्य का कार्य है। आपकी विद्या और साधना के आलोक से ज्ञानार्थियों को जीवन का मार्ग मिलेगा।" विमलकला ने प्रसन्नता से कहा।

फिर एक क्षण को दोनों के बीच एक मौन छा गया– एक ऐसा मौन जिसमें एक अधूरी अभिलाषा की टीस थी। वर्षों से वे निःसंतान थे, और यह उनके जीवन का एकमात्र दुःख था।

"स्वामी! क्या सितांशुमौलि की कृपा से हमारा यह दुःख कभी दूर नहीं होगा?" विमलकला ने धीमे स्वर में कहा–

आचार्य ने उनकी ओर आश्वस्ति भरी दृष्टि डाली और कहा–

"धैर्य रखो, विमला। भगवान सितांशुमौलि अवश्य हमारी प्रार्थना सुनेंगे। सच्ची साधना कभी निष्फल नहीं जाती।"

और सचमुच एक दिन, उनकी साधना का फल उन्हें मिला। विमलकला ने एक तेजस्वी पुत्र को जन्म दिया– माहेश्वर। जब आचार्य ने पहली बार अपने पुत्र को गोद में लिया, तो ऐसा लगा मानो स्वयं शिव का आशीर्वाद उनके जीवन में साकार हुआ हो। कुछ वर्षों बाद, उनके दूसरे पुत्र मनोरथ का जन्म हुआ। माहेश्वर बाल्यावस्था से ही असाधारण प्रतिभा के धनी थे। उनकी जिज्ञासा, तर्कशक्ति और स्मरणशक्ति अद्वितीय थी। यही माहेश्वर बाद में अभिनवगुप्त के नाम से विख्यात हुए– शैवदर्शन, साहित्यशास्त्र, नाट्यशास्त्र, तन्त्रशास्त्र आदि विविध शास्त्रों के विख्यात आचार्य अभिनवगुप्त।

(7)

चिता से उठ रही लपटें हवा का संग पाकर धू-धू करती और तेज हो गईं। अग्निदाह से अस्थियाँ चटखतीं तो चट्-चट् की ध्वनि होती। कदाचित् देह के मांसखंड जलते तो उसमें व्याप्त तरल के बुलबुले उठते और वातावरण में चिरायंध-सी गन्ध फैलती, यद्यपि चन्दन देवदारु की सुगंध उसे व्याप्त कर लेती। आकाश की ओर उन्मुख अग्नि की लाल-पीली लपटें जैसे उस परमतत्त्व की सत्यता और जगत् के मिथ्यात्व को इंगित कर रही थीं- 'ब्रह्म सत्यं जगन्मिथ्या'। बारह वर्ष का बालक अभिनव चिता से उठती आग की लपटों को एकटक देख रहा था- मौन, स्तब्ध निश्चेष्ट। आँखों में आँसू नहीं हैं और न कंठ में क्रंदन; परन्तु अंतस्तल में जैसे झंझावात उठ रहा है। विचारों की लहरें उसके मन को मथ रही हैं। मातृवियोग की हृदयविदारक वेदना से व्यथित अभिनव चिता में दहकती अग्निशिखाओं को देखते हुए जैसे यह समझने का प्रयास कर रहा हो कि क्या यही अंत है? क्या यही दारुण परिणति है ममता की, स्नेह की? धधकती चिताग्नि की ज्वालाओं में जैसे केवल माँ की देह ही नहीं जल रही थी बल्कि वात्सल्य का संसार भी भस्म हो रहा था। उसकी माँ की स्वर्णाभ देहयष्टि सुवर्ण-सदृश दहकती हुई अग्नि से एकाकार हो रही थी। अभिनव ने देखा वह सोने-सी दमकती देह एक राख लिपटे हुए दण्ड की भाँति शेष रह गई थी। शनैः-शनैः अग्नि की लपलपाती जिह्वा ने अभिनव का स्नेह-संसार भस्म कर डाला। अभिनव के हृदय में वेदना का ज्वार-सा उठा। माँ की आकृति अब चर्म-चक्षुओं का विषय न रह गई थी। अब वह माँ हृदय-पटल पर अंकित निराकार अनुभूति मात्र रह गई थी। उसका स्नेहकोष लुट गया था। जीवन-पथ को निरंतर आलोकित करनेवाली ज्योति बुझ गई थी। मानो अकेलेपन का निबिड़ अन्धकार चारों ओर घिर आया था। ममता की छाँह देने वाला वृक्ष निर्मूल हो गया था। विपदा के तीक्ष्ण आतप ने जैसे जीवन का सारा रस सोख

लिया था। अभिनव को लगा जैसे एकाएक वह सरिता सूख गई जिसके जल पर उसका जीवन आश्रित था। जिस सरिता की शीतल धारा में वह आनंद के गोते लगाता था, जिससे उसकी देह और उसका मन निर्मित हुआ था उस नदी के स्थान पर अब तपती रेत मात्र शेष थी जिस पर चल पाना दूभर हो रहा था। 'अब तो इसी तपती भूमि पर जीवन भर चलना होगा', अभिनव ने मन ही मन कहा। निमिषमात्र में अभिनव का संसार बदल गया था। स्नेह-मोह, प्यार-दुलार से हरे-भरे जीवनमार्ग पर जैसे विपदाओं के बड़े-बड़े पर्वत खड़े हो गए थे।

माँ की चिता से उठने वाली लपटें अब शान्त हो गईं थीं, लेकिन तनिक हवा का झोंका आता तो सफ़ेद राख उड़ती और आग के लाल अंगारे धधक उठते। अभिनव अब भी एकटक उस चिता को देख रहा था जहाँ क्षण भर पहले उसके स्नेह का संसार चन्दन की काष्ठशय्या पर पड़ा था। वह सोच रहा था– "माँ ने क्षणमात्र में कैसे मुझे त्याग दिया? क्या माँ के हृदय में तनिक भी करुणा शेष न रही? उसने यह भी न सोचा कि उसके स्नेह के बिना यह शिशु कैसे जी पाएगा? क्या माँ इतनी निष्करुण हो गई? नहीं नहीं, मेरी माँ इतनी निष्करुण नहीं हो सकती। यह जीवन ही उसके अधीन न था। यह भौतिक देह मिथ्या थी। यह सब सम्बन्ध मिथ्या हैं– मिथ्यैव मोहमयं जगत्। मोह से सना यह संसार बिलकुल झूठा है।" वह अपने विचारों में डूबता जा रहा था। माँ की चिताग्नि में अभिनव का बाल्यकाल भी भस्म हो चुका था। बारह वर्ष का अभिनव जैसे एकाएक बड़ा हो गया था। माँ की चिता उस दिन बुझ गई किन्तु उसकी ज्वाला अभिनव के अंतःकरण में अनन्तकाल तक जलती रही– कला, साहित्य और दर्शन की साधनाशक्ति बनकर।

अभिनव के पिता नरसिंहगुप्त भी श्मशानभूमि में एक ओर खड़े पत्नी की चिता को निर्निमेष निहार रहे थे, जहाँ अब भस्ममात्र शेष था। जीवनयात्रा के मध्य में ही उनकी प्रियतम-सखी ने साथ छोड़ दिया था। यद्यपि वे ज्ञानी पुरुष थे तथापि माया के पाश से सर्वथा मुक्त न थे। वे भीतर से विचलित थे किन्तु अपने को सँभाले हुए थे। उनके अग्रज उन्हें सांत्वना के शब्द कह रहे थे–

"चुखुल!* मनुष्य मरणधर्मा है। हम सबको एक दिन अग्नि की भेंट होना है....।"

वामनगुप्त ने कहा। चुखुल यानि अभिनव के पिता नरसिंहगुप्त मौन खड़े अपने अग्रज की बातें सुन रहे थे। अचानक उनकी दृष्टि अभिनव की ओर गई। वह चित्रलिखित-सा खड़ा विचारों में डूबा था। अन्य प्रियजन भी आस-पास

---

* चुखुल नरसिंहगुप्त का ही दूसरा नाम था

मौन खड़े थे। श्मशानभूमि में चालीस-पचास लोग खड़े थे फिर भी एक नीरवता व्याप्त थी। बीच-बीच में वहाँ बहनेवाली हवा वहाँ खड़े वृक्षों को हिलाकर उस नीरवता को भंग करती। नरसिंहगुप्त ने निश्चेष्ट-से खड़े चिंतामग्न अपने पुत्र को देखा तो उन्हें उसकी मनोदशा का ध्यान हो आया। वे उसके पास आए और उसका माथा सहलाने लगे। लाख प्रयत्नों के बावजूद उनकी आँखों की कोरों से आँसू ढुलकते रहे और पिता-पुत्र में जैसे मौन संवाद होता रहा। बड़ी देर में उन्होंने अभिनव से कहा-

"वत्स! तुम्हारी माँ का साथ यहीं तक था। वे अपनी नई यात्रा पर निकल गईं। अब शोकसागर से निकलना होगा पुत्र! यह देह तो नश्वर है ही। इसका क्या भरोसा? जाने मार्ग में कहाँ साँसें चुक जाएँ और......।"

अभिनव बीच में ही बोल पड़ा- "पितृपाद! नासतो विद्यते भावो; आपने ही तो बताया था। देह असत् है न पिताजी?"

नरसिंहगुप्त अभिनव की इस प्रतिक्रिया पर चकित थे। वे सोच रहे थे कि मातृच्छाया के तिरोहित हो जाने का कैसा आघात इसके हृदय पर पड़ा है कि यह स्थितप्रज्ञ की भाषा बोल रहा है।

चिता की लपटें शान्त हुईं। सभी लोग विसर्जित हुए। नरसिंहगुप्त अभिनव को लिए अपने घर लौट आए। घर के एक कोने में अंत्येष्टिकर्ता का आसन लगा था। नरसिंहगुप्त उस पर चुपचाप बैठ गए। कक्ष में मौन व्याप्त था। अभिनव ने चुप्पी तोड़ी और अपने पिता से पूछा-

"तात! क्या मैं अभी जल पी सकता हूँ? तेज प्यास लगी है।"

"हाँ क्यों नहीं! वत्स! तुम चाहो तो कुछ फल भी ग्रहण कर सकते हो।"

"नहीं तात! मैं तो जल भी न लेता किन्तु प्यास ने विवश कर दिया है।"

"ओह! अभी जल मँगवाता हूँ। विम...."

हमेशा की तरह विमला को पुकारने वाले नरसिंहगुप्त ने आधा नाम लिया ही था कि जैसे किसी अदृश्य शक्ति ने उनका कंठ अवरुद्ध कर दिया। यह पहली बार था जब नरसिंहगुप्त को विमला को आवाज़ देते हुए रुक गए थे।

"मैं स्वयं जल ले लूँगा तात!" अभिनव ने कहा।

"तुम बैठो।" कहकर अभिनव के ज्येष्ठ पितृव्य वामन ने अपनी पत्नी मधूलिका को आवाज़ लगाई-

"मधूलिका! अभिनव को जल लाकर दो।"

अभिनव पानी पीकर वहीं पर लगी अपनी शय्या पर सो गया। इधर नरसिंहगुप्त के कर्णकुहरों में विमला को पुकारने की ध्वनि का जैसे अनुरणन

हो रहा था और फिर उन्हें लगता जैसे विमला का अंतिम स्वर 'आ' किसी अनंत में जाकर समा गया हो। वे विमला की स्मृतियों में खो गए। उन्हें लगा जैसे विमला जल का पात्र लिए अभिनव के सामने आ खड़ी हुई है। दूसरे ही क्षण उन्हें बोध होता कि 'अभी तो इन्हीं हाथों विमला को अग्निदेव को समर्पित कर आया हूँ'। फिर वे निर्निमेष दृष्टि से सामने निद्रामग्न अपने तेजस्वी पुत्र को निहारने लगते। विचारों की लहरें उन्हें अतीत में खींच ले गईं–

उन्हें याद हो आया कि कितनी कठिन साधना के बाद उन्हें यह तेजस्वी पुत्र प्राप्त हुआ था। तेरह वर्ष पुराना दृश्य उनकी आँखों के सामने जैसे साकार हो उठा–

"सितांशुमौलि के मंदिर में निरन्न बैठे नरसिंह और विमला पिछले चौदह दिनों से साधनारत थे। 'ऊँ तत्पुरुषाय विद्महे महादेवाय धीमहि तन्नो रुद्रः प्रचोदयात्' का जाप अनवरत चल रहा था। नरसिंह के मुख से तो किंचित् ध्वनि फूटती भी थी पर विमला तो जैसे मध्यमा वाणी के स्तर पर ही सितांशुमौलि का नाम जप रही थी। केवल अधर हिलते-से प्रतीत होते थे। उसकी बंद आँखों की कोरों से ढुलकते अश्रुकण उसके कपोलों को भिगोते हुए चिबुक पर आकर ठहर जाते और फिर एक बड़ी-सी बूँद के रूप में उसकी सूनी गोद में गिर पड़ते। 'ऊँ तत्पुरुषाय विद्महे महादेवाय धीमहि....' 'सितांशुमौलये नमः' के अतिरिक्त और कोई ध्वनि वहाँ सुनाई न पड़ती थी। बीच-बीच में चिनारों से टकराती हवा साँय-साँय करती या कदाचित् ध्यान से सुनने पर सितांशुमौलि के मन्दिर के पार्श्व में बहती हुई पाषाणखण्डों से उलझती वितस्ता के तरंगों की ध्वनि सुनाई देती। चौदह दिनों में उन दोनों ने अन्न का एक कण भी न लिया। तीन दिन तक तो जल भी न लिया। अपने राजपुरोहित को इस प्रकार निरन्न और निर्जल साधनारत जानकर स्वयं राजा क्षेमगुप्त मंदिर के द्वार पर आ गए। क्षेमगुप्त ने देखा आचार्य समाधिस्थ-से हैं। आँखें मुँदी हुई और अधर कुछ विकम्पित-से हैं। उन्होंने व्यवधान डालना उचित न समझा। वे चुपचाप प्रतीक्षा करते रहे। घंटे भर बाद आचार्य की आँखें खुलीं तो अपने राज्य के महनीय आचार्य और राजपुरोहित की ऐसी कठोर साधना देखकर उन्होंने कहा–

"आचार्य! शरीरमाद्यं खलु धर्मसाधनम्। आपने ही तो सिखलाया। कृपया अपने शरीर की भी तो सुनिए। आप जैसे भक्त को इतनी भी कठोर परीक्षा देने की आवश्यकता नहीं पड़ती आचार्य! करुणासागर भगवान् सितांशुमौलि आपको आपका अभिलषित निश्चय ही प्रदान करेंगे।"

महाराज की आवाज़ सुनकर नरसिंहगुप्त ने दृष्टि उठाई तो देखा कि

महाराज क्षेमगुप्त मंदिर के द्वार पर हाथ जोड़े खड़े हैं। उन्होंने महाराज की ओर एक दृष्टि डाली और जप जारी रखा। क्षेमगुप्त ने देखा कि आचार्य की आँखें फिर मुँद गईं और मन्त्रजाप जारी है। महाराज का चित्त उद्विग्न था पर उन्होंने अब और अधिक रोक-टोक करना उचित न समझा और वापस राजमहल लौट आए।

भगवान् भुवन-भास्कर अपनी लालिमा समेटे अस्ताचल की ओर बढ़ रहे थे। सम्पूर्ण आकाश जैसे रक्तिम प्रच्छद-पट से ढँक गया था। नरसिंह समाधिस्थ-से बैठे थे। किसी प्रस्तरमूर्ति की तरह उनका शरीर निष्कम्प था। पलकें अब भी मुँदी हुई। मन्त्रोच्चारण से विकम्पित अधर अब शान्त थे। स्यात् उपांशु जप चल रहा था। यह भगवद्-भक्ति की साधना का वह तल था जहाँ भावविगलित भगवान् को भक्त के निकट विवश होकर आना ही पड़ता है। नरसिंह उसी मुद्रा में बैठे थे। विमला पति के पार्श्व में आँखें बंद किए निर्वाक् बैठी थी। बीच-बीच में उनकी आँखों की कोरों से अश्रुकण ढुलक रहे थे। यह भक्त के भगवान् से मिलने की दिव्य अनुभूति थी। रात गहराती जा रही थी। दूसरा प्रहर बीत चुका था। वातावरण शांत और गंभीर। बीच-बीच में हवा चलती तो चिनार के पत्तों की सरसराहट वातावरण की नीरवता भंग करती। अचानक नरसिंह को प्रतीत हुआ जैसे भगवान् सितांशुमौलि अपनी प्रस्तरप्रतिमा से बाहर निकल आए हैं। नरसिंह ध्यानमग्न हैं पर आँखें खुली हैं। उन्होंने देखा कि भगवान् के आभामण्डल की चकाचौंध से मन्दिर का सारा प्रांगण प्रदीप्त हो उठा है। उतावले नरसिंह उनसे कुछ कहना चाह रहे हैं पर कंठ से ध्वनि नहीं फूट रही है फिर भी सितांशुमौलि उनका अभिप्राय समझ गए हैं। मानो आँखों-आँखों में बातें हुईं और भगवान् ने कहा कि मेरा ही अंश तुम्हें पुत्र रूप में प्राप्त होगा। और फिर मन्दस्मित का प्रसाद देकर भगवान् अंतर्धान हो गए। नरसिंह का ध्यान भंग हुआ। वे सोच रहे थे कि यह सब प्रत्यक्ष था या स्वप्न। उन्होंने सोचा; चाहे जो भी हो सितांशुमौलि का प्रसाद तो मिला। उन्होंने विमला की ओर देखा। वे अभी भी उसी मुद्रा में थीं। उन्होंने धीरे से पुकारा–

"विमले!"

विमला अपने ध्यान में मग्न थी। उनकी कोई प्रतिक्रिया न देख नरसिंह ने फिर पुकारा–

"आर्ये विमले!"

बार-बार अपने नामाक्षर की ध्वनि सुनकर विमला का ध्यान भंग हुआ। उन्होंने आँखें खोलीं तो देखा पति प्रसन्न मुद्रा में उन्हें पुकार रहे हैं।

"क्या बात है आर्य! आपने पुकारा मुझे?"

"हाँ विमला। हमारी साधना सफल हुई। भगवान् सितांशुमौलि ने दर्शन दिए। शिवस्वरूप पुत्र हमारे घर अवतरित होगा विमले! उनके आशीष की वह दिव्य वाणी अब भी मेरे कर्णकुहरों में गूँज रही है प्रिये!"

"अहोभाग्य आर्य! मुझे ऐसे तेजस्वी पुत्र की माता होने का सौभाग्य मिलेगा; मैं धन्य हुई प्रिय!"

दोनों ने भगवान् सितांशुमौलि की प्रतिमा को दण्डवत् किया। नमः सितांशुमौलये कहकर नरसिंह उठे और विमला के साथ अपने आवास की ओर चल पड़े। चौदह दिनों की कठोर साधना से शरीर दुर्बल हो गया था। चलने में कठिनाई हो रही थी। ऐसा लगता था जैसे पैरों में किसी ने पत्थर बाँध दिए हों। मन्दिर परिसर से बाहर निकलने पर वितस्ता की जलधारा को स्पर्श कर बहती प्रातःकालीन ठण्डी हवा नरसिंह को अत्यंत सुखकर प्रतीत हुई। सूर्यदेव प्रकट होने को थे। उषा ने आकाश में अपना रक्तवर्णी प्रच्छद-पट फैला दिया था।"

ध्यानमग्न नरसिंह की दृष्टि सोए हुए अभिनव पर पड़ी। क्षण भर को वे वर्तमान में लौट आए लेकिन विमला की स्मृतियाँ उन्हें खींचे लिए जाती थीं। एक-एक चित्र उनके स्मृतिपट पर उभर रहे थे। वे फिर अतीत में लौट गए–

"चुखुल! चुखुल!"

नरसिंह के भाई वामनगुप्त उन्हें पुकार रहे हैं। वे शीघ्रता से उनके पास आए तो वामन ने कहा–

"महाराज आए हैं, द्वार पर खड़े हैं।"

नरसिंह घर का प्रांगण लाँघते हुए शीघ्रता से द्वार पर पहुँचे और महाराज की अगवानी की।

"अहोभाग्य हमारे! महाराज! आप मेरे द्वार पर पधारे।"

"प्रणाम आचार्य! आपकी साधना फलवती हुई। होनी ही थी। मेरी बधाई स्वीकार करें। मेरे कुल के नवागत आचार्य कहाँ हैं? उनका दर्शन करने आया हूँ।"

"आप भीतर आएँ।"

कहकर नरसिंह महाराज को लिवा ले गए। आज उनके घर पुत्र का जन्मोत्सव है। घर में चारों ओर चहल-पहल है। विवाह के आठ वर्षों के बाद उनके घर में किलकारी गूँजी है। इतनी गहन साधना और मन्नतों के बाद शिशु का जन्म हुआ है। विमला और नरसिंहगुप्त माता-पिता बन गए हैं। माँ विमला शिशु को अपनी गोद में लिए बैठी हैं। आस-पड़ोस की स्त्रियाँ उन्हें घेरकर बैठी

हैं। शततन्त्रीवीणा (संतूर) की झंकार और मृदंग की थाप पर नवागत शिशु के बधाई के गीत गाए जा रहे थे। कोकिलकंठी महिलाओं के स्वर वातावरण में मिठास घोल रहे थे। नवजात कभी अपनी आँखों की पुतलियाँ घुमाकर अपने चारों ओर देखता ओ कभी अपनी माँ का मुख निहारने लगता। उसके दमकते मुख की छवि निहार-निहार कर विमला धन्य हुई जाती थी। उसके चेहरे से मानो दैवी आभा छलक रही थी। विमला स्वयं सौन्दर्य की प्रतिमा थी। नरसिंह जातकर्म की विधियों में व्यस्त थे। वैदिक मंत्रोच्चार के साथ आहुतियाँ दी जा रही थीं। यज्ञविधि संपन्न होने के बाद नरसिंह विमला के निकट आए। उनके हाथ में एक थाल है। थाल में एक छोटे-से पात्र में घी, एक में मधु और एक स्वर्ण शलाका है। मधु और घी का असमान मिश्रण बनाया गया। नरसिंह ने उस मिश्रण में स्वर्ण शलाका डुबोई और शिशु की जिह्वा पर रखा। उपस्थित पुरोहितों ने आशीर्वाद के मन्त्र उच्चरित किए और फिर सभी ने एक स्वर से 'चिरंजीवी तेजस्वी यशस्वी च भूयाः' के आशीर्वचन कहे। घी-मधु के मिश्रित स्वाद से नवजात को एक अपूर्व स्वाद का अनुभव हुआ। उसके मुख पर मिश्रित भावों की रेखाएँ खिंच आईं। उसके मुख पर आस्वाद की विचित्र प्रतिक्रिया देखकर सभी महिलाएँ मुस्करा उठीं। नरसिंह ने विमला की गोद से शिशु को अपनी गोद में लिया और महाराज के निकट उसे लेकर आए। प्रसन्नवदन महाराज ने शिशु की ओर देखा और हाथ जोड़कर मुस्कराते हुए कहा–

"नवागत आचार्यवर! मेरा प्रणाम स्वीकार करें!" पुनः नरसिंहगुप्त को संबोधित कर बोले–

"आचार्य! साक्षात् सितांशुमौलि ही उतर आए हैं। यह अपूर्व तेजस्विता तो हमारी दृष्टि बाँध लेती है।"

तभी महाराज का अनुचर एक थाल लेकर आया। थाल में शिशु के लिए स्वर्णाभूषण, रत्नों की मालाएँ, वस्त्र मिष्टान्न आदि थे। महाराज ने हाथ जोड़कर नरसिंहगुप्त से कहा–

"आचार्य! इसे स्वीकार कर अनुगृहीत करें। अपने राज्य के भावी आचार्य को मेरी ओर से यह क्षुद्र भेंट समर्पित है।"

"आप तो शिशु को केवल आशीर्वाद दें महाराज!"

"आचार्यवर! आपका कुल शताधिक वर्षों से हमारे कुल का पूज्य रहा है। मैं अपने पूज्य आचार्यकुल को आशीर्वाद कैसे दे सकता हूँ? हाँ, आचार्यकुल के लिए मेरी मंगलकामना सदा रहती है, रहेगी। आपकी कृपादृष्टि बनी रहे। अब मुझे अनुमति दें।"

कहकर महाराज क्षेमगुप्त ने विदा ली। नरसिंहगुप्त उन्हें द्वार तक विदा करने आए। महाराज ने हाथ जोड़े तो आचार्य नरसिंहगुप्त ने आशीर्वचन कहे– स्वस्ति भवते। शुभम्भूयात्। नमः सितांशुमौलये।"

रात घिर आई थी। वामन भी अपने शयनकक्ष में चले गए। नरसिंह अपने शयनकक्ष में विमला के निकट आए। उन्होंने बड़े प्यार से अपने नवजात पुत्र को निहारा। विमला ने कहा–

"आपकी तेजस्विता से इसके मुखमण्डल पर उतर आई है आर्य!"

"और तुम्हारा सौन्दर्य भी!" कहकर नरसिंह मुस्करा उठे।

"आपने इसका कुछ नाम सोचा है आर्य?"

"हमने योगिनीभू पुत्र की कामना की थी विमले! तदनुरूप साधना भी की। पुत्ररूप में हमें भगवान् सितांशुमौलि महेश्वर का कृपाप्रसाद मिला है अतः हम इसे माहेश्वर नाम देंगे। महेश्वर से प्राप्त माहेश्वर है मेरा पुत्र। माहेश्वर। मेरे हृदय में यही नामाक्षर गुंजायमान हैं। कुलगुरु ने भी इस नाम का समर्थन किया है। यथासमय नामकरण संस्कार किया जाएगा।"

"क्या ही सुन्दर नाम है! माहेश्वर! मेरा माहेश्वर!" कहकर विमला ने नवजात का मुख चूम लिया। यह दृश्य निहारकर नरसिंहगुप्त ने अपूर्व तृप्ति का अनुभव किया।

माहेश्वर के जन्म को ढाई वर्ष बीत चुके हैं। माहेश्वर की तोतली ध्वनि से घर के नितान्त नीरव वातावरण में जैसे प्राणों का संचार हो गया है। 'ऊँ तत्पुरुषाय विद्महे महादेवाय धीमहि तन्नो रुद्रः प्रचोदयात् ऊँ पार्वतीपतये नमः नमः सितांशुमौलये....' नरसिंहगुप्त प्रातःकालीन शिवार्चना में तल्लीन हैं। उनके पास ही बैठा उनका ढाईवर्षीय पुत्र माहेश्वर पिता की पूजाविधि को बड़े ध्यान से देख रहा है। यद्यपि अपनी तोतली बोली में वह तन्नो रुद्रः प्रचोदयात् आदि मन्त्रों को उच्चरित करने की चेष्टा करता किन्तु शब्दों की यह कठिन संरचना उसके उच्चारण में ठीक-ठीक नहीं उतर पाती। उसकी तोतली बोली में उच्चरित मन्त्र सुनने वाले को और भी आकर्षक प्रतीत होता। नरसिंहगुप्त ने लक्ष्य किया कि ढाई वर्ष के बालक को खेलने कूदने के बजाय पूजा-अर्चना और मंत्रोच्चारण ही अधिक रुचिकर लगता है। पूजा के अंत में अपने पिता का अनुकरण करता माहेश्वर 'ओं नमच्छिवाय' का उद्घोष करता तो उसकी माँ विमला के हर्ष का ठिकाना न रहता। वह उसे गोद में उठा लेती और उसके कपोलों को चूमती हुई उसी के स्वर में दुहराती– 'ओं नमच्छिवाय'। फिर दोनों माँ बेटे निश्च्छल निर्द्वंद्व हँसी में डूब जाते।

माँ-बेटे के इस स्नेहिल सम्बन्ध का दृश्य याद आते ही नरसिंहगुप्त फिर पुकार उठे– 'विमल....' पर दूसरे ही क्षण जैसे उनकी संज्ञा ने उन्हें रोक लिया, और फिर वे अपने सौन्दर्यमय अतीत से कठोर वर्तमान में लौट आए। मन ही मन बोल उठे– जगज्जीर्णारण्यं भवति कलत्रेऽप्युपरते-पत्नी के न रहने पर सारा संसार शुष्क और जीर्ण अरण्य-सा हो जाता है।

(8)

"तात! आज आपने यह नवीन उत्तरीय और धौतवस्त्र धारण किया है?" उत्सुकता से भरा तीन वर्ष का माहेश्वर अपने पिता से प्रश्न कर रहा है।

"हाँ वत्स! आज मार्गशीर्ष का प्रथम दिवस है। यह काश्मीर के नवसंवत्सर का दिन है। महर्षि कश्यप ने इसी दिन इस पुण्यभूमि को जलोद्‌भव दानव से मुक्त कराया था। यह काश्मीर के उद्‌भव का दिवस है। उसी स्मृति में आज हम नए वस्त्र धारण करते हैं, विशिष्ट भोज्य बनाते हैं, गीत संगीत का उत्सव होता है। तुम भी स्नान कर लो और नए वस्त्र धारण कर आओ। अभी हम महर्षि कश्यप की अर्चना करेंगे।"

पिता की बात सुनकर प्रसन्नवदन माहेश्वर स्नान के लिए माँ को पुकारता हुआ वहाँ से चला गया। सम्पूर्ण भारतवर्ष में नवसंवत्सर का उत्सव चैत्र शुक्ल की प्रतिपदा को मनाया जाता है किन्तु काश्मीर में यह उत्सव वर्ष में दो बार हो जाता है। काश्मीर के उद्‌भव की यह तिथि भी काश्मीरवासियों के लिए उत्सव का दिन है। यही वह समय होता है जब वर्ष का पहला हिमपात भी आरम्भ होता है। नवहिमपतनोत्सव भी एक पर्व की तरह मनाया जाता है। पिछले दो-तीन दिनों से हिमपात आरम्भ हो गया है। प्रवरपुर के लोग नवसंवत्सर और नवहिमपात दोनों का उत्सव बड़े धूमधाम से मना रहे हैं।

पूजा संपन्न हुई तो विमला ने पिता-पुत्र दोनों को भोजन के लिए बुलाया।

"माहेश्वर! माहेश...."

"मातः! मैं यहीं हूँ।" विमला ने पुत्र को पुकारा तो उनके पीछे खड़ा माहेश्वर बोला

"आओ वत्स! भोजन कर लो। आज नवसंवत्सर में तुम्हारे लिए मैंने पायस बनाया है। तुम्हें पायस रुचिकर लगता है न?"

"और अपूप भी है!" प्रसन्नचित्त माहेश्वर बोला।

"भोजन के पश्चात् हम भ्रमण के लिए नगर से दूर पहाड़ों पर चलेंगे।" पास में भोजन करते हुए नरसिंहगुप्त ने कहा।

"किन्तु मैं तो नहीं जाऊँगा। यहीं घर पर ही विभु और क्षेम के साथ खेलूँगा।"

"हम वहाँ हिमवर्षा का आनंद लेंगे। तुम वहीं तुषारकणों से कन्दुक बनाना और खेलना।" विमला बोली

"क्या? हिम की वर्षा? हिमकणों का कन्दुक?"

"हाँ। तुमने देखा नहीं है न! यह तुम्हारा प्रथम अवसर है कि हिमपात का उत्सव देखोगे।"

"क्या ज्येष्ठमाता भी जाएँगी?"

"हाँ, तुम्हारे ज्येष्ठपिता तुम्हारी ज्येष्ठमाता और अम्बा भगिनी, हम सभी चलेंगे।"

"विभु और क्षेम भी जाएँगे?"

"हाँ हाँ, सभी जाएँगे।"

"तब तो बहुत आनन्द आएगा मातः! मैं अवश्य जाऊँगा।"

भोजन सम्पन्न हुआ तो मधूलिका चली आई। कक्ष के द्वार पर से ही उसने कहा–

"अरे विमला! अब शीघ्रता भी करो। मध्याह्न हो चुका है और जाने में भी समय लगेगा।"

"मैं तो उद्यत हूँ। माहेश्वर को नवीन वस्त्र पहना रही हूँ।"

कहकर थोड़ी देर में ही माहेश्वर का हाथ पकड़े विमला बाहर आई। मधूलिका ने माहेश्वर को गोद में उठा लिया और प्यार भरा चुम्बन दिया। वामन और नरसिंह द्वार पर खड़े थे। सभी जने दोपहर की मीठी धूप में चल पड़े। घंटे भर चलने के उपरान्त वे सब प्रवरपुर के नगर से बाहर देवदारों के मध्य एक पर्वतीय क्षेत्र में जा पहुँचे। हिम का साम्राज्य अभी वृक्षों की पर पूरी तरह फैला नहीं था। सूर्यदेव अन्तर्हित हो गए। रुई के फाहे की तरह तुषारचूर्ण बरस रहा था। प्रकृति की इस लीला को पहली बार देख रहा माहेश्वर विस्मय विमुग्ध था। वामन और मधूलिका एक पेड़ के निकट बैठे मनोमोहक हिमवर्षा का आनंद ले रहे थे।

"इस कुंकुमधरा पर शीत ऋतु में तुषारवर्षा बहुत सौन्दर्यशालिनी होती है, किन्तु तीक्ष्ण शीत की ऋतु भीषण तुषारापात का मौन षड्यंत्र कर आने-जाने के मार्गों के चिह्न भी छिपा देती है। अति सर्वत्र वर्जयेत्।" वामन ने कहा।

"निस्सन्देह प्रियवर! किसी भी वस्तु की नवता में ही उसका सौन्दर्य निहित

होता है। अतिशयता या पुरातनता उससे उसका आकर्षण छीन लेती है। अब देखिए न! जो स्त्रियाँ अत्यधिक आभूषण और श्रृंगार देह पर लाद लेती हैं उससे उनका प्रकृतिप्रदत्त लावण्य गौण हो जाता है।" मधूलिका बोली।

"जो कुछ भी प्रकृतिप्रदत्त है उसमें ईश्वरीय सत्ता की सुरभि विराजती है। कृत्रिमता नहीं होती उसमें। मानव कितना भी सृजन करने की चेष्टा करे प्रकृति के ऐश्वर्य से कभी समता नहीं कर सकता।"

प्रवरपुर के निकट पहाड़ों पर नवहिमपात के उत्सव में काश्मीरवासियों का उत्साह देखते ही बनता था। क्या बच्चे क्या युवा, वृद्ध सभी प्रकृति की इस मनोरम सुषमा का स्वागत बड़े भाव से करते। प्रवरपुर के निकट स्वर्णमार्ग के पर्वत-शिखरों पर बर्फ की चादर बिछी है। रुई के फाहे की तरह तुषारकण वातावरण में तैर रहे हैं। ऊन के बने मोटे गर्म कपड़ों में लिपटे लोग परिजनों के साथ हिम-क्रीडा का आनन्द ले रहे हैं। वहीं हिम की श्वेताभ चादर पर बैठे वामन और मधूलिका आपस में बातें कर रहे हैं। थोड़ी दूर पर नरसिंह और विमला भी एक हिमाच्छादित शिला पर बैठे हैं। तीन वर्ष का माहेश्वर अम्बा, विभु और क्षेम के साथ खेल रहा है। अम्बा और विभु बर्फ की गेंद बनाकर एक दूसरे पर फेंक रहे हैं। इस मनोहर हिमक्रीडा को देख-देख अभिनव जोर-जोर से हँस रहा है। वह भी अपनी छोटी-छोटी हथेलियों में हिमचूर्ण उठाकर गेंद बनाने की असफल चेष्टा कर रहा है। कई असफल प्रयासों के बाद वह अपनी माँ से जाकर गेंद बनाने को कहता है। विमला उसे गेंद बनाकर दे देती है और वह पुनः खेल में मग्न हो जाता है। संध्या सुन्दरी ने अपना आँचल फैला दिया था। शनैः-शनैः रात का राजा भी अपने अमल-धवल साम्राज्य फैलाने लगा था। अपलक चाँद को निहारती मधूलिका को देख वामन ने मधूलिका से कहा—

"प्रिये! पूर्णिमा को गए पाँच दिवस हो गए हैं किन्तु चन्द्रमा का लावण्य तनिक भी मलिन नहीं हुआ है।" वामन ने कहा।

"मुझे तो ऐसा प्रतीत नहीं हो रहा। आज कृष्णपक्ष की पंचमी है तो पूर्णिमा वाली छवि तो नहीं ही होगी। सौन्दर्य की वैसी पूर्णता आज पंचमी को नहीं होगी।"

"ओह! तुम गगनविहारी चन्द्रमा की बात कर रही हो? मैं तो तुम्हारे मुखचन्द्र की बात कर रहा हूँ। गगन का चन्द्रमा मेरी प्रिया के मुख से कितनी भी प्रतिस्पर्धा कर ले वह हीनछवि ही रहेगा।"

"चन्द्रमा तो आप हैं मेरे। मैं तो चन्द्रमा की ज्योत्स्ना हूँ प्रिय!"

"मधु! तुम ठीक कहती हो। तुम तो मेरी जीवन-धरा हो जिस पर मेरे प्राण आधारित हैं और मैं उस धरा की सतत परिक्रमा करनेवाला चन्द्रमा हूँ। वैसे यह भी ठीक ही कहा कि तुम मेरी ज्योत्स्ना हो। बिना ज्योत्स्ना के चन्द्रमा चन्द्रमा भी है क्या प्रिये? चंद्रमा का सर्वस्व तो उसकी चन्द्रिका ही है मधु!"

"आप तो काव्यरचना ही करने लगे!"

"ऐसे सौन्दर्य को निहार कर कोई मौन रह जाए वह तो कोई पाषाणहृदय ही होगा।"

चाँद की श्वेताभ किरणों से तुहिनकण चमक उठे थे। ज्योत्स्ना लिपटी उस चाँदी की हिमधरा पर बैठे पति-पत्नियों के समूह ऐसे प्रतीत होते जैसे देवलोक की दिव्य भूमि-पर देवगण अपनी पत्नियों के साथ बैठे हों। कपास के फाहे-से झरते हिमचूर्ण को चाँद जब अपनी ज्योत्स्ना से नहला देता तो वह स्वर्गिक दृश्य और भी निखर उठता। अब रात के साथ-साथ ठंड भी बढ़ रही थी। लोग नगर की ओर वापस लौट चले।

प्रवरपुर के चत्वरों पर मोटे-मोटे काष्ठखण्ड जल रहे हैं। चारों ओर फैले हिम-साम्राज्य को जैसे निगल लेने को आतुर आग की नीली-पीली लपटें अपने स्वरूप और ताप दोनों से लोगों को तोष दे रही थीं। आग के चारों ओर लोग जमा थे। कहीं समूह में बैठे लोग केसरमिश्रित द्राक्षा की सुगन्धित अरुणाभ मदिरा का आनंद ले रहे थे। वामन को जाता देख उनके मित्र ईशान ने उन्हें पुकारा–

"वामन!"

वामन ने देखा ईशान के साथ उसके कई मित्र वहाँ मधु-चषक हाथ में लिए हास-परिहास में मग्न थे। वह ईशान की पुकार सुन लौट पड़े। मधूलिका महिलाओं के समूह की ओर बढ़ गई।

"आओ मित्र! कुछ स्नेहदृष्टि हम सुहृद् जनों पर भी रखा करो। एकाकी दिनों के मधु-मित्रों का थोड़ा तो अधिकार है ही।"

"मधूलिका भाभी के आकर्षण से छूट पाना कठिन है ईशान! अब इस मधु में उतनी मादकता कहाँ?" प्रियव्रत ने व्यंग्य बाण छोड़ा।

"हाँ, हाँ तुमलोगों तो वैरागी हो गए हो न? तुम सबके एक-एक क्रिया-कलाप से परिचित हूँ। आज मधूलिका के साथ क्या देख लिए, उपहास का अवसर मिल गया है।"

"उपहास नहीं मित्र! परिहास कहो। परिहास की इस प्रतिक्रिया से इस शीत में भी उष्णता आ जाती है।"

"यह उष्णता द्राक्षा की मदिरा से आ रही है। मेरी प्रतिक्रिया से नहीं।" वामन ने कहा।

"मदिरा नहीं कहो मित्र! यह शिवरस है! भगवान् शिव का प्रसाद।"

"केसर की सुरभि तो मन-प्राणों पर छा रही है और तुम सब औपचारिकता ही कर रहे हो। अब आमंत्रण दिया है तो देवता को प्रसाद भी अर्पित करो।"

"अरे हाँ, हाँ। कैसी बातें कर रहे हो! अरे प्रियव्रत! शिवरस का एक चषक इधर भी लाओ।"

वामन ने द्राक्षा का आसव अधरों से लगाया और दो घूँट गले से उतार कर कहा–

"अहा! केसर की सुगन्धि गले से उतरती है तो ब्रह्मानन्द उतर आता है। तुम सबकी भाषा में इसीलिए रसमाधुरी छलक रही है।"

वामन की मित्रमण्डली में द्राक्षा का चषक भ्रमण करता रहा। हास-परिहास चलता रहा। बाहर आग की लपटों से और भीतर मदिरा से उष्णता उतर आई थी।

फिरन पहने महिलाओं का एक समूह एक अलग स्थान पर धधकती आग की लपटों के चारों ओर एक दूसरे के हाथ में हाथ डाले नृत्य कर रहा है। मधूलिका अपनी सखियों को देख उसमें सम्मिलित हो गई है। वे सब मिलकर हिमपात के उत्सव का गीत गा रही हैं–

सुखदसुरभिप्रदकुंकुमपुष्पा
हिमवति हिमकररम्यविलासा
अमलधवलतुहिनांगपादपा
प्रकृतिरचितपरस्वर्गसन्निभा
मदिरनयनवनिताननाऽऽनना...

(9)

प्रातःकाल का समय। काश्मीर की घाटियाँ शीतल समीर से सिहर रही हैं। घर के आँगन में सूरज की दुर्बल किरणें उतर रही हैं। दूर क्षितिज पर तुषारमण्डित हिमालय सूर्य की स्वर्ण-रक्तिम आभा से चमक रहा है। सितांशुमौलि के मंदिर से घंटियों की मृदुल ध्वनि आ रही है। चंचलता और कुतूहल से भरा हुआ तीन-चार वर्ष का माहेश्वर अभी-अभी नींद से जगा है। अपने पुत्र को निहारने को उत्सुक विमला की स्नेहिल दृष्टि उसे ढूँढ रही है। घर के प्रांगण में कुछ कार्य करती हुई विमला माहेश्वर को पुकारती है

"माहेश्वर! कहाँ हो? देखो तो सूर्यदेव भी तुम्हारे जागने की प्रतीक्षा में हैं!"

माँ की आवाज सुनकर चार वर्ष का माहेश्वर शयनकक्ष से निकलकर दौड़ते हुए माँ के आँचल में छिप जाता है। उसके नन्हे हाथों की पकड़ माँ का आँचल थाम लेती है। वह माँ के गले में बाँहें डालकर उनके गाल पर एक कोमल चुम्बन अंकित कर देता है।

"माँ! जब तुम मुझे गोद में लेती हो, तो ऐसा लगता है जैसे मैं मेघों की ऊँचाइयों पर हूँ।"

"वत्स! जीवन में तुझे ज्ञान की ऐसी ही ऊँचाइयाँ प्राप्त हों।"

"मातः! यह सूर्यदेव हर रोज़ मुझे क्यों बुलाते हैं? क्या वे भी तुम्हारी तरह मुझसे स्नेह करते हैं?"

"हाँ हाँ, मेरे चंचल! सूर्यदेव ही तो हमें जीवन देते हैं, जैसे माँ स्नेह लुटाती है। सूर्यदेव को तो तुम्हारे ये पाटल सदृश कपोल और कमल-जैसे नेत्र अत्यन्त प्रिय हैं। वह तुम्हारी धवल हँसी देखते हैं, तो खुद भी खिल उठते हैं।" कहकर विमला माहेश्वर को गोद में उठाकर उसके कपोलों पर चुम्बन देती है।

"तू मेरे हृदय का स्पन्दन है माहेश्वर! तेरी हँसी मेरे जीवन की संजीवनी है।"

"मातः! यह संजीवनी क्या होती है?"

"जो जीवन को मधुर और आनंदमय बनाए, वही संजीवनी है। जैसे तेरी किलकारियाँ मेरे लिए हैं। आओ, अब बहुत खेल लिए। चलो, तुम्हें स्नान करा दूँ। देखो, सूर्यदेव कैसे अपनी धवल किरणों से सम्पूर्ण सृष्टि को नहला रहे हैं!"

"मातः! सूर्यदेव स्वयं भी तो वितस्ता के जल में स्नान करते हैं न?"

"हाँ वत्स! सूर्यदेव अपनी किरणों से सृष्टि के समस्त सरोवरों सरिताओं निर्झरों के जल का स्पर्श करते हैं। उस जल में स्नान कर वे और भी उज्ज्वल हो जाते हैं। अब चलो तुम्हें भी स्नान करा दूँ।"

"अईईई...!!! जल तो बहुत ठंडा है!"

"अरे, यह तो वितस्ता माई का पवित्र जल है। इससे तो सारी थकान मिट जाती है। और देखो, इस जल से तुम्हारा तन-मन भी पवित्र हो रहा है। मैंने भी इसी जल से स्नान किया है।"

विमला अभिनव को स्नान कराती है और कहती है–

"अब देखो, मेरा पुत्र कितना स्वच्छ लग रहा है! तुम्हें देखकर तो जैसे स्वयं शिव भी प्रसन्न हो जाएँ।"

अभिनव को पीले वस्त्र पहनाकर तिलक करती हैं। घर में एक पवित्र, सरल, और सौम्य वातावरण है। दोनों माँ बेटे पूजागृह में आते हैं। विमला प्रार्थना स्वर में कहती है–

"हे शिव! मेरे पुत्र के चित्त को ज्ञान की प्रभा से आलोकित करो। उसे शास्त्रों में निष्णात करो। हृदय में प्रेम और करुणा का प्रकाश दो।"

माहेश्वर माँ की गोद में सिर रखकर शांत हो जाता है। उसकी बड़ी-बड़ी आँखों में जिज्ञासा है। वह माँ से पूछता है–

"मातः! शिव कौन हैं?"

"शिव तो वही हैं, जिन्होंने यह सारा संसार रचा। वे ही प्रेम हैं, वे ही प्रकाश हैं, और वे ही ज्ञान हैं– जो तेरे मन में प्रश्न बनकर खिलता है।"

"मातः! क्या मैं भी शिव जी से मिल सकता हूँ?" कुतूहल के स्वर में माहेश्वर ने माँ से पूछा।

"जब तू ज्ञान की राह पर चलेगा, जब तेरी साधना सच्ची होगी, तो शिव तुझसे स्वयं मिलने आएँगे।"

"मातः! प्रेम और करुणा का प्रकाश कैसा होता है?"

"प्रेम तो इस सृष्टि का सबसे सुंदर भाव है वत्स! लेकिन सच्चा प्रेम वही है, जो बंधन न बने। जो प्रेम स्वतंत्रता दे, विकास दे, प्रकाश भर दे, चित्त को

निर्मल कर दे वही सच्चा प्रेम है। जैसे सूर्य अपनी किरणों से सबको जीवन देता है, प्रकाश और विकास देता है पर किसी को बाँधता नहीं।"

"जैसे तुम मुझे अपनी गोद में उठा लेती हो तो मेरा मन खिल उठता है। तो क्या तुमसे मेरा कोई बन्धन नहीं है?"

"है मेरे पुत्र! तू अभी छोटा है, प्रेम की यह गहराई अभी तू नहीं समझ पाएगा।"

दोनों बातें करते हुए घर के उपवन में चले आए और विमला फूलों की क्यारियों के निकट बैठ गई। माहेश्वर भी अपनी माँ के पास बैठा बातें करने लगा–

"मैं समझ लूँगा। मुझे बतलाओ न! क्या तुमसे मेरा कोई बन्धन नहीं है?"

"है वत्स! बिना बन्धन के संसार कहाँ चलता है। माता और संतान का बन्धन तो अप्रतिम स्नेह का बन्धन है। माता अपनी संतान पर अपने स्नेह का कोष लुटाती है और संतान अपने प्रेम के रसकोष से माँ को संजीवनी शक्ति देता है। कदाचित् दुर्भाग्यवश यदि यह बंधन विच्छिन्न हो जाए तो माता हो या उसकी संतान दोनों के जीवन का रस समाप्त हो जाता है।"

"कैसे?" माँ की बात सुनकर माहेश्वर ने प्रश्न किया।

विमला पास की क्यारी में लगे एक पौधे से एक पत्ता तोड़ती है और उसे माहेश्वर को दिखलाते हुए कहती है–

"देखो इस पत्ते को। यह वृक्ष से जुड़ा है, इसलिए हरा-भरा है। लेकिन जब यह अपने स्रोत से कट जाता है, तो पीला पड़ जाता है, सूखने लगता है। ऐसे ही जब सारे पत्ते सूख जाएँगे तो पौधा भी जीवित नहीं रहेगा।"

"मातः! तुझसे मेरा संबंध सदा अविच्छिन्न रहेगा न?"

"वत्स! माँ की देह रहे न रहे संतान से उसकी आत्मा का संबंध सदा अविच्छिन्न ही रहता है। जैसे तू मेरे हृदय में बसता है.....।"

"उसी प्रकार तू मेरे हृदय में बसती है मातः!" विमला की बात पूरी होने से पहले माहेश्वर बोल उठा।

माहेश्वर की बात सुन विमला ने उसे अपने आलिंगन में भर लिया। माहेश्वर भी अपनी माँ की गोद में सिर रख देता है। माँ उसके सिर को सहलाती हुई गीत गाने लगती है। चार वर्ष का नन्हा अभिनव अपनी माँ की गोद में सिर रखे एक निश्छल शान्ति में डूबा है। उसकी साँसों की लय धीमी और स्थिर है, मानो संसार की सारी हलचल से दूर, माँ के आँचल में उसे एक सुरक्षित और स्नेहमयी शरण मिल गई हो। उसकी कोमल अलकों को सहलाते हुए उसकी माँ की आँखें नम हैं, लेकिन ये आँसू किसी दुख के नहीं, उस

अथाह प्रेम और ममत्व के हैं, जो संतान के स्पर्श से माँ के हृदय में एक अव्यक्त सुखधारा बनकर बहने लगता है।

माँ के मन में उस क्षण एक अद्वितीय संतोष है। उसकी उँगलियाँ धीरे-धीरे बालों को सहलाते हुए जैसे एक अनकही प्रार्थना कर रही हैं– "हे ईश्वर! मेरे बेटे को सदा इसी तरह स्नेह और शांति का स्पर्श मिलता रहे।" उसकी गोद में यह बालक केवल उसका पुत्र नहीं है; वह उसके प्राणों का अंश है, उसकी आत्मा का विस्तार। इस नन्हे शरीर में उसे एक असाधारण चेतना की झलक मिलती है। कभी-कभी जब अभिनव की आँखों में वह गंभीरता देखती है, जो उसके उम्र से कहीं परे है, तो उसे आभास होता है कि यह बालक साधारण नहीं है। परंतु इस क्षण, वह सिर्फ उसकी माँ है– बस एक माँ। वह उसे देखकर अतीत के उन क्षणों को याद करती है जब पहली बार उसने इस कोमल शिशु को अपनी गोद में लिया था। पहली मुस्कान, पहला शब्द, पहला कदम– इन सब यादों की मिठास उसके हृदय को भर रही है। अब जब यह नन्हा बालक उसकी गोद में विश्राम पा रहा है, तो उसके भीतर ममता एक तरल प्रवाह बनकर बह रही है। वह चाहती है कि समय यहीं ठहर जाए– यह स्नेहमयी निकटता कभी न टूटे।

उसे अनुभव होता है कि अभिनव की छोटी-छोटी साँसों में भी कोई अनजानी लय है, कोई ऐसा अनहद नाद, जिसे शायद यह बालक ही सुन सकता है। कभी-कभी उसके प्रश्न माँ को चकित कर देते हैं– इतने गहरे, इतने अद्भुत, जैसे कोई प्राचीन ऋषि इन प्रश्नों को पूछ रहा हो। लेकिन अभी तो वह बस एक थका हुआ बालक है, जो माँ की गोद में, स्नेहतरु की शीतल छाया में विश्राम पा रहा है। माँ की उँगलियाँ जैसे उस नन्हे मस्तक पर आशीर्वाद की रेखाएँ खींच रही हैं। उसकी गोद केवल विश्राम का स्थान नहीं, एक सुरक्षा का कवच है, जहाँ सारा संसार पीछे छूट जाता है। माँ के मन में प्रेम, गर्व, आशा और एक अदृश्य चिंता का भी मिश्रण है– वह जानती है कि एक दिन उसका यह बेटा संसार की राह पर चलेगा, अपने भाग्य को पूरा करेगा, लेकिन इस क्षण वह सिर्फ उसका अभिनव है– वह बालक, जिसकी हँसी उसकी सबसे प्यारी ध्वनि है और जिसकी शांति उसकी सबसे बड़ी पूर्ति।

माँ अपने बेटे की पलकों को देखती है, जो धीरे-धीरे भारी हो रही हैं। वह उसके माथे को चूमकर सोचती है– "क्या यह वही बालक है, जो भगवान् सितांशुमौलि का रूप है? भैरव का अवतार है? क्या यही वह बालक है जो एक दिन शिवतत्त्व का मर्म समझेगा?" लेकिन उस भविष्य की ओर सोचते हुए

भी माँ का हृदय वर्तमान में ठहर जाता है। इस समय, वह सिर्फ अपने बेटे को स्नेह से भर देना चाहती है– इतना कि जब भी जीवन में उसे थकान महसूस हो, वह इस ममता की याद में शान्ति का अनुभव कर सके।

इस प्रेम और शांति के क्षण में, माँ का मन भी एक अनकहे आनंद से भर जाता है। उसकी गोद में सिर रखे इस बालक में उसे सारा संसार दिखता है– एक ऐसा संसार, जो कोमलता, आशा और अपार प्रेम से बना है।

(10)

"येनोच्चारितेन सास्नालांगूलककुदखुरविषाणिनां... महर्षि पतंजलि कह रहे हैं कि जिसके उच्चारण से गलकम्बल, ककुद, खुर और विषाण आदि से युक्त पशु का बोध होता है वही शब्द है। शब्द ब्रह्म है। हमारे कंठ से प्रस्फुटित होनेवाला शब्द अर्थात् हमारी वाणी ध्वनिरूप है जो हमारे कानों तक पहुँचती है। वाणी के उस ध्वन्यात्मक रूप में अगोचर, अरूप अर्थ निहित होता है। उच्चारण किए गए शब्द हमारे कर्ण-कुहरों तक पहुँचते हैं और फिर हमारी आत्मा उसमें सन्निहित अर्थतत्त्व को ग्रहण करती है तभी हमें अर्थबोध होता है।"

व्याकरण के दुरूह विषय को समझाते हुए आचार्य नरसिंहगुप्त माहेश्वर से बोले।

"तात! फिर तो वाक् और अर्थ का पारस्परिक सम्बन्ध बड़ा गहन है?" माहेश्वर बोला।

"हाँ, बिलकुल। वाक् और अर्थ एक दूसरे से इस तरह संपृक्त हैं, इस तरह मिले हैं जैसे भगवती पार्वती और भगवान् शंकर एक दूसरे से संपृक्त हैं। जैसे हमारी देह और आत्मा, जैसे दर्पण और प्रतिबिम्ब, जैसे अग्नि और उष्णता एक दूसरे से सम्पृक्त हैं। एक दूसरे के बिना किसी एक का भी अस्तित्व नहीं है। बिना शक्ति के शिव शवमात्र हैं। बिना आत्मा के देह का अस्तित्व कहाँ? वाणी और अर्थ इसी तरह एक दूसरे में समाये हैं। जिस तरह निराकार, अगोचर आत्मा को अपने अस्तित्व के लिए एक साकार गोचर देह की आवश्यकता है उसी तरह अगोचर अर्थ की सत्ता किसी साकार ध्वनिमय शब्द पर आश्रित होती है। जब तक ध्वनिरूप तत्त्व हमारी कर्णेन्द्रिय का विषय नहीं होता तब तक हमें उसका अर्थ ज्ञात नहीं होता।"

"तात! फिर तो वाक् का स्वरूप बड़ा चमत्कारी है जो हमारे मन की गूढ़ से गूढ़ अभिव्यक्तियों को परिधान देता है, जिसका आश्रय ग्रहण कर वह एक

व्यक्ति से दूसरे व्यक्ति तक सम्प्रेषित हो पाता है।"

"व्यक्ति कहाँ! जो व्यक्त है वह तो आवरणमात्र है। अभिव्यक्तियाँ तो आत्मा की हुआ करती हैं। एक आत्मा की अभिव्यक्ति दूसरी आत्मा तक पहुँचती है शब्द के आवरण में लिपटकर। इस वाक् की सूक्ष्मता पर विचार करोगे तो तुम्हें मालूम होगा कि इसकी अभिव्यक्ति के चार स्तर हैं। वस्तुतः हम जो बोल रहे होते हैं वह ध्वन्यात्मक स्वर वाणी का चौथा रूप है।"

"शेष तीन स्वरूप कौन-कौन से हैं तात!" माहेश्वर ने जिज्ञासा प्रकट की।

"इस अल्पवयस् में तुम नहीं समझ सकोगे। यह एक गंभीर विषय है।"

"मुझे इस चर्चा में अत्यधिक आनंद की अनुभूति हो रही है तात! मुझे वाणी के उन चार स्तरों के विषय में अवश्य बतलाने की कृपा करें।"

"तुम्हारी बलवती जिज्ञासा देखकर मुझे प्रसन्नता होती है वत्स! भगवान् सितांशुमौलि तुम्हें अप्रतिम तेजस्विता प्रदान करें। ऋग्वेद के एक मन्त्र में ऋषि कहते हैं– 'चत्वारि वाक्परिमिता पदानि....' अर्थात् वाणी के चार स्तर हैं जिनमें तीन का ज्ञान किसी मनीषी तत्त्वदर्शी विद्वान् को ही होता है। वाणी के चार रूप हैं– परा, पश्यन्ती, मध्यमा और वैखरी। एक दूसरे से वार्तालाप में हमलोग तो केवल उसके चौथे रूप वैखरी का ही प्रयोग करते हैं। मध्यमा हमारे हृदय में स्थित होती है। परा और पश्यन्ती तो मूलाधार और नाभिमण्डल में स्थित होती है जिसका प्रयोग सिद्ध योगी ही कर पाते हैं।"

"परा और पश्यन्ती का प्रयोग हमलोग क्यों नहीं कर सकते तात?"

"इसके लिए साधना की आवश्यकता होती है। समाधि की अवस्था में इन दोनों तक पहुँचा जा सकता है।"

"मुझे भी इन्हें सीखना है तात!"

"इन सबके लिए तुम अभी छोटे हो माहेश्वर! अभी तुम्हारी अवस्था मात्र सात वर्ष की है। कोमलमति बालकों के लिए ये विषय दुरूह हैं।"

"बड़े होने पर आप मुझे सिखलाएँगे न तात!"

"नहीं वत्स! मैं इसका अधिकारी नहीं। इसके लिए तुम्हें योग और आगमशास्त्र का गहन अध्ययन करना होगा। योग और तंत्रागम के अधिकारी आचार्य तुम्हें इसका मार्ग बतलाएँगे। वत्स! किसी भी शास्त्र के अध्यापन के लिए उसका तलस्पर्शी ज्ञान होना आवश्यक है। शास्त्र पर अधिकार किए बिना किसी को उसका उपदेश करना ठीक नहीं। इससे शास्त्र की मर्यादा भंग होती है।"

"पितृपाद! महर्षि पाणिनि और पतंजलि के शब्दशास्त्र के अध्ययन में मुझे

अत्यधिक आनंद आ रहा है। आप मुझे उपदेश न करते तो शब्दशास्त्र की इन गूढ़ गुत्थियों में मैं उलझकर रह जाता। आपको पिता और गुरु के रूप में पाकर मैं धन्य हुआ। मैं सोच रहा था कि शब्दशास्त्र, योगशास्त्र और आयुर्वेद तीनों पर अधिकार रखनेवाले महर्षि पतंजलि का व्यक्तित्व कैसा विराट् और चमत्कारी रहा होगा!"

"निस्सन्देह। महर्षि पतंजलि तो शेषावतार ही थे।"

"मैं भी उन्हीं की तरह शास्त्रज्ञानी बनना चाहता हूँ तात!"

"तथास्तु वत्स! भगवान् सितांशुमौलि तुम्हें ऐसी ही तेजस्विता प्रदान करें। नमः सितांशुमौलये।"

माहेश्वर का पाठ पूरा हुआ तो नरसिंहगुप्त आसन से उठे। विमला भीतर के कक्ष से निकलकर वहाँ आई और नरसिंहगुप्त को लक्ष्य कर बोली—

"आर्य! माहेश्वर का पाठ पूरा हो गया हो तो भोजन की व्यवस्था की जाए? मध्याह्न होने को है।"

"हाँ बिलकुल।" नरसिंह ने उत्तर दिया।

'परा पश्यन्ती मध्यमा और वैखरी। चत्वारि वाक्परिमिता पदानि....' माहेश्वर धीरे-धीरे बोल रहा था। उसे विचारों में खोया देख विमला उसके निकट गई। अपने निकट किसी की उपस्थिति का भान होते ही उसका ध्यान भंग हुआ।

"चलो माहेश्वर!" कहकर विमला उसका हाथ पकड़ कर भीतर ले गई। माहेश्वर का छोटा भाई दो वर्ष का मनोरथ वहीं बैठा खेल रहा था। बड़े भाई को आया देख वह चहक उठा। माहेश्वर ने उसे गोद में उठा लिया।

(11)

प्रवरपुर के निकट वितस्ता के तट से कुछ चार-पाँच मील की दूरी पर आचार्य भट्टतौत का आश्रम था। आश्रम दो ओर पहाड़ों से घिरा था। पास ही चिनार के वृक्षों से घिरा एक छोटा-सा रमणीक सरोवर था। सुबह शाम जब सूर्य की किरणें चिनार के पत्तों के बीच से झाँकतीं तो सरोवर की छटा और भी आकर्षक हो जाती। भट्टतौत साहित्यशास्त्र के विख्यात आचार्य थे। उनकी प्रातःकालीन शाला लगी थी। अपने शिष्यों को वे नाट्यशास्त्र का कोई प्रसंग पढ़ा रहे थे -

"वत्सवृन्द! महामुनि भरत ने बतलाया कि नाटक लोक का ही अनुकरण है। लोक-व्यवहार में हम जो आचरण करते हैं उसे ही नाटककार नाटक में कल्पना का पुट देकर अभिनय से सँवारकर प्रस्तुत किया करता है- लोकवृत्तानुकरणं नाट्यम्....।"

"जी आचार्य! लोकव्यवहार का अनुकरण तो समझ गया। जिस अभिनय के द्वारा वह अनुकरण किया जाता है उसके विषय में बतलाने की कृपा करें गुरुदेव!" उनके शिष्य सुव्वट ने जिज्ञासा रखी।

"तुम्हारी जिज्ञासा बड़ी उत्तम है वत्स! भरत ने अभिनय के चार प्रकार बतलाए हैं- आंगिक, वाचिक सात्त्विक और आहार्य। हम अपने अंगों के संचालन के द्वारा जो भाव व्यक्त करते हैं वह आंगिक अभिनय है। अपनी वाणी के माध्यम से जो भाव प्रकट किए जाते हैं वे वाचिक अभिनय के अंतर्गत आते हैं। लज्जा, भय, शोक आदि भावों के अनुकूल हमारा शरीर जो प्रतिक्रिया देता है उसे सात्त्विक अभिनय कहते हैं, जैसे भय के अनुभव से स्वेद आना, शोक के अनुभव से आँसू गिरना। आहार्य का तात्पर्य है कि हम जिस चरित्र का अभिनय करते हैं उसके अनुकूल वेशभूषा धारण करना। इन चार प्रार के अभिनयों से नाटक दर्शनीय बन जाता है।"

"गुरुदेव! क्या भरतमुनि की तरह अन्य किसी और आचार्य ने भी रंगमंच का शास्त्र लिखा है?" सुव्वट ने पूछा।

"वत्स! भरतमुनि के पूर्व भी नंदिकेश्वर, कोहल और दत्तिल आदि कई आचार्यों ने नाटक के विभिन्न पक्षों के विषय में अपने मत दिए हैं, किन्तु उन्होंने भरत की तरह कोई सुव्यवस्थित गंभीर ग्रन्थ नहीं लिखा। भरतमुनि ने सैंतीस अध्यायों में रंगमंच और उससे सम्बन्धित अनेक विषयों नृत्य गीत अदि की भी विस्तार से व्याख्या की है।"

"गुरुदेव! भरतमुनि ने बिलकुल ठीक कहा है कि यह नाटक दुःखी, शोकसन्तप्त और श्रम से थके लोगों के हृदय को विश्राम देता है।" माहेश्वर ने कहा।

"ठीक कहते हो माहेश्वर! नाटक के श्रृंगार आदि जो नौ रस हैं वस्तुतः वे ही दर्शक का लक्ष्य हुआ करते हैं। रस की अनुभूति के लिए ही तो कोई भी नाटक देखता है। वही आनंद है, वही चरम लक्ष्य है उस प्रेक्षक का।" भट्टतौत ने अपनी बात पूरी की।

"आचार्य! इन सभी नौ प्रकार के रसों से होनेवाली अनुभूति तो एक ही है– आनंद।श्रृंगार हो, करुण हो, या कि भयानक; सभी का पर्यवसान आनंद में ही तो होता है।"

"हाँ हाँ, इसमें क्या संदेह है! सभी रसों में आनंद की ही अनुभूति होती है। यह आनंद समाधिस्थ योगी की अनुभूति की तरह ही ब्रह्मानंद की अनुभूति है, तत्सदृश है अतः इसे ब्रह्मास्वाद-सहोदर कहा गया है।"

"पर आचार्य! यह आनंद जिसे आप बह्मास्वाद-सहोदर कह रहे हैं, वह ब्रह्मास्वाद तो एकरूप है तो फिर रसों के नौ प्रकार क्यों?"

"वत्स! लोक में होनेवाली विभिन्न अनुभूतियों के कारण इन्हें अलग-अलग नाम दिया गया है। भरतमुनि का तो यही मत है।"

"आचार्यवर! लौकिक अनुभूतियाँ भिन्न-भिन्न हो सकती हैं पर नाटक के माध्यम से अभिव्यक्त उन नौ रसों का परिणाम तो एक ही है– आनंद। ब्रह्मास्वाद की अनुभूति। मुझे तो यहाँ भी अद्वैतवाद दिखलाई पड़ता है। अनुभूति के आरंभिक तल पर प्रेम, क्रोध, शोक आदि होते हैं किन्तु उनसे हमारे हृदय में प्रेम, क्रोध या शोक उत्पन्न नहीं होता। अंततः वे सब आनंद में परिवर्तित हो जाते हैं। अतः मेरा मानना तो यह है कि एक महारस की परिकल्पना ही उचित है।"

"साधु! साधु! तुमने तो नूतन सिद्धान्त की ही परिकल्पना कर दी। माहेश्वर! तुम भरतमुनि के रससूत्र की एक नयी व्याख्या करो। तुम्हारी तेजस्विता शास्त्रचिन्तन

का अभिनव मार्ग रच देती है। माहेश्वर! आज से तुम्हें अभिनव कहूँगा। आचार्य नरसिंहगुप्त के सुयोग्य सुपुत्र अभिनवगुप्त।"

"गुरुदेव! अहोभाग्य मेरा। आपके द्वारा प्रदत्त इस नामधेय को शिरोधार्य करता हूँ।"

आचार्य भट्टतौत के पास शिक्षा पूरी कर माहेश्वर घर लौटा। उसने पिता को बतलाया कि आचार्य ने उसे नया नाम दिया है– 'अभिनव। नरसिंहगुप्त ने पूरा विवरण सुना तो बड़े प्रसन्न हुए और बोले–

"गुरु ने तुम्हारी तीक्ष्ण बुद्धि से प्रभावित होकर यह नाम दिया है। तुम्हें गुरु का दुर्लभ आशीर्वाद मिला है। ऐसा आशीर्वाद किसी-किसी को ही मिलता है। आज से तुम अभिनव ही कहलाओगे। आज तुम्हारी माँ होती तो तुम्हारी इस उपलब्धि पर कितनी प्रसन्नता होती उन्हें!"

(12)

प्रवरपुर में शैवाद्वैत दर्शन का खूब प्रचार-प्रसार था। प्रत्यभिज्ञादर्शन के आचार्य के रूप में उस समय लक्ष्मणगुप्त की बड़ी ख्याति थी। प्रवरपुर के पश्चिमी भाग में महापद्मसर के निकट उनका आश्रम था। आश्रम बहुत बड़ा नहीं था। एक छोटे-से वन्य परिसर के चारों ओर बाँस के वृक्षों को इस तरह लगाया गया था कि आश्रम उन ऊँचे-ऊँचे बाँसों से घिरा हुआ था जिससे आश्रम में कोई जंगली जीव प्रवेश न कर सके। परिसर में पत्थर और मिट्टी से बने बीस-पच्चीस कक्ष थे जिन पर लकड़ी और मिट्टी का छाजन बना था। वहाँ सौ-डेढ़ सौ विद्यार्थियों के रहने की व्यवस्था थी। आश्रम के पूर्वी किनारे पर लक्ष्मणगुप्त का आवास बना था। प्रवरपुर के महाराज त्रिभुवनगुप्त उनके शिष्य रहे थे अतः महाराज के पिता ने आचार्य को एक सुन्दर आवास दक्षिणास्वरूप दिया था। परिसर के ठीक मध्य में एक विशाल प्रशाल बना था जहाँ शिष्यगण प्रतिदिन के अध्ययन के लिए एकत्रित होते। आश्रम के संचालन के लिए आवश्यक वस्तुएँ राज-प्रशासन की ओर से उपलब्ध कराई जाती थीं। कभी-कभी महाराज स्वयं आश्रम में आचार्य से आशीर्वाद ग्रहण करने चले आते।

अभिनव को शास्त्रज्ञान की अकूत पिपासा थी। वह अपने मित्रों से कहता कि जिस तरह भौंरा रस एकत्रित करने के लिए एक फूल से दूसरे फूल पर जाता है उसी तरह जिज्ञासु व्यक्ति को अलग-अलग गुरुओं के पास जाकर ज्ञान प्राप्त करना चाहिए। एक दिन उसने अपने पिता से कहा-

"पितृपाद! मुझे प्रत्यभिज्ञाशास्त्र के अध्ययन की बड़ी तीव्र आकांक्षा है। आपने बतलाया था कि आचार्य लक्ष्मणगुप्त प्रत्यभिज्ञाशास्त्र के विख्यात आचार्य हैं। क्या मैं उनकी शरण में जाऊँ?"

"प्रत्यभिज्ञाशास्त्र के अध्ययन के लिए अभी तुम्हारी अवस्था अवश्य कम है, किन्तु तुम्हारी तीक्ष्ण बुद्धि और उत्कट अभिलाषा देखकर मैं तुम्हें रोकूँगा

नहीं। आचार्यश्री की शरण में जाओ। यदि वे तुम्हें शिष्यरूप में स्वीकार कर लेते हैं तो मैं तुम्हारा मार्ग अवरुद्ध नहीं करूँगा। शिवास्ते पन्थानः भवन्तु।"

प्रवरपुर में नरसिंहगुप्त के आवास से आचार्य लक्ष्मणगुप्त का आश्रम लगभग अठारह कोस की दूरी पर था। पिता से आज्ञा मिल जाने पर अभिनव ने मधूलिका से कहा–

"मातः! मैं दो दिनों के बाद आचार्य लक्ष्मणगुप्त के आश्रम में अध्ययन के लिए जाऊँगा। पिताजी ने अनुमति दे दी है।"

"अच्छा! तो अब तुझे शैवदर्शन का ज्ञान पाने की उत्कंठा है? तेरे ज्येष्ठपिता ठीक कहते हैं कि तू सितांशुमौलि का ही अवतार है। शिव में ही तेरा मन रमता है।"

"यह तो आपने बिलकुल सत्य कहा मातः! मेरा चित्त अहर्निश उस परमशिव के चिन्तन में रमा रहता है। भगवान् सितांशुमौलि का अवतार तो मैं क्या होऊँगा, उनका थोड़ा भी कृपाप्रसाद मुझे मिल जाए तो जीवन धन्य हो जाए। नमः सितांशुमौलये।"

"चिंता मत करो, आचार्यजी की शरण में जाओ, भगवान् सितांशुमौलि तुम्हारा मार्ग निष्कंटक करेंगे। अम्बा तुम्हारी यात्रा के लिए सारी व्यवस्था कर देगी।"

"मेरे दिन-प्रतिदिन की आवश्यकता की चिंता तो अम्बा भगिनी ही करती है मातः!"

"हाँ, हाँ क्यों नहीं करेगी? तुम प्रस्थान के लिए सन्नद्ध होओ।"

कहकर मधूलिका घर के भीतर चली गई। अभिनव भी अपने कक्ष में लौट आया।

अम्बा को ज्ञात हुआ कि उसका प्रिय अनुज कल अपने नए आचार्य की शरण में जानेवाला है तो वह भागी-भागी उसके कक्ष में आई। उसने देखा अभिनव चुपचाप कुछ लिख रहा है–

"अभिनव! तुम कल आचार्यकुल के लिए प्रस्थान कर रहे हो?"

"हाँ भगिनी! पिताजी ने अनुमति दे दी है। महापद्मसर के निकट आचार्य लक्ष्मणगुप्तजी का आश्रम है। मुझे वहीं जाना है।"

"क्यों! तुम्हारे आचार्य तो चुखुल पितृव्य स्वयं हैं। तुम्हें अन्यत्र जाने की क्या आवश्यकता?"

"नहीं भगिनी! पितृश्री कहते हैं कि वे प्रत्यभिज्ञाशास्त्र के अध्यापन के अधिकारी नहीं हैं। हमें शास्त्रों का अध्ययन उन्हीं से करना चाहिए जो उसके

अधिकारी ज्ञाता हों।"

"अभिनव! घर में हम सभी भाई बहन अपने पिता और पितृव्य से ही तो शिक्षा ग्रहण कर रहे हैं, तुम्हें ही बार-बार घर छोड़कर आचार्यों के गुरुकुल में जाना पड़ता है। मेरे अनुज! तुम भी यहीं रहकर अध्ययन करते तो कितना अच्छा होता! हम सभी माता-पिता के साथ यहाँ रहेंगे और तुम हम सबसे दूर रहोगे, मुझे यह नहीं भाता।"

"भगिनी! सब कुछ घर बैठे नहीं प्राप्त हो जाता है। तुम तो जानती हो कि भौंरे को रस एकत्रित करने के लिए एक फूल से दूसरे फूल पर जाना पड़ता ही है उसी तरह मुझे भी और आचार्यों की शरण में जाना पड़ रहा है। दूर क्या और निकट क्या आर्ये! जीवन ऐसे ही चलता है। सभी को अपनी-अपनी यात्रा तय करनी है। कौन कब किसके निकट होगा और कौन कब किससे दूर यह तो ईश्वर तय करता है। आर्ये! यह जीवन एक स्वप्न है। तिमिरधर्मा चित्त में जिस क्षण प्रकाश होता है उसी क्षण स्वप्न की असत्यता का ज्ञान हो जाता है और स्वप्नगत सारी वस्तुएँ क्षण-भर में नष्ट हो जाती हैं। अंततः सबको सबसे दूर होना ही है आर्ये! देखो न! माँ हम सबसे कैसे दूर हो गई!"

"तुझसे क्या कहूँ? अब तू पहले की तरह नहीं रहा। अब तू बड़ी दार्शनिक बातें करता है।"

अभिनव तनिक मुस्कुराते हुए बोला–

"सत्य यही है भगिनी! मैं कुछ भी नया नहीं कह रहा हूँ। सत्य से मुँह फेर लेने से वह परिवर्तित नहीं हो जाता।"

"ठीक है, तुम्हारी मेधा को जैसे तुष्टि मिले, जो तुम्हें उचित प्रतीत हो, करो।" कहकर अम्बा वहाँ से चली गई।

आज अभिनव को प्रस्थान करना है। प्रातःकालीन संध्या संपन्न कर चुके अभिनव को अम्बा प्रातराश परोसकर चुपचाप खड़ी है। उसकी आँखों में आँसू हैं। वह जानती है कि अभिनव अब कल से गुरु के आश्रम में रहेगा। वर्ष भर बाद ही घर लौट सकेगा। अभिनव को गंतव्य तक पहुँचाने के लिए एक अश्ववार तैयार है। राजपुरोहित के परिवार के यातायात के लिए राज-शासन व्यवस्था कर देता है। परिवार की महिलाओं के लिए रथ की व्यवस्था होती है।

एक गठरी में दो वस्त्र, संध्यावन्दन के उपकरण आदि लेकर प्रस्थान को उत्सुक अभिनव ने देखा उसके सभी परिवारजन द्वार पर खड़े हैं। सबसे पहले उसने ज्येष्ठ माता-पिता के चरणस्पर्श किए। 'शिवास्ते पन्थानः सन्तु' कहकर वामन ने आशीर्वाद दिया। मधूलिका ने रुँधे गले से 'यशस्वी भव' कहकर

आशीर्वचन कहे। वह मौन खड़े पिता के चरणों में झुका। 'तेजस्वि त्वदधीतमस्तु' कहकर नरसिंहगुप्त ने उसके सिर का स्पर्श किया। अभिनव ने सभी ज्येष्ठजनों के चरण-स्पर्श किए और विदा ली। अश्ववार ने उसे अपने पीछे बिठाया और चल पड़ा। अम्बा निर्निमेष दृष्टि से अपने भाई को जाते देखती रही। अश्व आँखों से ओझल हो गया। अब केवल उसके टापों से उठनेवाली धूल दिखलाई पड़ रही थी। अम्बा को मौन खड़ी देख मधूलिका बोली–

"भीतर चलो पुत्री! अभिनव तो चला गया। अब किसे देख रही हो?"

अम्बा ने कोई उत्तर न दिया, चुपचाप भीतर चली आई। मधूलिका समझ रही थी कि अम्बा के हृदय में भाई के दूर चले जाने की पीड़ा है। उसने उसे समझाया–

"अम्बा! अभिनव के दूर होने का दुःख न कर। वह शास्त्र अध्ययन के महान् लक्ष्य को प्राप्त करने हेतु गया है। उसके उद्देश्य की सफलता और उसके सुन्दर भविष्य की कामना करो। अध्ययन पूरा होते ही वह लौट आयेगा।"

"माँ! अभिनव उत्तम उद्देश्य के लिए हमसे दूर गया है, यह मैं समझती हूँ। मैं उसके दूर होने से दुःखी नहीं हूँ माँ! मुझे चिंता होती है कि उसे अपने भोजन शयन का कुछ भी ध्यान नहीं रहता। वहाँ कौन उसका ध्यान रखेगा?"

"आश्रम में सभी ब्रह्मचारी एक दूसरे का ध्यान रखते ही हैं। आचार्य स्वयं भी सब पर अपनी कृपादृष्टि रखते हैं अम्बा! और, सबसे ऊपर ईश्वर तो सबका ध्यान रखता ही है पुत्री! इसमें चिंता करने की कोई बात नहीं। जीवन में कुछ अर्जित करने के लिए कुछ त्याग तो करना ही पड़ता है न!"

"जी।" छोटा-सा उत्तर देकर अम्बा भीतर चली गई।

(13)

अभिनव को लिए अश्ववार चला जा रहा था। चक्करदार पहाड़ी रास्ते पर गति धीमी होती है। आधी दूरी तय करते हुए मध्याह्न का सूर्य माथे पर आ चुका था। यद्यपि वैशाख माह का अन्त था फिर भी गर्मी नहीं के बराबर थी। बड़ी सुहावनी ऋतु थी। मार्ग में एक निर्झर देख अश्ववार ने लगाम खींच ली। घोड़ा रुक गया। अश्ववार उतर गया। अभिनव ने भी उतरने का उपक्रम किया तो उसने उसकी सहायता की। अश्ववार घोड़े से उतरकर उसकी रास थामे पैदल चलने लगा। झरने के निकट आकर तीनों ने प्यास बुझाई। घोड़े की रास एक वृक्ष से बाँध कर अश्ववार विश्राम की मुद्रा में बैठ गया और अभिनव से बोला–

"ब्रह्मचारी! यदि विलम्ब न हो तो हमलोग दो घड़ी विश्राम कर लें?"

"हाँ, हाँ क्यों नहीं। अश्व भी थका होगा।"

"आप भी विश्राम करें।"

"नहीं मुझे थकान नहीं है।" अभिनव ने दूसरी ओर दृष्टि डालते हुए कहा।

अश्ववार पेड़ की छाँव में सो गया। अभिनव उस वन्य-प्रान्तर की शोभा निहारने लगा। पूस–माघ में आपादमस्तक तुषार की चादर ओढ़नेवाले पर्वतों पर अब हिम का साम्राज्य शिखर तक ही सीमित था। नीचे प्रकृति अपनी तरुणाई में थी। हरे-भरे मैदान और फूलों से भरी घाटियाँ। जो हिमाच्छादित चीड़ और देवदार माह दो माह पहले निष्प्राण–से खड़े थे अब वासन्ती पवन से ठिठोली करते अपनी हरी–भरी हिलती शाखाओं से जैसे मुस्करा रहे थे। दूर पहाड़ों की ढलान पर से कोई लाल रंग का हिरण कुलाँचे मारता हुआ नीचे उतर रहा था। नीचे उसके समूह के अन्य मृग उसकी प्रतीक्षा करते हुए उसे एकटक निहार रहे थे। ऐसे लुभावने दृश्यों को निहारते हुए अभिनव को अनुभव हुआ जैसे प्रकृति ने एक मौन संगीत रचा है जिसे जितनी एकाग्रता से सुनो उतना ही मधुर प्रतीत होता है। उसने देखा नीले आसमान में भिन्न-भिन्न आकृतियाँ बनाते

मिटाते हुए श्वेताभ मेघ भ्रमण कर रहे थे। अभिनव बैठा सोच अहा था कि इस सृष्टि का रचयिता भी तो इसी तरह भिन्न-भिन्न रूप-रंग के प्राणियों अप्राणियों का सृजन करता है फिर उन्हें मिटा देता है। 'यह सृष्टि भी कितनी आकर्षक है! ईश्वर की रचना जो है!' उसने स्वयं से कहा। वह अपने विचारों में मग्न था तभी कंधे पर किसी के स्पर्श का अनुभव हुआ। उसने पीछे मुड़कर देखा। अश्ववार पीछे खड़ा था। उसने अभिनव से कहा–

"अरे! कहाँ मग्न हो गए ब्रह्मचारी! कई बार पुकारा, पर आप इतने ध्यानमग्न थे कि आपने सुना ही नहीं।"

"कई बार पुकारा! आपकी ध्वनि मैंने सुनी नहीं, आश्चर्य है!"

"आश्चर्य की बात नहीं है ब्रह्मचारी! इस मार्ग से पहली बार यात्रा करनेवाले को ये नैसर्गिक दृश्य मोहित कर ही लेते हैं। इस मार्ग से आते- जाते मैंने देखा है कि जागतिक मोह को पराजित कर देनेवाले त्यागी तपस्वी भी इस निसर्गमोहिनी से पराजित हो ही जाते हैं।"

"चलिए, आगे की यात्रा प्रारम्भ की जाए, अन्यथा इस मोहपाश से मैं भी बँधा रह जाऊँगा।" अभिनव बोला।

दोनों अश्व पर सवार हुए और धीरे-धीरे पहाड़ी मार्ग पर बढ़ने लगे। मार्ग के उच्चावच में पहली बार घोड़े की पीठ पर बैठनेवाले को थोड़ा कष्ट तो होता ही है। अश्ववार ने अभिनव से पूछा–

"मार्ग ऊँचा-नीचा है। आपको कष्ट हो रहा होगा ब्रह्मचारी!"

"अधिक नहीं। बिना किसी कष्ट के जीवन का कोई लक्ष्य हस्तगत नहीं होता।" अभिनव ने उत्तर दिया।

महापद्मसर अब दिखलाई पड़ने लगा था। ऊँची-ऊँची पर्वत श्रृंखलाओं से घिरे महापद्मसर के नीले जलतल पर पक्षी विहार कर रहे थे। सरोवर के किनारों पर कमल खिले थे। महापद्मसर के किनारे-किनारे लगभग आधा कोस चलने के बाद आश्रम की सीमा आ गई थी। अभिनव ने देखा कुछ ब्रह्मचारी समिधा लिए जा रहे हैं। उसने अश्ववार से वहीं विदा ले ली। पैदल चलते हुए वह आगे बढ़ा तो आश्रम का द्वार सामने दिखलाई पड़ा। आश्रम में प्रवेश करते हुए वह रोमांचित था। द्वार से आगे बढ़ने पर उसने देखा कि आश्रम के मध्य में एक विशाल प्रशाल में बैठे एक आचार्य शिष्यों को प्रवचन कर रहे हैं। वह चुपचाप खड़े होकर आचार्य के प्रवचन से विरत होने की प्रतीक्षा करने लगा। थोड़ी ही देर में कक्षा विसर्जित हुई और आचार्य उठ खड़े हुए। अभिनव ने दण्डवत् किया। और बोला–

"आचार्य नरसिंहगुप्त का पुत्र अभिनव आचार्यश्री के चरणों में प्रणाम निवेदित करता है।"

"अहा! आचार्य नरसिंहगुप्त! कहो वत्स! कैसे हैं आचार्यजी!"

"कुशल हैं आचार्य! आपको अपना अभिवादन प्रेषित किया है, और मुझे आपकी शरण में भेजा है।

"अवश्य! तुम्हें मेरा अक्षय आशीष है वत्स! कहो क्या चाहते हो?"

"पितृश्री ने मुझे आपकी शरण में भेजा है। मुझे प्रत्यभिज्ञाशास्त्र का ज्ञान प्रदान करने की कृपा करें। इस अकिंचन को अपने चरणों में आश्रय दें आचार्य!"

"वत्स! यह दर्शन का विषय बड़ा दुरूह और गंभीर है। तुम्हारे वयस् के छात्र प्रथमतः व्याकरण आदि शास्त्र का ज्ञान प्राप्त करते हैं।"

"आचार्यश्रेष्ठ! मैंने पितृश्री के चरणों में साहित्य और व्याकरण का ज्ञान प्राप्त किया है। पूज्य आचार्यचरण भट्टतौत ने मुझे साहित्यशास्त्र पढ़ाया है। ये तो अपरा विद्याएँ हैं। इन शास्त्रों से मेरे ज्ञान की पिपासा शान्त नहीं हुई आचार्य! मैं तो शिवस्वरूप ब्रह्म की सत्ता से परिचित होना चाहता हूँ। आपका कृपाप्रसाद मिल जाए तो जीवन धन्य हो जाए।"

अभिनव की बातें सुनकर लक्ष्मणगुप्त चकित थे। वे सोच रहे थे कि यह चौदह वर्ष का बालक ऐसी गंभीर बातें करता है! तत्क्षण उन्हें अपने गुरु उत्पलदेव की बात कानों में गूँज उठी– "लक्ष्मण! इसी कश्मीर की धरा पर आचार्य नरसिंहगुप्त के घर एक तेजस्वी बालक ने जन्म लिया है। वह योगिनीभू है। वह प्रत्यभिज्ञाशास्त्र का विख्यात आचार्य बनेगा। तुम उसका मार्गदर्शन अवश्य करना।" उत्पलदेव की आज्ञा का स्मरण होते ही उन्होंने अभिनव से कहा–

"तथास्तु वत्स! मैं तुम्हें प्रत्यभिज्ञाशास्त्र का ज्ञान दूँगा।"

"मैं धन्य हुआ आचार्य!" कहकर अभिनव ने पुनः दण्डवत् किया।

"शुभ्म्भूयात्।" लक्ष्मणगुप्त ने अभिनव को आशीर्वचन कहे और अपने एक शिष्य को आवाज़ लगाई -

"चक्रपाणि!"

एक उन्नीस बीस वर्ष का ब्रह्मचारी दौड़ा हुआ आया और बोला–

"जी आचार्य! आपने मुझे बुलाया?"

"हाँ, देखो यह अभिनव है। तुमलोगों का नया सहपाठी। आश्रम में इसके रहने की व्यवस्था करो।"

चक्रपाणि ने आश्चर्य भरी दृष्टि से अभिनव को देखा और मन-ही-मन

सोचा– 'इतनी छोटी उम्र का बालक हमारे साथ अध्ययन करेगा!'

"क्या सोचने लगे?" लक्ष्मणगुप्त ने कहा। गुरु की आवाज सुनकर चक्रपाणि का ध्यान भंग हुआ तो बोला–

"जो आज्ञा गुरुदेव! मैं इसे लिए जाता हूँ।" कहकर उसने अभिनव का हाथ थामा और बोला–

"चलो अभिनव!"

अभिनव और चक्रपाणि प्रशाल के निकट आए तो अभिनव ने देखा कि वहाँ एक चबूतरे पर पन्द्रह-बीस ब्रह्मचारी बैठे थे। लगभग सभी उससे उम्र में ड्यौढ़े थे। चक्रपाणि ने सभी से अभिनव का परिचय कराया–

"बन्धुओ! यह अभिनव है। हमारा नया सहाध्यायी।"

चक्रपाणि की आवाज़ सुनकर सभी ने अभिनव की ओर दृष्टि डाली। अभिनव को पहली बार अपना सहपाठी जानकर जिस तरह चक्रपाणि को आश्चर्य हुआ था उसी तरह अन्य ब्रह्मचारी भी आश्चर्य से भर उठे। उनमें से एक सिद्धेश ने हँसते हुए कहा–

"अभिनव! इतनी भी क्या शीघ्रता थी तो इतनी छोटी आयु में प्रत्यभिज्ञादर्शन का ज्ञान प्राप्त करने चले आए! तनिक व्याकरण अदि शास्त्रों का ज्ञान भी तो ले लेते। यहाँ देख कोई तुम्हारा समवयस्क है?"

सिद्धेश की बात पर वहाँ उपस्थित सभी ब्रह्मचारी भी हँस पड़े। अभिनव निर्विकार भाव से सब सुनता रहा। उसने कोई उत्तर नहीं दिया। सिद्धेश उसे व्यवहार से ठीक नहीं लगा।

आरम्भ में आश्रम रहते हुए अभिनव को कभी-कभी नींद नहीं आती। वह मध्यरात्रि तक जगा रहता। एक रात उसे नींद नहीं आ रही थी। वह कक्ष से बाहर निकलकर टहलने लगा। अचानक उसे किसी की पदचाप सुनाई दी। वह एक पेड़ की ओट हो गया। उसने देखा सिद्धेश आश्रम के बाहर जा रहा है। वह वापस अपने कक्ष में लौट आया। वह मन ही मन सोच रहा था कि इतनी रात गए सिद्धेश कहाँ जा रहा है? इस घटना के लगभग एक माह बाद पुनः उसने उसे आधी रात को बाहर जाते देखा। उसने अपने सहपाठी चक्रपाणि से यह बात बतलाई। चक्रपाणि ने हँसते हुए कहा–

"अरे! तुमने कैसे जान लिया? यह बात तो बहुत कम लोगों को ज्ञात है। उस अर्धविक्षिप्त के पीछे मत पड़ो। वह विचित्र प्रकृति का व्यक्ति है। मध्यरात्रि में वह श्मशान जाता है। उसे कुलाचार सिद्धि सीखनी है। कहता है सिद्धेश हूँ तो बिना सिद्धि के कैसे रहूँगा?"

"अच्छा! क्या कुलाचार साधना श्मशान में होती है?"

"यह सब तो मुझे नहीं पता अभिनव! तुम यहाँ जो अध्ययन करने आए हो उसमें चित्त लगाओ। इस अल्पवयस् में यह सब तुम्हारे वश का नहीं।" कहकर चक्रपाणि ने अपनी राह ली।

'अभिनव! इस अल्पवय में यह सब तुम्हारे वश का नहीं' चक्रपाणि के शब्द अभिनव के कर्णकुहरों में अब भी गूँज रहे थे। कुलाचार में उसे बहुत रुचि थी पर उसे अब तक गुरु नहीं मिले थे। उसने निश्चय किया कि अब अगली बार जब भी सिद्धेश श्मशान जाएगा, वह चुपचाप उसके पीछे-पीछे जाकर इस रहस्यमयी सिद्धि की प्रक्रियाओं को देखेगा। उसे ज्ञात था कि अमावस्या की तिथि ऐसी सिद्धियों के लिए उपयुक्त हुआ करती है। कार्तिक अमावस्या की मध्यरात्रि को वह सावधान होकर अपने कक्ष में बैठा आश्रम के द्वार पर दृष्टि जमाए था। उचित समय पर सिद्धेश आश्रम के द्वार निकला। अभिनव बिना समय गँवाए उसके पीछे-पीछे चला। उसने उपानह आश्रम में ही छोड़ दिए ताकि कोई उसकी पदचाप न सुन सके। अमावस्या की घनी काली रात में हिमालय की तुषारस्पर्शी हवाओं से वातावरण ठण्ड व्याप्त थी। उत्कंठित अभिनव की जिज्ञासा उसे खींचे लिए जा रही थी। उस अल्पवयस् बालक को न ठण्ड की कोई चिंता थी न ही अँधेरी रात में अकेले श्मशान जाने का भय।

(14)

श्मशान में धधकती दो चिताओं की लपटें अमावस्या के निविड़ अन्धकार को जैसे खण्ड-खण्ड कर रही थीं। एक ओर झाड़ियों में मृतकों के फटे-चिटे वस्त्रखण्ड उलझे थे। श्मशान के दूसरे छोर पर खड़े बृहत्काय पीपल के वृक्ष जब हवा के झोंकों से हिलते तो झाड़ियों में लटके वस्त्रखण्ड फड़-फड़ की ध्वनि करते। दक्षिण में एक बूढ़ा बरगद जैसे अपनी बाँहें पसारे विशाल भूखण्ड को आच्छादित किए था। अर्थियों के अधजले बाँस के टुकड़े एक किनारे पड़े थे। कदाचित् उन बाँसों से धुआँती चिताओं को खोड़कर धीमी पड़ी चिताग्नि दहकाई जाती थी। अभिनव ने देखा कि कुलयाग के साधक दल के सभी सदस्य–भैरव भैरवियाँ अर्द्धनग्न अवस्था में थे पर कार्तिक मास की रात्रिकालीन ठंड का उनपर कोई प्रभाव न था। स्यात् धधकती चिताओं की गर्मी से या भीतरी मद की ज्वाला से।

यद्यपि सिद्धेश ने अभिनव को कुछ बतलाया नहीं था किन्तु उसे उसके आचार्य आज दीक्षा देंगे यह बात अभिनव को ज्ञात हो गई थी। कौलाचार साधना का उत्सुक अभिनव यह सब निकट से जानने के लिए छिप-छिप कर सिद्धेश का अनुसरण करता हुआ श्मशान तक जा पहुँचा था। एक वृक्ष की ओट में छिपकर खड़ा अभिनव निर्निमेष नेत्रों से अपने सामने विचित्र दृश्य देख रहा था।

अभिनव ने देखा धधकती अग्निशिखाओं के प्रकाश में सिद्धेश का मुख जैसे दमक रहा था। यह पहली बार नहीं था जब वह ऐसे अनुष्ठान में सम्मिलित हुआ था, पर आज का दिन विशिष्ट था। कौलसाधना में उसकी अत्यधिक रुचि थी। आज उसके आचार्य उसे कुलयाग के अनुष्ठान में अंतिम दीक्षा प्रदान करनेवाले थे। आज का समस्त आयोजन उसके ही निमित्त था। एक चिता के निकट पद्मासन लगाए आचार्य सिद्धेश के कानों में कुलसाधना की रहस्यमय प्रक्रिया समझा रहे थे। पास ही लोहितवर्णी मदिरा से भरा चषक रखा था। बलि

देने को लाया गया बकरा वहीं पास एक खूँटे से बँधा मिमिया रहा था। शायद उसे अपनी जीवन-संध्या का अनुमान हो चुका था। आचार्य के निकट दो भैरवियाँ उस चिता पर दृष्टि गड़ाए बैठी थीं। शव पूरी तरह जल चुका था, किन्तु चिता की अग्नि अभी पूरी तरह शान्त नहीं हुई थी। स्यात् रात गहराने के कारण उसके परिजन चले गए थे। अग्नि की लपटें शान्त होने को थीं तभी चषक में से एक चुल्लू मदिरा लेकर आचार्य ने चिता में झोंक दिया जिससे आग भभक उठी। भैरवियों ने मिमियाते बकरे को पकड़ कर उसका सिर एक काष्ठखण्ड पर रखा। बकरे की चिल्लाहट तेज हो गई और नीरव अर्धरात्रि में श्मशान एकबारगी उस चीत्कार से गूँज उठा। आचार्य के निर्देश पर सिद्धेश ने फरसे के एक वार से उसका सिर धड़ से अलग कर दिया। रक्त का फव्वारा फूट पड़ा। रक्त के छींटें सिद्धेश के वक्ष और चेहरे पर पड़ीं। उसके उत्तरीय का एक छोर भी रक्त से भींग गया। उस रक्तरंजित सिर को उसने महाभैरव के नाम समर्पित कर दिया। तत्पश्चात् आचार्य ने उस रक्त से सिद्धेश के ललाट पर तिलक किया और बोले– 'नमः महाभैरवाय'। भैरवियों ने निष्प्राण पड़े उस धड़ को जलती चिता में झोंक दिया। थोड़ी देर बाद आचार्य ने एक जलती लुकाठी से चिता के भीतर से जलते मांसखण्ड को खींचकर निकाला। चषक में रखी मदिरा को स्रुवा से उठाकर उसपर डाला। झिस्स्स.... की ध्वनि हुई और दग्ध मांसखण्ड और मदिरा की मिश्रित गन्ध सिद्धेश के नथुनों में लगी। वह अब इसका अभ्यस्त हो चुका था। आचार्य ने उस मांसखण्ड का एक टुकड़ा चबाया और हाथ बढ़ाकर कर्कश ध्वनि में पुकारा–

"ले महाभैरव का प्रसाद पा।"

दोनों भैरवियाँ जैसे ताक में थीं। मदिरा-बुझे उस मांस के टुकड़े पर झपट पड़ीं और फिर उसे नोच नोचकर इस तरह खाने लगीं जैसे कई दिनों से भूखी हों। जलते मांस के गन्ध और इस बीभत्स दृश्य से अभिनव के चित्त में वितृष्णा हो आई। वह मौन साधे देखता रहा। आचार्य ने चषक ओठों से लगाया और मदिरा की घूँट ली और एक दूसरा खण्ड सिद्धेश की ओर बढ़ाया–

"ले महाभैरव का प्रसाद पा। बड़े सौभाग्य से मिलता है।"

सिद्धेश ने निर्विकार भाव से गुरु की आज्ञा शिरोधार्य की। उसे प्रथम दिवस की याद हो आई जब वह पहली बार यहाँ साधना में सम्मिलित हुआ था। उसकी आँखों के सामने सारा दृश्य जैसे साकार हो उठा। आज की ही तरह आचार्य ने मांस का प्रसाद उसकी ओर बढ़ाया था तो उसके मन में तनिक वितृष्णा हो आई थी। झिझकते हुए उसने प्रसाद हाथों में ले तो लिया पर उसे

मुँह में डालने से पहले विचारने लगा। उसके आचार्य ने उसका हाथ पकड़कर वह टुकड़ा उसके मुँह में डाल दिया और बोले–

"पगले! अभी काया की माया नहीं गई या कुछ जागतिक तृष्णा शेष है? या कि कोई वितृष्णा है इस कृत्य से? यहाँ अशुद्ध और वर्ज्य कुछ भी नहीं। किस शंका से ग्रस्त हो गए वत्स? शंका कुलप्रक्रिया का सबसे बड़ा विघ्न है। लो शिवरस के दो घूँट लो।" कहकर मदिरा का चषक उसकी ओर बढ़ाया।

आचार्य की बात सुन सिद्धेश की तन्द्रा जैसे टूटी। वह जैसे सोते से जगा। उसने यंत्रवत् मदिरा का पात्र लेकर ओठों से लगाया, दो घूँट भरे और कहा–

"क्षमा करें आचार्य! स्यात् चित्त में कुछ विकृति शेष थी पर आपके अनाविल वचनों से मनोमालिन्य धुल गया।"

"वत्स! कुल के अनुष्ठान में कुछ भी अशुद्ध, वर्ज्य या घृणित नहीं होता। यह तो बाह्य दृष्टि है। यह हमारी तुम्हारी चाक्षुष धारणाएँ हैं। मांस, मदिरा और रति-अनुष्ठान यह सब कुलयाग का रहस्यानुष्ठान है। इसका प्रयोग करनेवाला ही कुलसाधना का अधिकारी होता है। इनके प्रयोग से जिनके चित्त में विकार उत्पन्न होता है वे इसके अधिकारी नहीं हो सकते। यह कौलाचार साधना की परीक्षा है। जिस समय साधक की इन्द्रियाँ परम काम्य वस्तु के घनिष्ठ संपर्क में हों तब भी अनायास उस संपर्क को विच्छिन्न करके वह परमशिव से एकाकार हो सके तभी उसकी साधना सफल होती है। इन्द्रियों की अत्यधिक उत्तेजक स्थितियों में भी जिसका चित्त विकृत न हो, जिसका मन उन विषयों से निर्लिप्त रहे वही सच्चा साधक है। यह अनुष्ठान निर्विकल्प चित्तवृत्ति वाले साधकों के द्वारा ही सम्पन्न किया जा सकता है। निर्विकल्प चित्तवृत्ति को प्राप्त ज्ञानी जन आदियाग की इन प्रक्रियाओं को इस उद्देश्य से करते हैं जिससे वे स्वयं का परीक्षण इस निकष पर कर सकें कि उनका चित्त अब भी विचलित होता है या परम-संवित् में एकाग्र हो चुका है। इसलिए तुम्हें इन मनोविकारी प्रक्रियाओं को पार करना ही होगा। मैंने तुम्हें साधना के इस निकष पर कई बार परखा है। तुम सर्वथा इसके योग्य हो।"

आज भी वही प्रक्रिया दोहराई गई पर सिद्धेश के चित्त में अब लेशमात्र भी विकृति न थी। बुझती चिता पर एक भैरवी ने स्रुवा से मदिरा की छींटें डालीं तो आग फिर दहक उठी। लपटों की धधक से सिद्धेश का ध्यान भंग हुआ। वह वर्तमान में लौट आया। उसने देखा आचार्य मौन थे। उनकी आँखें बंद थीं और अधर कम्पित थे जैसे किसी मन्त्र का जाप कर रहे हों। अमावस्या की तिमिराच्छन्न रात्रि में वहाँ व्याप्त नीरवता के बीच जब सियारों की चीत्कार

सुनाई पड़ती तो श्मशान और भयावह प्रतीत होने लगता। ध्यान से व्युत्थित आचार्य ने सिद्धेश को कानों में कुछ कहा और सिद्धेश वहाँ से उठकर चिता की परिक्रमा करने लगा। परिक्रमा के उपरान्त वह चिता के दूसरी ओर एक आसन पर बैठ गया। एक भैरवी उसके निकट और दूसरी आचार्य के साथ बैठ गई। आचार्य के निर्देशानुसार सिद्धेश साधना के कृत्य करने लगा। चिताग्नि की लपलपाती जिह्वा अब बिलकुल शान्त हो चुकी थी। लाल-लाल अंगारों की तपिश से सबके माथे पर पसीने की बूँदें चुहचुहा रही थीं। रात्रि का तीसरा प्रहर शेष होने को था। सिद्धेश का अनुष्ठान संपन्न हो चुका था। दोनों भैरवियाँ श्मशान के अँधेरे में ही अपने गंतव्य को निकल गईं। वह आचार्य के साथ आश्रम लौट रहा था। चलते हुए उसके बाएँ पैर में कुछ चुभन-सी हुई। उसने बायाँ पर उठाकर हाथ लगाया तो एक अस्थिखण्ड हाथ में आ गया। रक्त निकल आया था। उसने कटे स्थान पर राख मल दी और आगे बढ़ चुके आचार्य के निकट पहुँचने के लिए लपका। मार्ग में श्मशान की राख लिपटी फूल मालाएँ, फूटे-टूटे घड़ों के टुकड़े तथा मानव शरीर की अदग्ध अस्थियाँ बिखरी पड़ी थीं। श्मशान का दक्षिणी छोर आ गया था। सिद्धेश ने देखा उसकी साधना का साक्षी वटवृक्ष मौन खड़ा था। अभिनव उनसे दूरी बनाए हुए भूमि पर धीरे-धीरे पग धरता हुआ उनके पीछे-पीछे चला आ रहा था। उस विशाल बरगद की शाखाओं से झूलती जड़ों के मध्य बनी पगडंडी पर चलते हुए आचार्य ने सिद्धेश से कहा–

"सिद्धेश इस न्यग्रोध को देख रहे हो! न जाने कितने वर्षों से श्मशान में मौन खड़ा यह कौलाचार परम्परा की कितनी असंख्य साधनाओं का साक्षी रहा होगा! इसने दृढ़ साधकों की दिव्य साधना देखी होगी और साधना का ढोंग करते छली, धूर्त्त, व्यभिचारी जनों के दुष्कृत्यों का भी साक्षी है रहा होगा आज यह तुम्हारी सिद्धि का भी साक्षी बना। आज से तुम वस्तुतः सिद्धेश हो गए।

"पूज्यपाद! के आशीर्वाद के बिना यह सम्भव ही न था। मैं आजीवन अधमर्ण रहूँगा आपका।"

अभिनव आश्रम लौट आया था। अभी सूर्योदय में बहुत विलम्ब था। आश्रमवासी अभी सो ही रहे थे। वह चुपचाप अपने कक्ष में आ गया और बिस्तर पर लेट गया। बीती रात के एक-एक दृश्य उसकी आँखों के सामने आ आ रहे थे– मदिरा से बुझा मांसखण्ड, अर्धनग्न भैरवियों का मांसखण्ड पर लपकना। 'ले महाभैरव का प्रसाद.....' 'यहाँ कुछ भी वर्ज्य नहीं...' आदि शब्द अब भी उसके कानों में गूँज रहे थे। वह सोचने लगा कि क्या यही वास्तविक कुलाचार है? अनेक प्रश्न उसकी आत्मा को झकझोरते रहे।

(15)

शरद् ऋतु समाप्ति की ओर थी। शुक्लपक्ष की द्वादशी थी। वातावरण में शीतलता व्याप्त थी। लक्ष्मणगुप्त की प्रातःकालीन शाला लगी थी। "शिष्यवृन्द! जिस तरह शान्त निस्तरंग महासमुद्र अपने स्वरूपभूत जल को अपने अंतर्गत असंख्य तरंगों के रूप में आभासित करता है उसी तरह परमशिव अपने अखण्ड प्रकाशरूप विशिष्टता से आच्छादित स्पन्दरूप इच्छाशक्ति से अपने स्वरूप को ही विश्वरूप में आभासित करता है। एक ही परमशिव की सत्ता भीतर-बाहर सर्वत्र प्रकाशित है। वह पूर्ण चिद्-रूप है अतः उसे चिति कहते हैं- यत्र सर्वे लयं यान्ति दह्यन्ते तत्त्वसंचयाः तां चितिं पश्य कायस्थां कालानलप्रभाम्। शिवसूत्रों में इसी परमशिव को आत्मा की संज्ञा दी गई है। शिव से लेकर जीव तक सभी तत्त्वों की सत्ता इसी चैतन्यस्वरूप आत्मा में विराजती है। इसे ही परमशिव, परासंवित् तथा अनुत्तर आदि नामों से पुकारा गया है। शैवदर्शन के अनुसार यह प्रकाश और विमर्श रूप है। प्रकाश और विमर्श एक दूसरे से सर्वथा संपृक्त हैं। एक के अभाव में दूसरे की कल्पना संभव नहीं है। प्रकाश शिवरूप है और विमर्श शक्तिरूप। शिव और शक्ति की समरसता ही परमशिव है। शिव के बिना शक्ति और शक्ति के बिना शिव का अस्तित्व संभव ही नहीं है।"

"गुरुदेव! यह विमर्श क्या है? तनिक स्पष्ट करने की कृपा करें।" चक्रपाणि ने कहा।

"चक्रपाणि! शिव से लेकर यह सम्पूर्ण जगत् तक छत्तीस तत्त्वों के रूप में स्फुरित परमशिव की इच्छा का प्रसार है। उसका विश्वात्मक रूप है। शैव-आगम में इसे ही विमर्श कहा गया है। विमर्श परमशिव की शक्ति है। उस शक्ति का विस्तार, उसका प्रसार ही यह नानारूपात्मक जगत् है।"

"गुरुदेव! अनुमति हो तो मैं कुछ कहूँ?"

"हाँ हाँ, अभिनव कहो!"

"आचार्य! जिस तरह दर्पण में पृथक्-पृथक् रूप से प्रतिबिम्बित पर्वत, वृक्ष, सरोवर, सरिता अभिन्न होते हुए भी भिन्न-भिन्न प्रतीत होते हैं उसी प्रकार परमशिव अपनी विशिष्ट शक्ति से अपने अंतर्गत अभिन्न भाव से अवस्थित जगत् को नानारूप में आभासित करता है।"

"अभिनव! तुमने बिलकुल ठीक कहा। अभिनव! यहाँ यह भी ध्यान रखना चाहिए कि दर्पण स्वतः प्रकाशमान नहीं है अतः अपने अंतर्गत किसी वस्तु को प्रतिबिम्बित करने के लिए उसे प्रकाश के साथ-साथ बिम्ब की भी आवश्यकता होती है। लौकिक जगत् में प्रतिबिम्ब की सत्ता बिम्ब पर आश्रित होती है किन्तु परमशिव में प्रकाश भी है और विमर्शरूपता भी अतः उसे अपने से भिन्न किसी बाह्य सत्ता की आवश्यकता नहीं होती है। वह सर्वथा अन्यनिरपेक्ष है, स्वतंत्र है।"

"गुरुदेव! आपने परमशिव की जिस इच्छा की चर्चा की, तनिक उसे स्पष्ट करने की कृपा करें। एक अन्तेवासी बोला।"

"वत्स! परमशिव अपनी स्पन्दरूपता से अपने अहम् के भीतर अभिन्न रूप से विद्यमान 'इदम्' रूपात्मक जगत् को अवभासित करता है। वह अपनी लीला से इस इदम् को अहम् में इस प्रकार लय कर लेता है कि इदम् का नाम भी शेष नहीं रहता। इस लय की प्रक्रिया को परमशिव की प्रकाशरूपता का उन्मेष और विमर्शरूपता को निमेष कहते हैं। अर्थात् विमर्श का उन्मेष ही सृष्टि है और विमर्श का निमेष प्रलय। सृष्टि और प्रलय की यह प्रक्रिया परमसत्ता के अंतर्गत निरंतर स्पन्दित होती रहती है। यह स्पन्द ही परमेश्वर की इच्छा है।"

"गुरुवर! यह समस्त विश्वप्रपंच उस परमशिव के आनंदस्वभाव की अभिव्यक्ति का विस्तार है– 'सर्व एवायं विश्वप्रपंच आनंदशक्तिस्फारः'। यह सबकुछ उसी का लीलाविलास है न आचार्य! "

"साधु अभिनव! तूने तो मेरी अभिव्यकि को एक सूत्र में समेट दिया। अद्भुत है तुम्हारी मेधाशक्ति! अद्भुत है तुम्हारी ज्ञानग्राह्यता!"

"आपका कृपाप्रसाद ही इसका हेतु है आचार्य! परमशिव की सत्ता मुझे ध्यान में आकर्षित करती है, और आपके प्रवचनों पर केन्द्रित होकर जब मैं उस परमशिव का ध्यान करता हूँ तो प्रतीत होता है कि वह मेरे अन्तःकरण में स्पन्दित हो रहा है। उस विषय में मैं क्या ही कहूँ! परमशिव की सत्ता शब्दातीत है, अनिर्वचनीय है अन्तःस्वानन्दगोचर है। जिस प्रकार असंख्य शाखाओं, पत्रों पुष्पों वाला विशाल वटवृक्ष समरस भाव से एक छोटे-से बीज में स्थित रहता है उसी प्रकार जगत् के समस्त तत्त्व समरस रूप में परमशिव में अन्तर्निहित होते

हैं– 'यथा न्यग्रोधबीजस्थः शक्तिरूपो महाद्रुमः तथा हृदयबीजस्थं जगदेतच्चराचरम्।"

"वत्स! मेरे गुरु आचार्य उत्पलदेव ने मुझे जो संकेत किया था उसे मैं आज अक्षरशः प्रमाणित होते देख रहा हूँ। तुम्हारे इस विद्वत्तापूर्ण प्रतिपादन से यह सिद्ध हो गया है कि तुम्हारे अन्तःकरण में शिव विराजमान हैं। तुम साक्षात् भैरव के अवतार हो।"

लक्ष्मणगुप्त का प्रवचन संपन्न हुआ और कक्षा विसर्जित हो गई। वर्ष भर पूर्व जो सहपाठी अभिनव का उपहास कर रहे थे, आज उसके प्रदर्शन से चकित और लज्जित थे। उनके उपहास पर भी मौन रहनेवाला अभिनव ऐसा तेजस्वी होगा उन्हें इसका अनुमान न था। अभिनव एक तो उम्र में उनसे छोटा था और ज्ञान में उन सबसे कहीं बहुत आगे। इस बात से वे हमेशा भयभीत रहते कि वह उनका उपहास न कर दे। लक्ष्मणगुप्त की शिष्यपरम्परा में अनेक शिष्य आए गए पर अभिनव की तरह तेजस्वी शिष्य उन्होंने कभी न देखा न सुना। वे उसकी प्रतिभा पर चकित और मुग्ध थे। उन्होंने देखा जब तक वह आश्रम में रहा तब तक अपने सहपाठियों से अलग एकान्त में समय बिताता। उनके पढ़ाए विषयों को नए ढंग से उपस्थापित कर देने की अद्‌भुत क्षमता उसमें थी। अन्य शिष्यों के साथ उसके पाठ का कोई साम्य न था अतः लक्ष्मणगुप्त ने उसे अकेले ही पढ़ाने लगे। प्रत्यभिज्ञादर्शन के पश्चात् उन्होंने उसे क्रमदर्शन में भी दीक्षित किया। एक दिन अभिनव ने लक्ष्मणगुप्त से कहा–

"क्रमदर्शन की दीक्षा से मैं धन्य हुआ गुरुदेव! आपके दिव्य ज्ञानवैभव से मेरा हृदय प्रकाशित हुआ और मैंने एक 'क्रमस्तोत्र' की रचना की। यह मैं आपको समर्पित करता हूँ।"

कहकर अभिनव ने भूर्जपत्र पर लिखी तीस श्लोकों में विनिबद्ध स्तुति लक्ष्मणगुप्त के समक्ष रख दी। लक्ष्मणगुप्त ने बड़ी देर तक उन श्लोकों को गौर से पढ़ा और बोले–

"वत्स! शिखरिणी छन्दों में बँधी चित् शक्ति की आराधना का यह स्वर मुझे सम्मोहित करता है। मैंने भी क्रमसाधना की है, पर तुम्हारा चिन्तन और भी ऊँचाई पर पहुँच गया है। तुम्हें मेरा अक्षय आशीष है कि तुम दार्शनिक चिन्तन के नए मार्ग के प्रवर्तक बनो।"

गुरु के आशीर्वचन सुन अभिनव रोमांचित हो उठा। उसने गुरु के चरणों पर अपना सिर रख दिया। अभिनव का अध्ययन पूरा हुआ तो उसे विदा करते हुए लक्ष्मणगुप्त ने उससे कहा–

"वत्स! प्रत्यभिज्ञा और क्रमदर्शन में तुम दीक्षित हो चुके। तुम्हारे चित्त में

शास्त्रज्ञान की अदम्य पिपासा है। मेरा अभिमत है कि तुम्हें कुलाचार की सिद्धि के लिए जालंधरपीठ के आचार्य शम्भुनाथ की शरण में जाना चाहिए। तभी तुम्हारी शैव-साधना को पूर्णता मिलेगी।"

"गुरुदेव! आपने मेरे मन की बात कह दी। आपकी यह आज्ञा शिरोधार्य करता हूँ।" अभिनव ने लक्ष्मणगुप्त से विदा ली।

लक्ष्मणगुप्त की आज्ञा पाकर प्रसन्नचित्त अभिनव घर लौटा। घर के सभी सदस्य उसे अपने बीच पाकर बड़े प्रसन्न हुए, किन्तु उनकी प्रसन्नता अधिक समय तक नहीं रह सकी। अभिनव ने उन्हें बतलाया कि उसके गुरु लक्ष्मणगुप्त ने उसे यह निर्देश दिया है कि वह जालंधरपीठ के आचार्य शम्भुनाथ की शरण में जाए। उनसे कुलाचार की साधना का ज्ञान प्राप्त करने पर ही उसकी शैव-साधना पूर्ण होगी। अतः वह अतिशीघ्र जालंधरपीठ के लिए प्रस्थान करेगा। भाद्रपद का कृष्णपक्ष समाप्तप्राय था। वर्षा ऋतु अपनी समाप्ति की ओर थी। वह एक मास तक घर पर रहा। मास भर बाद पुनः वह जालन्धरपीठ के लिए चल पड़ा।

(16)

प्रवरपुर से वितस्ता के तीरे-तीरे चलते हुए अभिनव को दस घंटे बीत चुके थे। अभिनव ने सूर्योदय के समय अपनी यात्रा आरम्भ की थी। सूर्यदेव भी अपनी दैनिक यात्रा समाप्त करने को उद्यत थे और अभिनव भी आज के पड़ाव पर अनन्तनाग के मार्तण्ड मन्दिर पहुँच चुका था।

'ॐ सहस्रभानवे सूर्याय स्वाहा ॐ मार्तंडाय स्वाहा ॐ अर्काय स्वाहा...' कि ध्वनि मंदिर परिसर में गूँज रही थी। अभिनव ने परिसर में प्रवेश किया तो उसने देखा कि मुख्य मंदिर के सामने प्रांगण में बने छोटे-छोटे हवनकुंडों में सूर्यदेव को सायंकालीन हविष्य अर्पित किया जा रहा था। मुख्य मंदिर के सामने बने जलकुण्ड में प्रतिबिम्बित सायंकालीन सूर्य की आभा ने जलतल को जैसे स्वर्णाभ प्रच्छदपट से ढँक दिया था। अभिनव ने देखा मुख्य मंदिर के गर्भगृह तक पहुँचने के लिए लगभग बीस-इक्कीस सीढ़ियाँ बनी थीं। उन सीढ़ियों से अभिनव मुख्य मंदिर के द्वार पर पहुँचा। द्वार के दोनों ओर बने धूसर वर्ण के स्तम्भों पर कलात्मक चित्र उत्कीर्ण थे। द्वार से भीतर प्रवेश करने पर अर्द्धमण्डप मिला जिसमें दीवारों पर देवी-देवताओं की प्रतिमाएँ उत्कीर्ण थीं। अर्द्धमण्डप को पार करने पर छोटा-सा अंतराल मिला जहाँ दोनों ओर की दीवारों पर एक-एक मूर्ति उत्कीर्ण थी। बाँयीं ओर मगर पर आरूढ़ गंगा माई की प्रतिमा है तथा दाँयीं ओर कूर्मपृष्ठ पर बैठी यमुना की मूर्ति है। उस अंतराल को पार करने पर अभिनव भव्य गर्भगृह में जा पहुँचा। वहाँ भगवान् मार्तण्ड की प्रस्तरप्रतिमा विराजमान थी। अपने सात घोड़ों वाले रथ पर अपने सारथी अरुण के साथ सूर्य देदीप्यमान थे। उनके कनककिरीट में जटित नीलमणि पर पश्चिमी द्वार से आती अस्ताचलगामी सूर्य की किरणें पड़ रही थीं जिससे मणि की द्युति बिखरकर सम्पूर्ण गर्भगृह को प्रकाशित कर रही थीं। उसने भाव भरे हृदय से हाथ जोड़े। उसके कंठ से स्वतः स्तुति का अविरल शब्दनिर्झर फूट पड़ा- 'नमो

मार्तण्डदेवाय नमोऽस्तु सूर्याय सहस्रभानवे नमोऽस्तु वैश्वानरजातवेदसे....।'थोड़ी देर में वह ध्यान से व्युत्थित हुआ तो मार्तण्ड भगवान् को साष्टांग दंडवत् किया और गर्भगृह से बाहर आया। बाहर निकलकर उसने देखा कि मुख्य देवालय चौरासी विशालकाय स्तम्भों से घिरा है। उन स्तंभों के पीछे छोटे-छोटे मंदिर हैं। स्तंभों पर देवमूर्तियाँ उत्कीर्ण हैं। उसने एक स्तम्भ पर दृष्टि डाली तो देखा वंशीधर कृष्ण अधर पर रखी वंशी से जैसे कोई मधुर तान छेड़ रहे हैं। अभिनव को एकाग्र देखकर अभिनव का समवयस्क एक ब्रह्मचारी उसके निकट आया और मंदस्मित के साथ बोला-

"क्या देख रहे हो मित्र!"

अभिनव ने उसकी ओर दृष्टि डाली तो देखा एक शुभ्र कौशेयवस्त्रधारी, गले में रुद्राक्ष और ललाट पर त्रिपुण्ड्र धारण किए एक ब्रह्मचारी मुस्कुराते हुए उससे प्रश्न कर रहा है। अभिनव ने भी मुस्कुराते हुए उत्तर दिया -

"कुछ नहीं, वंशीवाले को देख दृष्टि ठहर गई। प्रतीत हुआ जैसे वंशी की तान हृदय में उतर रही है।"

"अच्छा! हमने तो सैकड़ों बार वंशीधर की इस प्रतिमा को देखा किन्तु हमें तो कभी वंशी की तान सुनाई नहीं पड़ी!"

"स्थूलदृष्टि से देखते हो मित्र! तुमने वंशीधर की प्रतिमा ही देखी अब तक। मर्मचक्षु से देखो तो साक्षात् वंशीधर दृष्टिगत होंगे और उनकी वंशी की स्वरमाधुरी भी सुनाई देगी।"

अभिनव की ऐसी गंभीर बात सुनकर ब्रह्मचारी चकित हुआ और पूछा-

"कहाँ से पधारे हो मित्र! तुमने तो अपने शब्दों से मेरे हृदय पर अधिकार कर लिया। अपना परिचय देकर मुझे कृतार्थ करो।"

"मैं प्रवरपुर का निवासी हूँ बन्धुवर! मुझे अभिनव कहते हैं। जालंधरपीठ की यात्रा पर हूँ। सोचा आज भगवान् मार्तण्ड का दिव्य दर्शन प्राप्त करूँ और यहीं रात्रि भी व्यतीत कर लूँ।"

"अभिनव! मुझे इन्दीवर कहते हैं। मैं इसी मंदिर परिसर में स्थित विद्यापीठ में अध्ययन करता हूँ। यहीं आश्रम में रहता हूँ। तुमसे मिलकर हृदय हर्षित है। मित्र! आज तुम मेरा आतिथ्य स्वीकार करो तो मेरी प्रसन्नता द्विगुणित हो जाएगी।"

संध्या ने अपना आँचल फैलाया और धीरे-धीरे चारों ओर अन्धकार ने अपना साम्राज्य विस्तार कर लिया। मंदिर परिसर में बने दीप-प्रकोष्ठों में तैलदीप प्रज्वलित किए जा रहे थे। थोड़ी ही देर में मंदिर का प्रांगण प्रकाशित

हो उठा। इन्दीवर अभिनव को लेकर मंदिर परिसर में उत्तर की ओर बने आश्रम में अपने प्रकोष्ठ में चला आया। आस-पास के प्रकोष्ठों से आती मद्धिम रोशनी इन्दीवर के प्रकोष्ठ के भीतर के अन्धकार को दूर करने का असफल प्रयत्न कर रही थी। इन्दीवर ने अपने कक्ष में रखा दीपक जलाया। प्रकोष्ठ में प्रकाश हो गया तो अभिनव ने एक दृष्टि डाली तो देखा– भूमि पर एक काष्ठपट्टिका पर कम्बल बिछा है और एक कम्बल मोड़कर रखा है। उसके निकट पूजा के पात्र, शंख, चन्दन तथा अन्य सामग्रियाँ रखी थीं। कोने में एक धातु का दीपक जो अभी-अभी जलाया गया था, पूरे कक्ष को प्रकाशित कर रहा था। खूँटियों पर कुछ वस्त्र टँगे थे। एक टोकरी में सेव, खर्जूर, अक्षोट आदि फल रखे थे। अभिनव ने इन्दीवर से उसके अध्ययन के विषय में पूछा और फिर वार्तालाप का क्रम चल निकला। दोनों बैठकर घण्टे भर बातें करते रहे। अभिनव ने बातों-बातों में इन्दीवर को व्याकरण की कुछ ग्रंथियाँ सुलझाईं और उसे अध्ययन की सुगम विधि से परिचित कराया। अभिनव के ज्ञान से प्रभावित इन्दीवर के हृदय में अभिनव के लिए आदर का भाव उमड़ पड़ा–

"मित्रवर! आज भगवान् मार्तण्ड की मुझपर बहुत कृपा है कि उन्होंने एक शास्त्रमार्तण्ड से मेरा साक्षात्कार कराया। मैं आपके ज्ञान से अभिभूत हूँ बन्धुवर!" इन्दीवर अब 'तुम' से 'आप' पर आ गया था।

"शास्त्रमार्तण्ड! बहुत भारी उपाधि है मित्र! मैं तो नहीं सँभाल सकूँगा। मुझे अपनी क्षमता ज्ञात है। मैं भी तुम्हारी तरह ही शास्त्रों का एक अध्येता हूँ।"

"आपकी थोड़ी-सी शास्त्रचर्चा से ही आपकी अद्वितीय क्षमता झलक उठी। इन्दीवर के लिए आप प्रणम्य हैं।" कहकर इन्दीवर ने अभिनव को हाथ जोड़े।

अगले दिन प्रातः नित्यकृत्य के उपरान्त अभिनव प्रस्थान को उद्यत हुआ तो इन्दीवर ने कहा–

"मित्रवर! आज ठहर जाइए। आपका सान्निध्य पाकर आपसे विलग होने का मन ही नहीं हो रहा। एक दिन और अपना साहचर्य प्रदान कर मुझे कृतार्थ करें। आपने तो पूरा देवालय देखा भी नहीं।"

अभिनव इन्दीवर का आग्रह टाल न सका। इन्दीवर अभिनव को मंदिर परिदर्शन के लिए ले चला।

"यह देखिए मित्र! कल आप यहीं पर मुरलीधर की तान सुन रहे थे। और यह भी देखिए उनकी बाँयीं ओर राधारानी की प्रतिमा उत्कीर्ण है।"

"हाँ तभी तो वंशी से प्रेम की मधुर तान फूट रही है।" मन्दस्मित के साथ

अभिनव ने कहा।

"ह ह ह ह। बिलकुल ठीक कहते हैं आप। राधाकृष्ण के प्रेम-पारावार की गहराई का कहना ही क्या!" इन्दीवर बोला।

"उस प्रीतिमाधुरी की लहरों में जितना गहरे डूबोगे मित्र! हृदय उतना ही निर्मल धवल होता जाएगा।"

"यह देखिए इस स्तम्भ में वीणापाणि भगवती सरस्वती अपने हंस पर विराजमान हैं।"

"अद्भुत! जिस कलाकार ने इस पाषाण में भगवती को साकार किया है निश्चय ही स्वयं सरस्वती उतर आई होंगी उसके कलात्मक कर-कमलों में।"

"निस्सन्देह! यह कला की ऊँचाई है।"

"इन्दीवर! समाधि की अवस्था में ही किसी भी साधना को ऊँचाई प्राप्त होती है; चाहे वह साहित्य हो, संगीत हो, चित्रकला, मूर्तिकला, कुछ भी हो।"

"समाधि की अवस्था में? मैं समझ नहीं पाया।"

"हाँ समाधि की अवस्था में। समाधि अर्थात् परम एकाग्रता की अवस्था जिसमें अपने लक्ष्य के अतिरिक्त और कुछ भी ध्यान में नहीं रहता। साधक स्वयं को भी विस्मृत कर देता है– आत्मविस्मृति की दशा, रसरूप ब्रह्म के साक्षात्कार की दशा– रसो वै सः। कभी ऐसी अनुभूति तुम्हें भी हुई होगी।"

"हाँ. मैं समझ गया। मैं कभी-कभी वीणा बजाता हूँ। एक बार वीणा बजाते हुए मैं उसकी स्वर लहरियों में इतना निमग्न हो गया कि मेरे मित्र द्वार पर मुझे पुकार कर चले गए और मुझे कुछ भी सुनाई नहीं पड़ा। उस दिन मैं कक्षा में विलम्ब से पहुँचा। आचार्य ने विलम्ब का कारण पूछा तो मेरे कुछ कहने से पहले ही मेरे मित्रों ने कह दिया कि मैं वीणा बजाने में व्यस्त था। मैंने आचार्य को वस्तुस्थिति बतलाई तो उन्होंने भी यही बात कही थी जो आज आप कह रहे हैं। उन्होंने कक्षा में मेरी एकाग्रता की मुक्तकंठ से प्रशंसा भी की।" इन्दीवर ने कहा।

"इन्दीवर! यह काश्मीरधरा भगवती शारदा की भूमि है। तुम्हें उनका अलभ्य आशीर्वाद प्राप्त है तभी तुम साधना की इस उच्च भूमि पर पहुँच पाते हो।"

"ये देखिए मित्रवर! ये चौरासी स्तंभ और इनके साथ बने ये छोटे-छोटे मंदिर। पूरे दिन एक निश्चित कालान्तराल पर एक-एक मंदिर में सूर्यदेव की किरण प्रवेश करती है जिससे हमें समय का ज्ञान होता है।"

"अद्भुत! वैज्ञानिक दृष्टिकोण है वास्तुकारों का। तो सूर्योदय से सूर्यास्त

तक लगभग बारह-तेरह घंटों के समय के चौरासी विभाग हैं। एक प्रकोष्ठ में लगभग बीस पल तक किरणें ठहरती हैं। इससे ज्ञात होगा कि दिन कितना घटी कितना पल व्यतीत हुआ है और कितना शेष है।"

"जी, आपने बिलकुल ठीक कहा। सम्राट् ललितादित्य की यह बहुमूल्य देन है। आप देखें कि लगभग दो सौ वर्ष पूर्व का बना यह मंदिर आज भी इतना भव्य है कि प्रतीत होता है कल का ही बना हो।"

"बड़े आस्थावान् धर्मपरायण, शास्त्रवेत्ता तथा धर्म अध्यात्म के उत्थान लिए कृतसंकल्प सम्राट् ने इस कुंकुमधरा पर धर्म अध्यात्म की जो सुरभि प्रसारित की है उससे उनके यशोवट की विराटता और भी प्रसृत हुई है।"

दिन भर मंदिर के विभिन्न भागों का परिभ्रमण, आचार्यों से मिलने जुलने का कार्यक्रम करते हुए साँझ हो गई। अभिनव और इन्दीवर पुनः प्रकोष्ठ में लौट आए। प्रातःकाल नित्यकृत्य से निवृत्त हो अभिनव ने इन्दीवर से अनुमति माँगी और अपनी यात्रा पर निकल पड़ा।

(17)

दसवीं शताब्दी में काश्मीर अपनी सांस्कृतिक, आध्यात्मिक और दार्शनिक उन्नति के चरम पर था। प्रवरपुर से लगभग सत्तर कोस की दूरी पर त्रिकूट पर्वत पर माँ वैष्णवी देवी की प्रसिद्ध गुफा थी जिसमें त्रिशक्ति रूप भगवती वैष्णवी अपने दिव्य स्वरूप में विराजमान थीं। त्रिकूट पर्वत अपनी भव्यता और दिव्यता के लिए विख्यात है। सत्व, रज और तम के प्रतीक, इसके तीन शिखर, मानो त्रिगुणात्मिका सृष्टि का आभास देते हैं। अभिनव त्रिकूट पर्वत की ओर चल पड़ा। यह यात्रा केवल भौतिक रूप से एक पवित्र तीर्थ की ओर अग्रसर होना नहीं थी, बल्कि यह आत्मा के गहनतम स्रोत तक पहुँचने की यात्रा थी– एक ऐसा तीर्थ, जहाँ भक्ति, ज्ञान और शक्ति का अद्वितीय संगम था।

त्रिकूट पर्वत अपनी प्रकृति की भव्यता और रहस्य से ओतप्रोत था। जब अभिनव इस पर्वत की ओर बढ़ा, तो उस मार्ग की हर छवि मानो उसके भीतर की साधना को प्रतिबिंबित कर रही थी। पर्वत की ऊँचाइयों की ओर बढ़ते हुए जब वह घने देवदार और चीड़ के जंगलों से गुज़रा, तो हर वृक्ष, हर पत्ता एक प्राचीन मंत्र की तरह प्रतीत होता था– मानो प्रकृति स्वयं एक शास्त्र बन गई हो। पर्वतों पर बहती मंद-मंद शीतल हवा में एक दिव्य सुवास थी, और पक्षियों का कलरव भी किसी गूढ़ संगीत के स्वरों जैसा सुनाई देता था।

जैसे-जैसे वह आगे बढ़ा, मार्ग कठिन और संकुचित होता गया। पत्थरों से भरे पथ, पहाड़ी धाराओं को पार करते हुए, उसके हर पदनिक्षेप में जैसे भक्ति और समर्पण की गूंज थी। अभिनव के लिए यह यात्रा केवल बाहरी नहीं थी, यह भीतर की यात्रा थी, आत्मा के उन रहस्यों को जानने की यात्रा, जिसकी खोज में वह जालन्धरपीठ की यात्रा पर निकला था।

अनंतनाग से चलकर वह तीसरे दिन जब त्रिकूट पर्वत के शिखर के पास पहुँचा, तो आकाश में सूर्योदय का दृश्य था। सूर्य की पहली किरण उन पर्वतों

पर पड़ते ही, स्वर्णिम आभा बिखर गई। अभिनव को इस दृश्य में शिव और शक्ति के मिलन की प्रतीति हुई– प्रकाश और ऊर्जा, स्थिरता और गति, ज्ञान और क्रिया का दिव्य संगम प्रतीत हुआ। भगवती के द्वार पर खड़े अभिनव के तेजस्वी व्यक्तित्व से आकर्षित मंदिर के पुजारियों ने अभिनव का स्वागत करते हुए कहा–

"स्वागत है, ब्रह्मचारी! इस पावन धाम में आप कहाँ से पधारे हैं?" अभिनव ने देवी के आराधकों से हाथ जोड़कर कहा– "देव! मुझे अभिनव कहते हैं। प्रवरपुर से आया हूँ। जालंधरपीठ की यात्रा पर हूँ। माता वैष्णवी के इस दिव्य धाम में दर्शन कर अपना जीवन कृतार्थ करने आया हूँ। दर्शन से मेरी साधना को प्रेरणा का बल मिलेगा। मैं तंत्रशास्त्र का विद्यार्थी हूँ, भगवती की महिमा का साक्षात्कार करने, यहाँ की ऊर्जा को अनुभव करने की इच्छा से आया हूँ।"

"आप तंत्रशास्त्र के विद्यार्थी हैं? माता के इस स्थान पर तो सामान्यतः भक्तगण भक्ति और श्रद्धा के साथ आते हैं। तंत्र का मार्ग तो कठिन और गूढ़ है। यहाँ की साधना से उसका क्या संबंध?"

"यह भेद केवल प्रतीतियों में है, वास्तविकता में नहीं। तंत्र मार्ग में भक्ति, ज्ञान और क्रिया– तीनों की पूर्णता आवश्यक है। माता वैष्णवी स्वयं सृष्टि की त्रिविध शक्तियों का प्रतीक हैं– महाकाली, महासरस्वती और महालक्ष्मी। जब हम इन तीनों रूपों को एक रूप में देखते हैं, तो उसी पराशक्ति का स्वरूप प्रकट होता है, जिसे तंत्रशास्त्र 'स्वतंत्रता' कहता है।" मृदु मुस्कान के साथ अभिनव ने कहा।

"आपकी बातें गहरी हैं, युवा साधक। किंतु हम माता को प्रेम और भक्ति से पूजते हैं। इस ज्ञान और तंत्र की जटिलताओं में प्रवेश किए बिना भी माता हम पर कृपा करती हैं। क्या तंत्रशास्त्र इस सरल भक्ति को अस्वीकार करता है?"

"नहीं, आचार्यवर! भक्ति ही तो साधना का सर्वोच्च रूप है। तंत्र केवल वह विज्ञान है, जो इस भक्ति को गहन और सशक्त बनाता है। जब साधक भक्ति में पूर्णतः लीन हो जाता है, तब उसकी अहंता विलीन हो जाती है। जहाँ आराधक और आराध्य में कोई भेद नहीं रहता। माता की गुफा में प्रवेश करते समय जो अंधकार है, वह हमारी अविद्या है। जलधारा हमें शुद्ध करती है, और अंत में तीन पिंडियों का दर्शन इस सत्य का प्रकाश है कि यह सृष्टि, स्थिति और संहार– सब उसी एक पराशक्ति के विविध रूप हैं।" अभिनव ने उत्तर

दिया।

“आपकी उपस्थिति से आज हमारी साधना को नया आलोक मिला है। कृपया हमें यह बताइए कि माता के साक्षात्कार के लिए सबसे श्रेष्ठ साधना क्या है?” एक पूजक ने प्रश्न रखा।

“श्रद्धा। जब मन पूर्ण श्रद्धा से भरा हो, तब हर साधना फलवती होती है। चाहे आप मंत्र जप करें, ध्यान करें या केवल प्रेम और समर्पण से माता को पुकारें– जब आपका अहं मिट जाएगा, तब माता के साक्षात् दर्शन होंगे।”

“आपकी वाणी में वह गहराई है, जो केवल साक्षात्कार के बाद ही उत्पन्न होती है। आप वय में हमसे छोटे अवश्य हैं पर अप्रतिम विद्वत्ता की प्रतिमूर्ति हैं आप!” एक पुजारी ने विनम्र भाव से कहा।

“मुझे प्रसन्नता है कि इस दिव्य स्थल पर आने का सौभाग्य प्राप्त हुआ। किंतु माता के द्वार पर सभी समान हैं– यहाँ न कोई विद्वान् है, न कोई साधारण। यहाँ केवल जिज्ञासु आत्माएँ हैं, जो उस आदिशक्ति की शरण में आई हैं, जो सृष्टि का आधार है।”

“आपके शब्दों में माता का ही आशीर्वाद है। कृपया माता के दर्शन कीजिए। उनके कृपा प्रसाद से आपकी साधना अवश्य ही सफल होगी।”

अभिनव पुजारियों और साधकों के साथ गुफा में प्रवेश करता है। माँ भगवती तक पहुँचने के लिए जिस संकरी और जटिल राह से उसे गुजरना था, वह एक प्रतीक थी– आत्मबोध की कठिन यात्रा की। उस गुफा में प्रवेश करते ही अंधकार ने उसे घेर लिया, लेकिन वह बाहरी अंधकार केवल एक परीक्षा थी– क्योंकि उसके भीतर का प्रकाश इतना तीव्र था कि कोई भी अंधकार उसे छू नहीं सकता था। गुफा के भीतर बहती जलधारा की मधुर ध्वनि, जैसे किसी आदिम मंत्र की अनुगूँज हो, और उन दीवारों पर पड़ती छायाएँ मानो ध्यान की गहन अवस्थाओं के प्रतीक। अंततः, जब उसने माता वैष्णवीदेवी के दिव्य स्वरूप के दर्शन किए, तो जैसे उसके चित्त में शुद्ध आनंद और भक्ति का विस्फोट हुआ। उन पिंडियों को देखते ही उन्हें महाकाली, महालक्ष्मी और महासरस्वती के रूप में भगवती त्रिपुरसुंदरी के तीनों स्वरूपों का साक्षात्कार हुआ। इस त्रिविध शक्ति में उसने ब्रह्मांड की समस्त सृजन, संहार और स्थायित्व की ऊर्जा को देखा। अभिनवगुप्त के लिए यह केवल एक बाह्य दर्शन नहीं था– यह उसके अद्वयवाद के सिद्धांत की सजीव अभिव्यक्ति थी।

गुफा के भीतर उसने ध्यान किया। गहन ध्यान-साधना से उसने उस दिव्य ऊर्जा को अपने भीतर अवतरित होता अनुभव किया। ध्यान की उस अवस्था में

अभिनव ने देखा कि वैष्णवीदेवी केवल एक मूर्ति नहीं, बल्कि समस्त चेतना का प्रतीक हैं– वह शक्ति, जो सृष्टि, स्थिति और संहार में विद्यमान है। यह वह शक्ति थी, जिसे शैवदर्शन में उसने 'पराशक्ति' के रूप में व्याख्यायित किया था; जो शिव के साथ अविच्छिन्न रूप से जुड़ी है। ध्यान की उस गहन अवस्था में अभिनवगुप्त ने अपने भीतर शिव और शक्ति का पूर्ण मिलन अनुभव किया। उसकी चेतना उन सीमाओं को लांघ गई, जो भौतिकता से परे है। वहाँ केवल एक ही अस्तित्व बचा– अद्वय, अखंड, निरालंब।

जब वह गुफा से बाहर निकला, तो त्रिकूट के शिखरों पर सूर्यदेव का साम्राज्य फैल चुका था। त्रिकूट पर्वत के शिखरों पर पड़ती स्वर्णिम किरणों ने मानो अभिनवगुप्त की साधना को एक बाहरी रूप दे दिया। उसके चेहरे पर अपूर्व शांति और आनंद था, उसकी आँखों में एक दिव्य ज्योति थी। वह ज्योति, जो केवल साक्षात् परम सत्ता के दर्शन के बाद प्राप्त होती है। इस यात्रा ने उसकी आत्मा को वह अनुभव दिया, जो केवल कुछ महान साधकों को ही मिलता है।

त्रिकूट पर्वत यात्रा कर अभिनव के हृदय में अपूर्व तेजस्विता और प्रेरणा का संचार हुआ। उसकी वाणी में वैष्णवीदेवी के उस साक्षात्कार की शक्ति थी, उस गहन भक्ति की सुगंध थी, और उसकी साधना में उस दिव्य मिलन की अनुभूति थी। इस प्रकार, यह यात्रा केवल एक तीर्थयात्रा नहीं, बल्कि आत्मसाक्षात्कार की पराकाष्ठा थी।

(18)

बड़े-छोटे पाषाणखण्डों के मध्य अपनी राह बनाती बाणगंगा चीड़ और खदिर के पेड़ों को मानो अपने स्नेहिल स्पर्श से दुलराती चली जा रही है। प्रवरपुर से कांगड़ा की अर्द्धत्र्यम्बकमठिका के जालंधरपीठ की यात्रा करते अभिनव का आज आठवाँ दिन था। नदियों, पर्वतों के मध्य जालंधरपीठ का मार्ग पूछते, गाँवों में आतिथ्य स्वीकार करते वह आगे बढ़ता जाता। आज आठवें दिन बाणगंगा के दर्शन हुए तो अभिनव प्रफुल्लित हो उठा कि अब जालंधरपीठ दूर नहीं। आचार्य लक्ष्मणगुप्त ने उसे बतलाया था कि बाणगंगा शक्ति का ही एक रूप है जो बाण से भूतल के उद्‌भेदन के फलस्वरूप सरिता के रूप में प्रकट हुई है। सूर्यदेव अपनी प्रातःकालीन सिन्दूरी छटा समेटकर किरणों से तनिक तीक्ष्ण हो गए थे। मध्याह्न होने में अभी विलम्ब था। अभिनव ने अपनी पोटली बाणगंगा के तट पर रखी और पहले उसके जल से सिर पर अभिषेक किया- 'नमो बाणगंगे! नमो दुग्धधारे! तुहिनशैलजे ते नमः शक्तिरूपे!.... और फिर उसकी उच्छल तरंगों में स्नान के लिए उतर गया। चुल्लू में जल लेकर आचमन करते अभिनव को प्रतीत हुआ कि हिमालय की पर्वतमालाओं से ढुलकती, वनों में विभिन्न प्रकार की औषधियों वनस्पतियों से लिपटती बाणगंगा की धारा जैसे स्वाद और सुगंध से अमृत बन गई है। स्नान कर वह अपनी राह पर बढ़ चला। अब पश्चिमी क्षितिज पर लाली बिखर गई थी जैसे किसी विस्रस्तकुन्तला (अस्त-व्यस्त केशपाशवाली) सुहागिन का सिन्दूर माथे पर पर फैल गया हो। इसी गोधूलि वेला में अभिनव आचार्य शम्भुनाथ के समक्ष खड़ा था-

"प्रवरपुरवास्तव्य आचार्य नरसिंहगुप्त का पुत्र अभिनव पूज्यपाद के श्रीचरणों में अपना प्रणाम निवेदित करता है।" कहकर उसने आचार्य को दण्डवत् किया।

"स्वस्ति ते! तेजस्वी भूयाः वत्स! आचार्य नरसिंह कुशल तो हैं?"

"जी आचार्य! उन्होंने आपको नमोवाक् प्रेषित किया है।"

"आचार्यप्रवर मेरे प्रणम्य हैं।"

"मेरे गुरुवर आचार्य लक्ष्मणगुप्तजी ने मुझे आपकी शरण में....।" अभिनव का वाक्य पूरा भी न हुआ कि शम्भुनाथ बोल पड़े।

"आचार्य का सन्देश मुझे मिला है। उन्होंने तुम्हारे विषय में बतलाया है। अभिनव! मैं भी वर्षों से एक योग्य शिष्य की प्रतीक्षा में हूँ।"

"अभिनव! कुलसाधना असिधाराव्रत है। इसमें दीक्षित होने के लिए बहुत से शिष्य आते हैं किन्तु उनमें अधिकाधिक पथपतित हो जाते हैं। यह मार्ग ही अत्यंत दुर्गम है। यह खड्गधार पर चलने के सदृश है, क्रुद्ध व्याघ्र के पृष्ठ पर आरूढ़ होने के तुल्य है। मदमत्त पागल हाथी को वश में करना है, अग्निकुंड के दहकते अंगारों पर शयन करना है। इस पिच्छिल पथ पर गिरना कोई आश्चर्य नहीं। सधे पाँवों से बिना गिरे यात्रा पूर्ण कर लेना ही विस्मयावह है जिसे कोई-कोई साधक ही साध पाते हैं।"

"पूज्यपाद! निस्सन्देह इस साधना का पथ दुर्गम है किन्तु आपकी शरण में इसे सिद्ध करना असम्भव भी नहीं। मेरा चित्त इसके लिए वज्रसंकल्पित है।"

"तुम्हारी दृढ़ता प्रशस्य है। आज से तुम मेरे शिष्य हुए। अभी यात्रा के कारण परिश्रान्त होगे। जाओ आश्रम में जाकर विश्राम करो। सायंकाल मेरी कुटी में आना।"

"अनुगृहीत हूँ श्रीचरणों का।" कहकर पुनः अभिनव ने दण्डवत् किया और शम्भुनाथ की कुटी के निकट बने आश्रम में चला गया।

गुरु के आदेशानुसार वह सायंकाल उनकी कुटी की ओर जाने के लिए आश्रम से बाहर निकला। उसने निरभ्र आकाश की ओर देखा। आज कृष्णपक्ष की दशमी थी। अमावस्या की ओर अग्रसर चन्द्रमा क्षीण हो चला था। अन्धकार के साम्राज्य-विजय के लिए उसके पास पर्याप्त प्रकाश न था। वातावरण बिलकुल शान्त और गंभीर था। कभी-कभी आश्रम-परिसर में लगे ऊँचे-ऊँचे देवदारु वृक्षों को छूकर बहनेवाली हवा उस नीरवता को भंग करती थी। अभिनव आचार्य की कुटी में जा पहुँचा।

"प्रणाम आचार्य!" कहकर उसने दण्डवत् किया।

"यशस्वी भूयाः वत्स! मैं तुम्हारी ही प्रतीक्षा कर रहा था। आओ बैठो।" कहकर आचार्य ने अभिनव को आसन की ओर संकेत किया।

कुटी में इंगुदी तेल का दीपक जल रहा था। उसकी रोशनी में आचार्य कुछ लिख रहे थे। थोड़ी ही देर में उनका लिखना समाप्त हुआ तो वे अभिनव की ओर उन्मुख हुए और बोले-

"वत्स! कुलविद्या के मेरे महागुरु आचार्य सुमति ने मुझे इस विद्या के गूढ़ रहस्यों को बतलाते हुए यह कहा था कि योग्य पात्र मिलने पर ही मैं इन रहस्यों को प्रकट करूँ। मैं वर्षों से इस विद्या के साधक शिष्यों के अन्तःकरण में झाँकता रहा हूँ किन्तु मलिनता से सर्वथा मुक्त निर्मल चित्त वाला कोई शिष्य मुझे नहीं मिला। परिणामतः आज भी उन गूढ़ रहस्यों को किसी को सौंप देने के लिए प्रतीक्षारत हूँ। संभवतः मेरी यह अभिलाषा तुमसे ही पूर्ण होगी। तुम्हारे सम्बन्ध में आचार्य लक्ष्मणगुप्त से जो बातें हुई हैं उससे तो यही प्रतीत होता है कि मेरी वर्षों की प्रतीक्षा समाप्त हुई। अपनी साधना का सर्वस्व सौंपने के लिए मैं जिसकी प्रतीक्षा कर रहा था संभवतः वह तुम ही हो। मेरे गुरुवर पूज्यपाद आचार्य सोमानंद ने वर्षों पूर्व यह कहा था– 'शम्भुनाथ! कुलविद्या का एक तेजस्वी साधक इसी कुंकुमधरा पर अवतरित हो चुका है। वह इस महान् विद्या का ध्वजवाहक बनेगा।' आचार्य लक्ष्मणगुप्त ने तुम्हारी तेजस्विता के विषय में जैसा कहा मैंने तुम्हें ठीक उसके अनुरूप ही पाया। वर्षों पूर्व आचार्य सोमानंद की वाणी ने जो संकेत किया था वह तुम्हारे अतिरिक्त और कोई नहीं। यह मेरे हृदय की अंतर्ध्वनि है।"

"पूज्यपाद! मैं आपकी आशाओं के अनुरूप बन सकूँ मुझे ऐसा आशीर्वाद प्रदान करें। परिणाम तो भविष्य के गर्भ में है।"

"मुझे वह भविष्य स्पष्ट दिखलाई पड़ रहा है अभिनव! मेरी साधना के वास्तविक उत्तराधिकारी तुम ही होगे इसमें मुझे कोई संदेह नहीं।"

"मैं धन्य हुआ आचार्य!" कहकर अभिनव ने पुनः आचार्य शम्भुनाथ को दण्डवत् किया। शम्भुनाथ ने अभिनव के सिर पर हाथ रखा और कहा–

"वत्स! आज तुम्हें कुलाचार का संक्षिप्त परिचय देता हूँ। कु का अर्थ है पृथ्वी और ल का अर्थ है लय। पृथ्वीतत्त्व का जहाँ लय होता है उसे कुल कहते हैं। सुषुम्णा के मुख को अवरुद्ध कर मूलाधार चक्र में सुषुप्त पड़ी कुण्डलिनी ही कुल है। इस कुण्डलिनी या कुल को अकुल अर्थात् सहस्रारचक्र में स्थित परात्पर शिव से मिला देना, उनमें समरसता स्थापित कर देना ही कुलाचार है। इसके कर्ता को कौल कहते हैं।"

"पूज्यपाद! कुंडलिनी का स्वरूप क्या है?"

"पायु और उपस्थ के मध्य स्थित मूलाधार में कुण्डल के आकार की भुजंगिनी साढ़े तीन वलयों में लिपटी हुई है, जो शिव से पृथक् होने के कारण मूर्च्छित है। यह भगवती कुण्डलिनी शक्ति ब्रह्मद्वार अर्थात् सुषुम्णा के मुख को अवरुद्ध कर स्थित है। इसी कुलशक्ति को प्रबुद्ध कर शिव से समरसता

स्थापित करना योगी का लक्ष्य है।"

"आचार्य! मूर्च्छित कुण्डलिनी के प्रबोध की विधि क्या है?"

"प्राणसाधना के द्वारा वत्स! प्राणसाधना के लिए प्रथमतः नाड़ीशुद्धि आवश्यक है। मन, वाणी, देह एवं दृष्टि में स्थिरता तथा लघुता अपेक्षित है। धौति, बस्ति त्राटक आदि षट्कर्मों से नाड़ीशुद्धि की जाती है। इससे प्राण और मन स्थिर हो जाते हैं। कुण्डलिनी अपना स्थान त्यागकर सहस्रार की ओर उन्मुख होती है तथा परमशिव से मिलन के लिए ऊर्ध्वारोहण में प्रवृत्त होती है। सुषुम्णा नाड़ी के द्वारा प्राण को ऊपर चढ़ाया जाता है और कुण्डलिनी सहस्रारतीर्थ की यात्रा पर निकल पड़ती है।"

"कुण्डलिनी के प्रबुद्ध होने का संकेत हमें कैसे होगा गुरुदेव!"

"वत्स! कुंडलिनी प्रबोधन के उपरांत षट्चक्रभेदन एवं अनाहत नाद का प्रस्फुटन होता है।"

"अनाहत नाद का प्रस्फुटन?"

"हाँ, बिना किसी संघर्षण के जो आभ्यन्तर नाद उत्पन्न होता है। निःशब्द मध्यरात्रि में जब पूर्णतया नीरवता व्याप्त हो तो साधक कर्णयुगल को दोनों हाथों से बंद कर पूरक और कुम्भक प्राणायाम करे। ऐसी स्थिति में दाएँ कान में यह मंगलमय अनाहत नाद सुना जा सकता है। आदि में मेघध्वनि, भेरीनाद अथवा समुद्रगर्जन के सदृश नाद सुनाई देता है। मध्य में मर्दल (डमरू), शंख, घंटा आदि का स्वर श्रुतिगोचर होता है। अंत में किंकिणी (घुँघरू), वंशी, वीणा और भ्रमर आदि का स्वर सुन पड़ता है। तात्पर्य यह है कि स्थूल से सूक्ष्म और सूक्ष्मतर ध्वनियाँ श्रुतिगोचर होती हैं। यह सतत अभ्यास के फलस्वरूप ही हो पाता है।"

"अद्भुत है यह अनाहत नाद! क्या यही मोक्ष की ओर ले जाता है?"

"हाँ, कुण्डलिनी ही मोक्ष के द्वार की कुंजी है। कुण्डलिनी परम शिव की शक्ति है जो प्राणी के जन्म जन्मान्तर के संचित आणव, मायीय और कार्म मल के भार से आक्रान्त होकर मूलाधार में प्रसुप्त पड़ी है। षट्चक्रों का भेदन कर सहस्रार में शिव से उसका मिलन ही मोक्ष है। जब तक ब्रह्मकमल अधोमुख है तब तक कुण्डलिनी प्रसुप्त रहती है और तब तक हमें विश्व की विषमता का आभास होता रहता है और हम दुःख, माया मोह आदि मलिनताओं से ग्रस्त रहते हैं। जब यह ब्रह्मकमल ऊर्ध्वमुखी हो जाता है तो कुण्डलिनी जाग्रतावस्था में होती है और विश्व चिदानन्दमय हो जाता है। जब-जब परमशिव में सिसृक्षा (सृजन की इच्छा) का उदय होता है तब-तब उसमें दो तत्त्व उत्पन्न होते हैं–

शिव और शक्ति। प्रलय सृष्टि का विनाश नहीं है बल्कि यह शिव के द्वारा शक्ति को अपने में लीन करने की अवस्था है। सृष्टि के प्रसार और संकोच की साम्यावस्था ही परममुक्ति है।"

"आचार्य! इस कुलसाधना की व्यावहारिक प्रक्रिया पर कुछ और कहने की कृपा करें।"

"वत्स! कुलयाग सम्पादन के तीन मार्ग हैं– मन का मार्ग, वचन का मार्ग और काया का मार्ग। मनोमार्ग ज्ञानियों का मार्ग है जो कि कुलप्रक्रिया का सम्पादन बाह्य रूप से नहीं करते। अपने चित्त में ही सारी कुलार्चना संपादित कर कौलतत्त्व का ध्यान करते हैं। वचन या वाक् के मार्ग से की जानेवाली कुलसाधना मन्त्रयोग है। जप आदि के द्वारा कुलयाग का अनुष्ठान किया जाता है। काया के मार्ग में देह के माध्यम से संपादित किए जानेवाले अनुष्ठानों की प्रधानता होती है। यह कुलाचार विशिष्ट सामर्थ्य वाले साधकों द्वारा ही साध्य है। जनसाधारण में यह साधना इसलिए प्रचलित नहीं हुई क्योंकि इसमें अल्प सामर्थ्य वाले साधक का पतन निश्चित है ....।"

डेढ़-दो घण्टे तक कुल, अकुल, नाद-अनुसंधान, परा-वाक्, कुण्डलिनी-प्रबोध आदि विषयों पर आचार्य का प्रवचन चलता रहा और अभिनव उस ज्ञानमय सरिता में गोते लगाता रहा। यह रोज का क्रम बन गया था। आचार्य शम्भुनाथ के उपदेश की विधि अन्य आचार्यों से भिन्न थी। कभी आश्रम परिसर में वृक्षों के मध्य टहलते हुए उपदेश करते तो कभी सायंकाल अपनी कुटी में आसन जमा लेते और अभिनव को भी वहीं बुला लेते। कभी अभिनव के साथ आश्रम के निकट बहनेवाली बाणगंगा के तट पर चले जाते और वहीं बैठकर तन्त्रशास्त्र की गुत्थियाँ सुलझाते। जालंधरपीठ और शम्भुनाथ जैसे एक दूसरे के पर्याय थे। कुलाचार के साधक आचार्य के रूप में दूर-दूर तक उनकी ख्याति थी। अन्य आचार्यों की तरह उनका आश्रम बहुत बड़ा न था। उनकी कठोर दीक्षा के आचरण में अधिकांश शिष्य टिक ही नहीं पाते थे। अतः उनके शिष्यों की संख्या बहुत कम थी किन्तु जो भी शिष्य थे वे साधना के बड़े पक्के और ज्ञानी। चित्त में दृढ़ता रखनेवाला अभिनव आचार्य शम्भुनाथ के सान्निध्य में निखर उठा। यह समर्थ गुरु और समर्थ शिष्य का मणिकांचन संयोग था। जालंधरपीठ का शान्त वातावरण भी अभिनव को खूब भाया। जब कभी आचार्य से अनुमति मिलती तो वह कभी निकट के वन्य प्रान्तर में, पहाड़ों पर भ्रमण करता और उस निर्जन एकांत में ध्यान करता।

(19)

"न शिवेन विना शक्तिर्न शक्तिरहितः शिवः पुष्पगन्धवदन्योऽन्यं मारुताम्बरयोरिव। वत्स! जिस प्रकार सूर्य में दीप्ति, चन्द्रमा में ज्योत्स्ना, अग्नि में दाहकता, पुष्प में सुगन्ध, शर्करा में माधुर्य अनिवार्य रूप से व्याप्त होता है उसी प्रकार शिव और शक्ति में भी अविनाभाव सम्बन्ध है। अर्थात् जैसे सुगन्ध के बिना हम पुष्प को पुष्प नहीं कहते, माधुर्य के बिना शर्करा शर्करा नहीं उसी प्रकार शक्ति के बिना शिव का भी अस्तित्व नहीं।" आचार्य शम्भुनाथ अभिनव को आज शिव और शक्ति का सामरस्य समझा रहे थे।

"जी आचार्य! इस इस प्रसंग से 'वागर्थाविव संपृक्तौ...' का स्मरण हो आया।" अभिनव बोला।

"यथोचित उदाहरण दिया तुमने। पार्वती और परमेश्वर के व्याज से कालिदास भी शक्ति और शिव की ही वन्दना कर रहे हैं। परमशिव की यह शक्ति वस्तुतः एक होने पर भी सृष्टि के समय अपनी स्वातन्त्र्य शक्ति से छह रूप धारण करती है– चित् शक्ति, परा शक्ति, आदिशक्ति, इच्छा शक्ति, ज्ञान शक्ति और क्रिया शक्ति। जिस प्रकार शब्द और अर्थ की समरसता को या वागर्थ संपृक्ति को जाने बिना साहित्य की प्रत्यभिज्ञा संभव नहीं है– 'यत्नतः प्रत्यभिज्ञेयौ तौ शब्दार्थौ...।' उसी प्रकार शिव और शक्ति के अनिवार्य सम्बन्ध को जाने बिना कुलप्रक्रिया को समझना संभव नहीं है।"

"कुलाचार के ज्ञान लिए प्रथम महत्त्वपूर्ण योग्यता क्या है आचार्य!" अभिनव ने प्रश्न रखा।

"निःशंक होना प्रथम योग्यता है वत्स! शंका कुलप्रक्रिया का सबसे बड़ा विघ्न है। कुलतत्त्व का साक्षात्कार उसी व्यक्ति को संभव है जिसकी सारी शंकाएँ ध्वस्त हो चुकी हों।"

"गुरुवर! क्या हृदय के निर्मल और निःशंक हो जाने मात्र से साधक

कुलयाग का अधिकारी हो जाता है?" अभिनव ने पूछा।

"नहीं। कुलयाग, आदियाग या जिसे दूतीयाग भी कहते हैं वह कुलप्रक्रिया का अनिवार्य अंग है। साधक आचार्यों ने कहा है कि 'औष्ठ्यान्त्यत्रितयासेवी ब्रह्मचारी स उच्यते'। ओष्ठ से उच्चरित अंतिम वर्ण अर्थात् 'मकार' का सेवन करनेवाला ही ब्रह्मचारी है। इन मकारों के बिना कुलसाधना सम्पन्न नहीं होती अतः उसके अनुष्ठाता के लिए संयम की पराकाष्ठा आवश्यक है।

जिसकी साधना का लक्ष्य रंचमात्र भी भौतिक अथवा सांसारिक नहीं है, उसे ही इस आदियाग का अधिकारी माना जाता है। चित्त की यह निर्द्वंद्व अवस्था एक लम्बे कालान्तराल की कठोर साधना से प्राप्त होती है। जब साधक राजयोग के अभ्यास से इतनी पूर्णता प्राप्त कर लेता है कि अत्यन्त उत्तेजक परिस्थितियों में भी उसका चित्त निर्लिप्त रहता है। जो अपनी इच्छाशक्ति से प्राणों को सुषुम्णा में प्रवेश करा सके तथा अतीन्द्रिय भावजगत् में विचरण कर सके वही इस कुलयाग साधना का अधिकारी है।"

"आचार्य! कुलसाधना में प्रयुक्त पंचमकारों के सेवन को बहुत से लोग निन्द्य मानते हैं।"

"अभिनव! जिसकी दृष्टि सांसारिक है, संकुचित है वे उस पंचमकार के सेवन के बाह्य स्वरूप के आधार पर अपनी धारणा बनाते हैं। शुद्धि, अशुद्धि, नैतिकता, अनैतिकता तो द्रष्टा की स्थूल धारणा है। जिसे कर्दम और चन्दन में, पुत्र और शत्रु में, श्मशान और गृह में, कंचन और तृण में कोई भिन्नता न दृष्टिगत हो वही कौल है। मदिरा के सेवन से भी जिसे मादकता स्पर्श नहीं करती, सुन्दरी का सान्निध्य भी जिसमें रिरंसा (रमण की इच्छा) उत्पन्न नहीं करता, जो उन ऐन्द्रिय आनंद के क्षणों में भी अतीन्द्रिय लोक में विचरता है, उस परमसत्ता का साक्षात्कार करता है उसके लिए मदिरा क्या और मांस क्या? जिनकी चित्तवृत्ति मदिरा की मादकता में ही उलझ गई, रमण की इच्छा की सीमा को जो नहीं लांघ सके, मांस जिसकी जिह्वा का ही विषय बना रह गया उसकी संकुचित दृष्टि इन्द्रियलोलुपता के समुद्र के पार कैसे देख पाएगी भला?"

"समझा आचार्य! इस साधना के पीछे ऐन्द्रिय लिप्सा का सर्वथा त्याग है तथा परमसत्ता के अनवच्छिन्न स्वरूप में आविष्ट होने की उत्सुकता ही एकमात्र लक्ष्य है।"

"बिलकुल ठीक कह रहे हो वत्स! दूती और साधक अपना-अपना स्वरूप खोकर एकाकार हो जाते हैं जो कुलमत की दृष्टि में परमपद से तादात्म्य की

अवस्था है। यही शिव और शक्ति की समरसता है जहाँ दोनों का स्वतन्त्र अस्तित्व विश्रान्त हो जाता है, समाप्त हो जाता है। इसे ही जगदानंद का नाम दिया गया है। शिवशक्त्यात्मकं रूपं भावयेच्च परस्परं न कुर्यान्मानवीं बुद्धिं रागमोहादिसंयुताम् ज्ञानभावनया सर्वं कर्तव्यं साधकोत्तमैः। परस्पर शिव और शक्ति की एकात्मता का चिन्तन करते हुए राग-मोह से नितांत अस्पृष्ट रहते हुए साधक इस साधना को ज्ञानभावना से करे।"

"यह स्वरूप विश्रान्ति कैसे होती है आचार्य!" अभिनव ने प्रश्न किया।

"देखो वत्स! किसी शिशु के जन्म के लिए पुरुष और स्त्री के शुक्र शोणित का संयोगमात्र पर्याप्त नहीं है। जब दोनों अपना-अपना स्वतन्त्र अस्तित्व खोकर एक हो जाते हैं तभी शिशु का जन्म होता है। उसी प्रकार शक्ति और शिव अथवा शैवागम की भाषा में कहें तो अनुत्तरा और अनुत्तर जब एक दूसरे में अपनी-अपनी सत्ता खोकर एक हो जाते हैं तभी जगदानन्द की प्राप्ति होती है। जैसे दो अकार अपनी-अपनी सत्ता खोकर मिलते हैं तभी 'आकार' का जन्म होता है। अकार के आनंद को दीर्घता मिलती है, ऊँचाई मिलती है, परमानन्द की प्राप्ति हो जाती है।"

"गुरुदेव! चित्तवृत्ति की स्थिरता, उसका नियन्त्रण इस साधना का प्रथम सोपान है। क्या मैं ठीक कह रहा हूँ?"

"हाँ, बिलकुल। तभी तो साधक संयमी और धीर बनेगा। प्रलोभन के समक्ष भी जिसका चित्त विकृत न हो वही तो संयमी है। वही धीर है, वीर है– 'विकारहेतौ सति विक्रियन्ते येषां न चेतांसि त एव धीराः। अरण्य में तो सभी संन्यासी होते हैं। इस संसार में रहते हुए जो सम्यक् न्यास कर सके, त्याग कर सके, वास्तविक संन्यासी तो वह है। इसलिए कुल परम्परा में भोग को मोक्ष का बाधक नहीं साधक कहा गया है।"

"जी आचार्य! बिना परीक्षा के स्वर्ण की विशुद्धि कैसे ज्ञात होगी? जब वह दहकती वह्निज्वाला में तपकर निकल आएगा तभी तो स्वर्ण कहलाएगा।"

"शिवत्व को प्राप्त करने के लिए, जीवन्मुक्त होने के लिए साधक को ऐसी कठिन परीक्षा के अग्निकुंड को पार करना ही होता है।"

"जी हाँ पूज्यपाद! किन्तु बिना गुरुकृपा के यह संभव भी नहीं। गुरु गोरखनाथजी का वचन है न! गुरु से बड़ा कोई नहीं– न गुरोरधिकं न गुरोरधिकं न गुरोरधिकं.....। गुरु अपने प्रसाद और शक्तिपात से शिष्य को परमपद को प्राप्त करा देता है।"

"तुम बिलकुल सत्य कहते हो अभिनव! यही कारण है कि इस दुर्लभ

साधना के क्षेत्र में समर्थ गुरु और समर्थ शिष्य दोनों नगण्य हैं। इन्द्रियलोलुप कुपात्रों ने छली साधक के वेश में इस मार्ग को दूषित किया है। इसीलिए समाज में लोग इस साधना को शंका की दृष्टि से देखते हैं। जिसने इसकी वास्तविकता समझ ली है उसकी दृष्टि में यह अत्यंत प्रणम्य और प्रशस्य है।"

"गुरुदेव! इस कुल साधना का मेरा पथ निष्कंटक कैसे होगा?"

"असीम धैर्य और दृढ़ता से अभिनव! प्रथमतः पाशक्षपण होगा। पशुवासना का जो भी अंश शेष है उसके विक्षेप से तुम्हारा मार्ग निर्बाध हो जाएगा। आज यहीं विराम। कल प्रातःकाल पुनः चर्चा होगी।" कहकर आचार्य ने अपना प्रवचन समाप्त किया।

"श्रीचरणों का अनुगृहीत हूँ।" कहकर अभिनव ने प्रणाम किया और कुटी से निकलकर अपने प्रकोष्ठ की ओर चला गया।

(20)

समय बीत चला। जालन्धरपीठ में अभिनव के डेढ़ वर्ष व्यतीत हो चुके। आज आचार्य उसे कुलयाग की अंतिम दीक्षा प्रदान करने वाले थे। मध्य रात्रि का समय था। सम्पूर्ण वन्य प्रान्तर में गहरा सन्नाटा छाया था। अमावस्या की रात में काजल-सा अन्धकार पसरा हुआ था। चंद्रमा आकाश से विलुप्त था, और तारों की हल्की झिलमिलाहट भी पेड़ों की सघन शाखाओं में कहीं दब गई थी। आश्रम में सिर्फ़ ठंडी हवा की सरसराहट सुनाई दे रही थी, जो पुराने वृक्षों की शाखाओं को धीरे-धीरे झकझोर रही थी। कभी-कभी किसी अज्ञात पक्षी की रहस्यमयी आवाज़ इस नीरवता को भंग करती, तब जैसे सब कुछ और भी रहस्यमय हो जाता। घनघोर वन्य प्रान्तर के बीचों-बीच स्थित आचार्य शम्भुनाथ का वह आश्रम एक प्राचीन रहस्य को अपने भीतर समेटे हुए था। बड़ा-सा प्रांगण, चारों ओर ऊँचे-ऊँचे चिनार, देवदार और चीड़ के पेड़, जिनकी शाखाएँ रात की छाया में विचित्र आकृतियाँ बनातीं। इन पेड़ों के पत्तों की हल्की थिरकन भी उस घनी निस्तब्धता में स्पष्ट सुनाई देती थी। बाणगंगा की इठलाती धाराओं की पाषाणखंडों से हँसी-ठिठोली इस निस्तब्ध रात्रि में स्पष्ट सुनाई पड़ रही थी। रात्रि के ऐसी नीरवता में मौन प्रकृति और भी सजीव हो उठती है।

"नमो माहेश्वर्यै नमो वैरिंच्यै नमश्चामुण्डायै कौमार्यै नमो नमः...." आचार्य शम्भुनाथ की कुटी के पार्श्व में स्थित यागभवन से आती मंत्रोच्चार की यह ध्वनि अब रात्रि की उस नीरवता को भंग कर रही थी। मन्त्रों का उच्चारण जंगल के सन्नाटे में एक कंपन पैदा कर रहा था, और लगता था जैसे पेड़-पौधे भी इस अनुष्ठान में सहभागी बन गए हों। आचार्य आज अभिनव को कुलयाग की अंतिम दीक्षा दे रहे थे। दोनों गुरु शिष्य रक्ताम्बर आसन पर विराजमान थे। शरीर पर भस्म की रेखाएँ और आँखों में एक चमक-सी थी। अभिनव अपने

गुरु के निर्देश पर ध्यानस्थ हो धीमे किन्तु सशक्त स्वर में मंत्रोच्चार कर रहा था। दो दूतियाँ उनके पार्श्व में उनकी आज्ञापालन के लिए तत्पर खड़ी थीं। सामने ऊर्ध्ववर्तुलाकार दीपक जल रहा है जिससे प्रकोष्ठ में धीमा प्रकाश फैला हुआ है। दीपक में पर्याप्त घी भरा है ताकि अनुष्ठान के मध्य पुनः घी डालने की आवश्यकता न पड़े। दीपक की लाल रंग की बाती से उठती नीली-पीली ऊर्ध्वाधर लौ जैसे साधक की कुण्डलिनी की मूलाधार से सहस्रार की यात्रा का संकेत कर रही हो। सामने रक्ताम्बर पर सिन्दूर से व्योमरेखा खिंची थी जो इस तांत्रिक अनुष्ठान का अंग है। उस पर नारिकेल कपाल के दो खण्ड रखे गए। 'अक्षह्लीं तत्पुरुषमूर्त्तये नमः अक्षह्लीं वामदेवाय नमः' के स्पष्ट उच्चारण के साथ विविध प्रकार के अंगन्यास करते हुए अभिनव की उंगलियाँ करतल पर जैसे नृत्य कर रही थीं। उँगलियों के अंग-प्रत्यंग से संयोजन की यह प्रक्रिया जो प्रत्येक न्यास में बदल जाती है किसी अभ्यस्त सिद्ध साधक से ही संभव है। कुशा से चारों ओर जल छिड़क कर दिशाबंधन किया गया– 'सौः यमदिशाबन्धनं करोमि नमः सौः अग्निदिशाबन्धनं....।' पूर्व, दक्षिण, पश्चिम और उत्तर में क्रमशः माहेश्वरी, वैरिंची, कुमारी तथा वैष्णवी की अर्चा की गई। वायव्यकोण में रुद्रा, सौम्या, घोरा, परा, खेचरी, भूचरी और व्योमचरी योगिनियों की पूजा की गई। तत्पश्चात् गुरुपंक्ति के गुरुचतुष्कों का पूजन आरम्भ करते हुए अभिनव ने तन्त्रसाधना के पूज्य गुरुओं के लिए नमोवाक् उच्चरित किया– "निष्क्रियानन्दनाथाय नमः विद्यानन्दनाथाय नमः शक्त्यानंदनाथाय नमः श्रीशिवानन्दनाथाय नमः" इसी प्रकार पूजन की अन्यान्य विधियाँ घंटे डेढ़ घंटे चलती रहीं। तत्पश्चात् अभिनव उस विशालकाय यागभवन के एक ओर एकांत में जपयाग में तल्लीन हो गया। दूतियाँ उसके सम्मुख मौन साधे बैठी थीं– आदेश की प्रतीक्षा में। साधना की गुह्य प्रक्रिया चलती रही।

यागभवन के मध्य एक विशाल यज्ञकुंड प्रज्वलित था। उसकी लपटें ऊँची उठ रही थीं– कभी गहरे नारंगी, कभी नीले-पीले तो कभी रक्तवर्णी; जैसे कोई अलौकिक शक्ति उनमें अपना प्रतिबिंब दिखा रही हो। अग्नि से उठता धुआँ घुमावदार रेखाओं में ऊपर उठता, और फिर हवा में विलीन हो जाता। हविष्य के उस धुएँ में अज्ञात जड़ी-बूटियों की गंध थी, जो वातावरण को और भी गहन और रहस्यमय बना रही थी। साधना की गुह्य प्रक्रियाएँ समाप्त हुईं तो अब दोनों गुरु शिष्य और दोनों दूतियाँ उस यज्ञकुण्ड के निकट आकर बैठ गए। आचार्य शम्भुनाथ और अभिनव यज्ञकुंड के सामने बैठे थे। एक-एक दूती दोनों के पार्श्व में बैठी थी। आचार्य के मंत्रोच्चार का स्वर गहरा और शक्तिशाली था।

गले में रुद्राक्ष की माला, मस्तक पर गाढ़े रक्तवर्ण का तिलक, और हाथों में चंदन और भभूत से भरा पात्र। उनके सामने हवन की विशेष सामग्रियाँ रखी थी। पुष्प, धूप, चरु और अनेक अज्ञात औषधियों से मिश्रित हविष्य पात्रों में रखे थे। काष्ठनिर्मित स्रुवाएँ और आज्य अर्पण के लिए रखे थे। काले और लाल फूल, रक्तचंदन, श्मशान से लाई गई मिट्टी, और एक चर्मकोष में रखा कोई रहस्यमय तरल। प्रत्येक कुछ क्षणों में शम्भुनाथ उस तरल को यज्ञ में अर्पित करते, और आग की लपटें एक नई आकृति बनाकर उठतीं। कभी नागिन की तरह लहरातीं, कभी किसी भयावह चेहरे का आभास करातीं। इस सबके बीच जंगल में असामान्य घटनाएँ घटने लगीं– दूर से जंगली जानवरों की विचित्र आवाज़ें आने लगीं, पेड़ों की शाखाएँ अचानक तेज़ी से हिलने लगतीं, और कभी-कभी हवा में किसी अदृश्य कांस्यघंटिका की झंकार सुनाई देने लगती। धीरे-धीरे मंत्रोच्चार तेज़ होने लगा। आचार्य शम्भुनाथ ने अभिनव के सिर और दोनों हाथों पर देवीचक्र की अर्चना की। तत्पश्चात् अपनी आँखें बंद कर लीं और अभिनव के दोनों हाथों को उठाकर उसके मस्तक पर रखा और कहा–

"वत्स! उमाशक्ति के स्पर्श का अनुभव करो।"

अभिनव पुनः ध्यान में डूब गया था– निष्पंद निश्चेष्ट। शम्भुनाथ ने आँखें खोलीं। उनकी दृष्टि में एक अद्वितीय तेज था। आज्य और एक विशिष्ट तरल का हविष्य स्रुवा से अग्निकुंड में निरंतर दिया जा रहा था। अग्निज्वाला धधक रही थी। आचार्य ने न जाने किस तरह अभिनव को शब्दविहीन संकेत किया कि गंभीर ध्यान से व्युत्थित हो अभिनव ने आँखें खोली। आचार्य शंभुनाथ ने एक विशिष्ट मुद्रा में हाथ उठाए और ज़ोर से उचारा– "ॐ ह्रीं अघोरमूर्त्तये स्वाहा।" अभिनव अपने गुरु के स्वर में स्वर मिलाकर 'ॐ ह्रीं अघोरमूर्त्तये स्वाहा' का निरंतर उच्चारण करते हुए हविष्य अर्पित करने लगा। यज्ञकुंड की लपटें एकदम से उग्र हो गईं। जैसे किसी शक्ति ने उन्हें घेर लिया हो। अग्नि में अब एक स्पष्ट आकृति बनने लगी। एक धुंधली, मगर सजीव छवि, जिसकी आँखों में अंगारों जैसी दहक थी। वह आकृति धीरे-धीरे स्पष्ट होने लगी। और उसके साथ ही वातावरण में एक भारीपन महसूस होने लगा। जंगल की हवा ठहर-सी गई थी, मानो पूरा संसार उस एक क्षण में बंध गया हो। अभिनव के मंत्रोच्चार की ध्वनि में शक्ति और भक्ति का अद्वितीय मिश्रण था। अधरों पर मन्दस्मित लिए वह अग्निकुण्ड की लपटों को हविष्य से तृप्त कर रहा था। यज्ञकुंड की लपटें ऊँची उठती जा रही थीं -सब कुछ लील लेने को आतुर। मंत्रोच्चार संपन्न हुआ और यज्ञकुण्ड की ज्वाला धीरे-धीरे शांत होने लगी।

साधना संपन्न हुई और अभिनव अपने गुरु के समक्ष दंडवत् हो गया। आचार्य ने उसके सिर पर हाथ रखा। अनुष्ठान संपन्न हो चुका था। दूतियाँ यागभवन से निकल गईं। उस वन्य प्रान्तर में में फिर से नीरवता छा गई, पर अब वह नीरवता पहले-सी नहीं थी। उसमें एक अदृश्य शक्ति की उपस्थिति थी, एक ऐसा रहस्य, जो केवल उस रात के तीसरे प्रहर में जाग्रत हुआ था। अभिनव को अपने अन्तस्तल में एक शक्ति के सन्निवेश का दिव्य अनुभव हो रहा था। रात्रि का तीसरा प्रहर अब अपने अवसान की ओर था।

अभिनव आचार्य के साथ यागभवन से बाहर निकल आया और दोनों कुटी की ओर चल पड़े। परिसर में खड़े विशालकाय न्यग्रोध की ओर संकेत कर शम्भुनाथ अभिनव से बोले-

वत्स! इस न्यग्रोध को देख रहे हो! जिस तरह भूमि पर पैर जमाए यह दृढ़ता से खड़ा है कुलसाधना में ऐसी ही दृढ़ता अपेक्षित है। कुलयाग का यह पुण्यकृत्य कुपात्रों के हाथ न पड़ जाए इसका विशेष ध्यान रखना पड़ता है। काया की माया में निमग्न छली साधक जब इसे ऐन्द्रिय भोग का साधन बनाने लगते हैं तो वे पतित होकर नरक की यातनाएँ भोगते हैं। इसलिए इस कुलयाग के व्यावहारिक पक्ष की दीक्षा देने से पहले मैंने तुझे खूब परखा है वत्स! तपोवह्नि में निरंतर तप्त होकर तुम्हारा व्यक्तित्व आणव मल से मुक्त चुका है। तुम्हारी आत्मा में मालिन्यमुक्त विशुद्ध तप्त स्वर्ण की-सी तपोदीप्ति है। ऐन्द्रिय प्रलोभन तेरा कुछ नहीं बिगाड़ सकते।"

"पूज्यपाद! मेरी आत्मा को आपने ही सुवर्णाभ बनाया है। आचार्य! जिसे एक बार भी भूमा के आस्वाद का स्वर्गिक आनंद मिल जाता है वह ऐसी जागतिक मायाओं से सर्वथा अस्पृष्ट रहता है। मेरा लक्ष्य विराट है, ऐन्द्रिय मादकता नहीं। अतीन्द्रिय जगत् में विचरने वाले जिस आस्वाद के अभ्यासी हो जाते हैं उसे ये ऐन्द्रिय प्रलोभन कदापि अभिभूत नहीं कर सकते।" अभिनव ने विनम्रता के स्वर में कहा।

"तुमने बिलकुल ठीक कहा। इस मार्ग की यात्रा बहुत कठिन है अभिनव! साधना परीक्षा के ये मायावी पड़ाव इतने पिच्छिल होते हैं कि बहुतों के पद स्खलित हो ही जाते हैं। इस कठिन परीक्षा को पार कर जानेवाले ही जीवन्मुक्त की अवस्था को प्राप्त करते हैं। इस दुर्गम साधना पथ पर शिष्य ही बड़ी कठिनाई से मिलते हैं, योग्य तो स्यात् किसी-किसी को ही। शम्भुनाथ की प्रतीक्षा शेष हुई। मेरी सिद्धियों का हविष्य सर्वथा उपयुक्त यज्ञकुण्ड में पड़ा है अभिनव! तुम इस परम्परा में मेरे योग्यतम शिष्य सिद्ध हुए। तुझ जैसा विलक्षण

साधक तो कभी-कभी जन्म लेता है। विगत पचास वर्षों में मैंने इस मार्ग के शताधिक यात्रियों को देखा है, किन्तु तुझ-सा विलक्षण कोई नहीं। तू तो साक्षात् भैरव का अवतार है। यह परम्परा अब तुझसे ही फलवती होगी। मेरी यात्रा यहीं तक। इसे अब तू और आगे ले जाएगा।" कहकर शम्भुनाथ मौन हुए। कुटी का द्वार आ गया था। दोनों ने कुटी में भीतर प्रवेश किया तो अभिनव ने कहा–

"श्रीचरणों के आशीर्वाद से अभिनव धन्य हुआ। पूज्यपाद! आपके शक्तिपात के अमोघ वरदान से मेरा जीवन सफल हो गया।" कहकर अभिनव पुनः एक बार शम्भुनाथ के चरणों में दण्डवत् हो गया।

"शिवास्ते पन्थानो भवन्तु।" कहकर शम्भुनाथ ने अभिनव के सिर पर हाथ फेरा। आश्रम में एक मौन व्याप्त था पर अत्यधिक मुखर।

(21)

पत्नी की मृत्यु के उपरान्त नरसिंहगुप्त अनमने-से रहते थे। अपने आप में खोए रहते। आवश्यकता पड़ने पर ही किसी से बातचीत करते। अभिनव की अवस्था सत्रह वर्ष की थी और मनोरथ लगभग नौ वर्ष का था। एक दिन वे अपने अग्रज के पास गए और बोले–

"आर्य! मुझे लगता है कि शिव मुझे पुकार रहे हैं। मैं गृहस्थ जीवन से मुक्त होना चाहता हूँ। मेरा चित्त अब यहाँ नहीं लगता। अभिनव और मनोरथ को आपकी देखरेख में छोड़े जा रहा हूँ।"

"चुखुल! मैं तुम्हारी मनःस्थिति समझता हूँ। विमला के असमय निधन ने तुम्हें तोड़ डाला है। लोकयात्रा का सहयात्री छूट जाए तो यात्रा दुर्गम हो ही जाती है। इस संसार-सागर को एकाकी पार करना अत्यंत कठिन है यह सत्य है किन्तु हमलोग हैं तो तुम्हारी लोकयात्रा में किंचित् सहायक तो होंगे ही।"

"नहीं आर्य! अब पुनः मुझे इस लोकबन्धन में मत बाँधिए। मेरा मन अब यहाँ नहीं ठहरता। मैं संन्यास लेना चाहता हूँ। अभिनव और मनोरथ का उत्तरदायित्व मुझ पर है। उससे यदि आप मुझे मुक्त कर सके तो मैं अपने नए मार्ग पर अग्रसर होऊँ।"

"चुखुल! अभिनव और मनोरथ की चिन्ता हमारी है। तुम उनसे बिलकुल निश्चिन्त रहो। जिस प्रकार विमला उनकी देखभाल करती रही उसी प्रकार अब तुम्हारी भावज मधूलिका उनकी देखभाल करेगी, किन्तु .....।"

"अब किन्तु परन्तु न कहिए आर्य! चुखुल का चित्त अब सितांशुमौलि के चरणों में है।" वामन को रोककर नरसिंह ने बीच में ही कहा।

"जैसी तुम्हारी इच्छा चुखुल! तुमसे विलग हो जाने का कैसा कष्ट हमें होगा यह तो तुम समझ ही सकते हो।"

"यही लोकबन्धन का कष्ट है आर्य! लोक से संपृक्त जीव को शिव नहीं

मिला करते। और जिसे शिव मिल गए उसके लिए लोक में कोई आकर्षण नहीं। उस मिथ्या आकर्षण की डोर तो एक न एक दिन टूटनी ही है, जब शिवसायुज्य होगा। मेरे अन्तःकरण में मुखरित उस परमसत्ता की पुकार मुझे स्पष्ट सुनाई पड़ रही है।"

"चुखुल मैं क्या कहूँ! तुम्हारे शिवमार्ग का अवरोध तो नहीं बनूँगा, किन्तु ....।"

वामन चुप हो गए। चुखुल भी मौन थे। दोनों भाइयों के मौन ने स्पष्ट कर दिया - मौनं स्वीकारलक्षणम्।

और फिर वह दिन भी आया जब नरसिंहगुप्त सबसे विदा ले रहे थे। अम्बा की आँखों से आँसू झर रहे थे। वह सिसकती हुई द्वार पर खड़ी थी। मौन खड़ी मधूलिका के कपोल भी आँसुओं से गीले थे। वामन भी दुःखी और मौन थे। अभिनव, मनोरथ और उसके अन्य चचेरे भाई भी वहाँ खड़े थे।

"देवरजी! कुछ दिन और ठहर जाते तो .....।" बोलते हुए मधूलिका का कंठ रुँध गया।

"जी हाँ, पितृव्य! कुछ और समय हमें अपना सान्निध्य....।" कहकर अम्बा सिसकने लगी।

"ईश्वरेच्छा बलीयसी। मेरे आपके चाहने से कुछ नहीं होता आर्ये! यह तो ईश्वरीय आदेश है। मैं तो यहाँ रहकर भी न रह पाऊँ। मेरी देह यहाँ रह भी जाए पर चित्त अब यहाँ नहीं ठहरेगा। मुझे आज्ञा दीजिए आर्ये! मुझे अनुमति दीजिए अग्रज!"

"सब के कंठ रुँधे थे। केवल वामन ने काँपती आवाज़ में कहा– "शिवास्ते पन्थानः भवन्तु।" नरसिंहगुप्त चले गए। परिवारजनों में एक कसक-सी दे गए। लगभग एक वर्ष बीतने को आया पर उनकी अनुपस्थिति सबको खलती रही।

अभिनव अब माता-पिता दोनों से मुक्त हो गया था। वर्ष भर पूर्व घर छोड़ते पिता के उच्चरित शब्द अब भी उसके कानों में गूँजते रहते थे– 'ईश्वरेच्छा बलीयसी'। वह बहुत देर-देर तक ईश्वर की इस इच्छा के विषय में विचारमग्न रहता। एक दिन नरसिंहगुप्त को याद करते घर के सभी सदस्य आँगन में बैठे थे– वामन, मधूलिका, अम्बा, मनोरथ तथा अभिनव के चचेरे भाई विभु, क्षेम, उत्पल और चक्रक।

"अभिनव नहीं दिखलाई पड़ रहा है? कहाँ है वह?" वामन ने पूछा।

"अब तो वह अन्यमनस्क रहता है। होगा अपने कक्ष में अथवा वितस्ता के

तट पर।" अम्बा बोली।

"माँ का निधन और अब पिता का गृहत्याग। अभिनव के हृदय पर इसका प्रभाव तो होगा ही।" वामन बोले।

"न भोजन की सुधि रहती है न शयन की। जब देखो शास्त्रचिन्तन में डूबा रहता है। कहता है 'क्षुधा और निद्रा तो परवश है। उनपर मेरा क्या वश? नींद आती है तो सो लेता हूँ, भूख लगती है तो भोजन कर लेता हूँ। माता-पिता का स्नेहबन्धन छूट गया, अच्छा ही हुआ। संसार के बंधनों से छूट जाना ही श्रेयस्कर है।' उससे बातें करो तो ज्ञानी की तरह सारी बातों को दर्शन में उलझा देता है। मुझे तो बहुत चिन्ता होती है। अभी तो बीस शरद् ही देखे हैं उसने। अभी सारा जीवन शेष है। अनासक्ति का यह स्वर उसे परिवार से विलग कर देगा। कुछ कीजिए आप!" मधूलिका ने वामन को लक्ष्य कर कहा।

"अज्ञान से आसक्ति जन्म लेती है और आसक्ति ही संसारबन्धन का कारण है। वह तो ज्ञानमार्ग का यात्री बना चाहता है– सदैव शास्त्रों की सरिता में, चिन्तन की धारा में निमग्न, ज्ञान की पिपासा लिए एक गुरु से दूसरे गुरु की शरण में। क्या किया जाए?" किंकर्तव्यविमूढ़-से वामन मधूलिका से बोले।

"अब तो विवाहयोग्य वयस् है....।"

मधूलिका ने वाक्य पूरा भी नहीं किया तो वामन बोले– "इस पर विचार करूँगा, पर मुझे संदेह है।"

हिमालय के चरणों में बसे प्रवरपुर में शरद् ऋतु में ही शीतकाल पाँव पसारने लगता है। शरत्पूर्णिमा में केवल चार दिवस शेष थे। आज शुक्लपक्ष की एकादशी थी। रात गहरा गई थी। बाहर ठण्डी हवा चल रही थी। सभी लोग प्रगाढ़ निद्रा में थे। विचारमग्न वामनगुप्त घर के भीतर प्रांगण में टहल रहे थे। उन्होंने अभिनव के कक्ष में रोशनी देखी तो उस ओर बढ़े। उन्होंने देखा कि अभिनव के कक्ष में दीपक जल रहा है और वह चिन्तन की मुद्रा में बैठा है। उसकी आँखें जैसे शून्य में कुछ ढूँढ़ रही हैं और सामने एक ग्रन्थ खुला है। अभिनव को वामन की उपस्थिति का भान नहीं हुआ। वामन ने अभिनव पर एक दृष्टि डाली और पुकारा–

"अभिनव!"

अपना नाम सुनकर अभिनव जैसे सोते से जगा। उसकी तंद्रा भंग हुई तो उसने देखा कि उसके ज्येष्ठ पिता वहाँ खड़े हैं। वह अपने आसन से उठकर खड़ा हो गया और बोला–

"तात आप! इतनी रात गए! सोए नहीं क्या?"

“नहीं वत्स! जिसका पुत्र न सोए उसके पिता को कैसे नींद आ सकती है? इतनी रात गए क्या कर रहे हो वत्स! यह शयन का समय है। रात्रि-जागरण स्वास्थ्य के लिए ठीक है क्या?”

“जी तात! यह सत्य है कि अभी जागने का समय नहीं है किन्तु जागना और सोना अपने अधीन तो है नहीं। तात! मुझे आजकल नींद कम आती है इसलिए शास्त्रों को उलटता-पुलटता रहता हूँ।”

“ऐसा भी तो हो सकता है अभिनव, कि तुम शास्त्रों में उलझे रहते हो अतः नींद नहीं आती।”

“हो सकता है तात! यह आपकी व्याख्या है।”

“देखो अभिनव! जब तक चित्त कहीं उलझा है, कहीं आसक्त है तब तक वह निद्रा को भी प्रवेश नहीं देता। निद्रा क्षणिक अनासक्ति है। निद्रा की अवस्था में संसार छूट जाता है, किन्तु जैसे ही आँख खुलती है फिर से हम संसार में आ जाते हैं। जिनकी सांसारिक आसक्ति अत्यधिक प्रबल है वे निद्रित होकर भी स्वप्न देखते रहते हैं। निद्रा की अवस्था में भी उन्हें संसार नहीं छूटता। देखता हूँ तुम्हारी आसक्ति शास्त्रों में है, जिसके लिए तुमने निद्रा को भी परे कर दिया है।”

“तात! मुझे तो इन शास्त्रों से जो आनंद उपलब्ध होता है उसी से मेरे चित्त को शान्ति मिलती है, नींद से नहीं। मुझे तो लगता है कि निद्रा में हम व्यर्थ समय गँवा देते हैं।”

“अभिनव! तुम्हारी शास्त्रदक्षता से मैं खूब परिचित हूँ। एक दिन आचार्य लक्ष्मणगुप्त मिले थे। तुम्हारी बड़ी प्रशंसा की उन्होंने। तुम्हारे चिन्तन, तुम्हारी दक्षता पर मुग्ध थे वे।”

“तात! मुझ जैसे अल्पज्ञानी पास जो कुछ ज्ञान है वह आप गुरुजनों का ही कृपाप्रसाद है, मेरा कुछ भी नहीं। आचार्य मेरे विषय में ऐसा कहते हैं तो यह उनकी उदारता है, स्नेह है उनका। मैं तो आचार्य की चरणरज के तुल्य भी नहीं।”

वामन और अभिनव की बातचीत का स्वर उस नीरव रात्रि में गूँज रहा था। इस बातचीत से मधूलिका की नींद उचट गई थी। उसने सोचा इस मध्य रात्रि में पतिदेव अभिनव से क्या बातें कर रहे हैं। वह भी अभिनव के कक्ष में चली आई।

“इस मध्यरात्रि में आप दोनों क्या कर रहे हैं? क्या कोई विशेष बात है?”

“हाँ, आओ मधूलिका, तुम भी बैठो। अभिनव के जीवन का निर्णय करना

है हमें।"

मधूलिका संकेत समझ गई। वह अभिनव के पार्श्व में बैठ गई। वामन ने अभिनव से कहा–

"अभिनव! तुमने अध्ययन पूरा कर लिया। अब तुम गृहस्थाश्रम के योग्य हो गए पुत्र! मैं और तुम्हारी ज्येष्ठ माता अब वृद्ध हो चले हैं। अब तो तुम्हें गार्हस्थ्य उत्तरदायित्व स्वीकार कर लेना चाहिए। हम चाहते हैं कि तुम विवाह कर लो।"

"हाँ और क्या! हमें भी तो अपने नए वंशजों का मुँह देखने का सौभाग्य मिले।" मधूलिका बोली।

ज्येष्ठ माता-पिता की बातें सुनकर अभिनव मौन हो गया। यह प्रस्ताव उसके मनोनुकूल न था। वह अपने ज्येष्ठ जनों की बात अस्वीकार कैसे करे? कैसे वह अपने मन की बात कहे? क्षण भर कक्ष में मौन व्याप्त रहा। मधूलिका ने नीरवता भंग की और बोली–

"पुत्र! तुमने तो मौन साध लिया। वैसे भी मौन स्वीकृति का संकेत है। क्या हम ऐसा ही समझें?"

"नहीं मातः! हर मौन में स्वीकृति नहीं हुआ करती।" कहकर अभिनव फिर चुप हो गया।

"तो फिर? तुम्हारा यह मौन मुझे बहुत डरा रहा है वत्स!"

"मातः! अब आपसे क्या कहूँ? मैंने आज तक गुरुजनों, ज्येष्ठजनों की अवज्ञा नहीं की है, किन्तु आज परिस्थिति मेरे प्रतिकूल है। इसे आप अभिनव की अवज्ञा न समझें। मैं आप दोनों से प्रार्थना करता हूँ। आप दोनों मुझे अनुमति दें कि मैं नैष्ठिक ब्रह्मचारी रहूँ। शास्त्रों के चिन्तन मनन के अतिरिक्त अब मेरा चित्त कहीं और नहीं रमता। सच कहूँ तो मैंने मन-ही-मन 'दारात्मजप्रभृतिकथाविदूरः'* का विरुद धारण कर लिया है। मैं यह ....।"

अभिनव को बीच में ही रोककर मधूलिका बोली–

"वत्स! परिवारजनों से परामर्श किए बिना तुमने यह निश्चय कैसे कर लिया? अभिनव! किसी भी व्यक्ति के जीवन पर उसके अकेले का अधिकार नहीं होता। तुम्हारे जीवन के निर्णय का कुछ तो अधिकार हमें भी है न? मैं तुम्हारी ज्येष्ठ माता हूँ। तुम्हारे माता-पिता की अनुपस्थिति में अब हम ही तो तुम्हारे माता-पिता हैं। हमें हमारे अधिकार से वंचित न करो वत्स!"

"मातः! मेरे जीवन पर आपका सम्पूर्ण अधिकार है। माता-पिता के चले

---

* जिसके विचार में भी पत्नी, पुत्र आदि नहीं है

जाने के पश्चात् क्या! मेरे लिए आप दोनों पहले भी माता-पिता से बढ़कर रहे हैं। मेरी बस इतनी प्रार्थना है कि मुझे इन सब माया के बंधनों से मुक्त कर दीजिए। जीवन में और कुछ भी याचना नहीं करूँगा मातः!"

अभिनव की बातें सुनकर मधूलिका का हृदय विगलित हो गया। वह सोच रही थी कि पिता को घर छोड़े अभी वर्ष भर भी न बीता और अब पुत्र भी उसी राह पर चल पड़ा है। इस घर में यह क्या हो रहा है, उसकी कुछ समझ में न आया। वह कुछ बोलने को उद्यत हुई पर उसका कंठ भर आया। वह कुछ बोल न सकी। वामन ने अभिनव से कहा–

"वत्स अभिनव! तुमने तो शास्त्रों का अध्ययन किया है। तुम्हें ज्ञात है कि यह संन्यास चतुर्थ वय का आश्रम है। जब तुम्हारी अवस्था हो जाएगी तुम अपनी इच्छा पूरी कर लेना।"

"तात! मैं संन्यास में कहाँ दीक्षित हो रहा हूँ? मैं तो शिवशक्ति के सामरस्य का साधक हूँ। प्रवरपुर में ही रहूँगा। कदाचित् अपने घर में ही रहूँगा। गृहत्यागी नहीं बनूँगा, किन्तु मुझे इन बंधनों से मुक्त कर दीजिए। मैं तो शैवसाधना के पथ का यात्री हूँ तात! "

"प्रवरपुर में हमारी आँखों के सामने रहोगे और आत्मीय सम्बन्धों की मोह-माया तुम्हें स्पर्श न करेगी पुत्र!" मधूलिका बोली।

"माया का स्पर्श प्रथमतः देह से होता है मातः! और इस देह का स्वामी तो आत्मा है। मेरा शरीर भले यहाँ आपलोगों की आँखों के सामने रहे पर मेरी आत्मा तो उस परमशिव की सत्ता से एकाकार होने के मार्ग पर चल चुकी है।"

"आर्य! अब इसे मैं कैसे समझाऊँ? आप ही कुछ कहें।" मधूलिका ने वामन से कहा।

वामन अभिनव के कक्ष से बाहर निकल आए। मधूलिका भी उनके पीछे-पीछे चली आई। उन्होंने मधूलिका से कहा–

"मधूलिका! अभिनव से बातचीत कर मुझे तो यही प्रतीत हो रहा है कि उसका यह वज्र-संकल्प परिवर्तनीय नहीं है। उसे बलात् गृहस्थाश्रम में धकेलना उचित नहीं। इससे उसकी साधना में विघ्न तो पड़ेगा ही, किसी कन्या का गृहस्थ-जीवन वृथा हो जाएगा। उसे मैं बालपन से देख रहा हूँ। उसका व्यक्तित्व इस संसार के लिए नहीं बना है। इसके जन्म का वृत्तान्त तो किसी से छिपा नहीं है। चुखुल ने बतलाया था कि साक्षात् सितांशुमौलि इसके स्वरूप में अवतरित हुए हैं।"

"हाँ यह तो मुझे भी स्मरण है। विमला और चुखुल ने कितना तप करके

इसे पाया था।"

"संभवतः सितांशुमौलि की यही इच्छा है। भगवान् आदि शंकाराचार्य का भी जीवन ऐसा ही था। वे तो अपनी माता की एकमात्र संतान थे। 'ईश्वरेच्छा बलीयसी'।" कहकर वामन अपने कक्ष की ओर बढ़ गए।

(22)

वामन ने जलपूर्ण कुम्भ अपने स्कन्ध पर लिया और मधूलिका को कहा–

"आओ प्रिये! प्रांगण में तुम्हारा सौभाग्य-अभिषेक करूँ।"

"हँसती हुई मधूलिका पूजन कक्ष से उठकर प्रांगण में आई। वामन ने उसके सिर पर कुम्भ के जल से अभिषेक करते हुए कहा–

"वर्धतां प्रीतिः वर्धतां सौभाग्यं वर्धतां .....।"

"अब इस प्रौढ़ वय में अब और कितनी प्रीति बढ़ाएँगे?" हँसती हुई मधूलिका बोली।

"मधु! प्रौढ़वय क्या वृद्धावस्था में भी यह प्रीति दिनानुदिन बढ़ती ही जाएगी।"

"वह कैसे? भला यौवन का भाव वार्धक्य में....।"

मधूलिका की बात पूरी भी न हुई कि वामन बोल पड़े–

"देखो मधु! यौवन में तो प्रेम वासनामय हुआ करता है। जैसे-जैसे शरीर की यात्रा यौवन से प्रौढ़वय और उससे आगे बढ़ती जाती है प्रेम में से भोग निकलता जाता है और वह सात्त्विक और प्रगाढ़ होता जाता है। वार्धक्य के प्रेम में वासना का लेश भी नहीं रहता।"

सौभाग्य अभिषेक के उपरान्त मधूलिका ने पति चरण स्पर्श किए। वामन ने उसे नए वस्त्र-आभूषण उपहार में दिए। उन्हें देखकर मधूलिका बोली–

"कितना सुन्दर चीनांशुक है। अहा इस कौशेयशाटिका के इन्द्रधनुषी रंगों पर तो मेरा मन मुग्ध है और यह मुक्ताहार! इन्हें धारण कर मैं सुन्दर लगूँगी न प्रिय?"

"नहीं मधु! इन वस्त्रों और अलंकारों को जब तुम धारण करती हो न तब तुम्हारे सौन्दर्य से इन अलंकारों का सौन्दर्य द्विगुणित हो जाता है!"

"अच्छा!" मुस्कुराते हुए मधूलिका बोली।

"और क्या! ईश्वर जिसे लावण्य प्रदान करता है उसे ये मानवनिर्मित

अलंकार क्या अलंकृत करेंगे! उस ईश्वरीय सौन्दर्य के सान्निध्य से उन्हीं का सौन्दर्य बढ़ जाता है। प्रिये! तुम्हारा मन कौशेयशाटिका पर मुग्ध है और मेरा मन तुम पर! अपने इस सौन्दर्य का उपहार मुझे भी दो।" कहकर वामन ने बाँहें फैला दीं।

पति की बात से मधूलिका के चित्त में जैसे गुदगुदी से उठी। वह यह मधुर आमंत्रण अस्वीकार न कर सकी और क्षण भर के लिए पति के आलिंगन में जैसे आत्मविस्मृत-सी हो गई। क्षण भर में ही वह आलिंगन से मुक्त हो गई किन्तु उसे प्रतीत हो गया कि स्वर्गिक सुख की अनुभूति के लिए क्षणमात्र ही पर्याप्त है। कपोलों पर लज्जा की सिंदूरी लाली लिए वह पूजन के प्रबंध में व्यस्त हो गई।

आज चैत्र शुक्लपक्ष की त्रयोदशी तिथि है। आज मदनोत्सव है– कामदेव की पूजा का दिन। इसके पश्चात् पूर्णिमा को इरामंजरीपूजन का उत्सव होगा। इन दोनों उत्सवों में स्त्रियों की भूमिका बहुत महत्त्वपूर्ण हुआ करती है। आज प्रवरपुर के नगर में बड़ी चहल-पहल है। आभूषणों से लदी सुहागिन स्त्रियाँ नगर के चत्वरों और हाटकों में आती-जाती दिखलाई पड़ रही हैं।

पूजन के प्रबन्ध में व्यस्त मधूलिका एक-एक सामग्री एकत्र कर रही है। जब तक उसकी देवरानी यानी अभिनव की माँ विमला जीवित थीं तब दोनों साथ-साथ इस कामदेवपूजन का उत्सव उत्साह से मनातीं। विमला के असमय चले जाने की टीस मधूलिका को क्षण-क्षण विचलित करती है किन्तु ऐसे अवसरों पर वह और भी व्याकुल हो उठती है। विमला की मृत्यु के बाद नरसिंह भी घर छोड़कर चले गए थे। लगभग चार वर्षों तक घर जैसे उत्सवशून्य हो गया था। मधूलिका और अम्बा तो ऐसे अवसरों पर और भी शिथिल-सी हो जातीं। अभिनव और वामन के समझाने बुझाने पर घर में पुनः पर्व-त्यौहार फिर से आरम्भ हुए, पर पहले का-सा उत्साह नहीं रहा। न अम्बा को न मधूलिका को।

पूजन के आरम्भ में सूर्योदय से पूर्व पति पत्नी को सौभाग्य स्नान कराता है। एक बड़े से कुम्भ में जल भरकर द्वादशी तिथि को ही कामदेव की प्रतिमा के समक्ष रख दिया जाता है। कामदेवपूजन के प्रारम्भ में सूर्योदय से पूर्व पति उसी कुम्भ के जल से अपनी पत्नी को स्नान कराता है जो उसके प्रेम और सौभाग्य का प्रतीक है। सौभाग्य अभिषेक के पश्चात् मधूलिका ने नए वस्त्र धारण किए और पूजन के कार्यों में लग गई। उसने देखा कि लगभग सभी सामग्रियाँ एकत्र हो गई हैं, पर नैवेद्य नहीं रखा गया है। उसने अम्बा को पुकारा–

"अम्बा! अम्बा!"

"आई मातः!" कहते हुए अम्बा आँगन में अपनी माँ के समक्ष आ गई।
"नैवेद्य तैयार हो गया?"
"घृतपायस सिद्ध होने में थोड़ा विलम्ब होगा मातः। अपूप भी पक गया है। द्राक्षा, सेव, अक्षोट और अंजीर धो कर पात्र में रख दिया है।"
"पायस सिद्ध हो जाए तब सभी नैवेद्य पात्र में सजाकर यहाँ पूजनस्थल पर रख दो।"
"मातः! आपने आलक्तक नहीं लगाया? आइए मैं आलक्तक लगा दूँ।"
अम्बा ने क्षण भर में अपनी माँ के पैरों पर आलक्तक की कलात्मक लाली सजा दी। मधूलिका ने एक दृष्टि अपने पैरों पर डाली और तो उस कलात्मक लालिमा में जैसे उसे अम्बा का मातृप्रेम झलक उठा। उसने अम्बा के माथे पर स्नेह भरा चुम्बन दिया। माँ के स्नेह से अभिभूत प्रसन्नवदन अम्बा वहाँ से उठकर नैवेद्य तैयार करने चली आई।
"मधूलिका!" वामन मधूलिका को पुकारते हुए घर के आँगन में आए ।
"पूजन का समस्त प्रबन्ध हो गया?"
"जी। पायस सिद्ध हुआ जाता है तो अम्बा नैवेद्य लाकर रख देगी। शेष सामग्रियाँ एकत्रित हैं।"
"आप ने स्नान कर लिया?"
"देखकर प्रतीत नहीं हो रहा है? अब तुम्हारे सदृश श्रृंगार तो हम पुरुषों को सुलभ हैं नहीं कि स्नान के बाद छवि निखर उठे।" मन्दस्मित के साथ वामन बोले।
"इस घर में सभी अलंकारशास्त्र की ही भाषा में बोलते हैं।"
"कैसे?"
"सरल उत्तर देते ही नहीं।"
"मधु! वक्रता में जो सौन्दर्य है वह सरलता में कहाँ? अब भगवान् शंकर को ही देखो न! चाहते तो पूर्णिमा के चन्द्र को सिर पर न बिठा लेते! किन्तु द्वितीया के वक्र इन्दु की छवि ही निराली है। उसे ही अपने सिर पर भगवान् ने बिठा लिया। तुम्हारे वक्रिम भ्रूभंग ने ही तो इस वामन को बाँध रखा है।"
"आप तो प्रत्येक क्षण परिहास के भाव में रहते हैं। अभी पूजा का समय है।"
"पूजन भी तो कामदेव का ही है न? इसीलिए परिहास कर रहा हूँ। तुमसे परिहास न करूँ, किसी अन्य से करूँ तो तुम क्रोध तो न करोगी?"
"इसीलिए मैंने कहा कि इस घर में सभी अलंकारशास्त्र की भाषा में बात

करते हैं। चलिए मैंने स्वीकार किया कि आपने स्नान कर लिया है।" हँसते हुए मधूलिका बोली।

"वो तो मैंने कर ही लिया है मधु!"

"तो फिर यही बात सरल भाषा में भी कह सकते थे।"

"सरल भाषा में कह देता तो तुम्हारे अधरों की मधुर स्मिति कैसे देख पाता प्रिये! मेरा मनोरथ मन में ही दबा रह जाता।"

"मात: पायस भी सिद्ध हो गया। ले आऊँ?"

"हाँ हाँ। विलम्ब किस बात का?"

पूजन के लिए पति-पत्नी साथ बैठे। सामने एक काष्ठफलक पर चिपके लाल वस्त्र पर रति और कामदेव का चित्र अंकित था। वामन ने संकल्प प्रारम्भ किया और मधूलिका ने भी उसे दुहराया-

"ॐ ......नाम संवत्सरे ....सौभाग्यस्वास्थ्यलाभाय आवयोः नवानुरागाय रतिकामदम्पती पूजयिष्ये"

हल्दी, कुंकुम, अक्षत पुष्प, दीप, नैवेद्य आदि समस्त सामग्रियों समेत षोडश श्रृंगार की सामग्रियाँ ही अर्पित की गईं। पुनः मन्त्र पढ़े गए-

"ॐ कामदेवाय विद्महे रतिप्रियाय धीमहि। नमः प्रद्युम्नाय मदनाय पुष्पधन्वने नमो नमो रतिपतये....।"

(23)

शाम का समय। घर से कुछ दूर वितस्ता के सैकत-तट पर बैठा अभिनव चिन्तन की मुद्रा में बैठा है। अम्बा उसे ढूँढती हुई उसके पास आती है। बालुकाराशि पर किसी की पदचाप की ध्वनि सुनकर अभिनव आँखें खोल देता है। देखता है कि बड़ी बहन अम्बा चली आ रही है। अम्बा उसके पास आकर बैठ जाती है और मुस्कुराते हुए कहती है–

"माहेश्वर! तू तो माहेश्वर से अभिनव हो गया। पितृव्य चुखुल बता रहे थे कि तुम्हारे गुरुदेव की तुम पर अतिशय कृपा है।" अम्बा ने कहा।

"हाँ भद्रे! आचार्य भट्टतौत ने मुझे यह नाम दिया है। साहित्यशास्त्र के अद्‌भुत आचार्य हैं वे। उनकी कृपा से ही साहित्यशास्त्र का मर्म मुझे हृदयंगम हो सका।" अभिनव का उत्तर था।

"अभिनव! तू तो तत्त्वदर्शी विद्वान् बन गया है। सौन्दर्य, रस, आनंद की व्याख्याएँ करता फिरता है। पर क्या उस रस को, उस सौन्दर्य को तू केवल शास्त्रों में ही ढूँढता फिरेगा? अपनी इस तरुणाई से सौन्दर्य का ग्रन्थिबन्धन कर रसानुभूति को द्विगुणित कर ले। हमारे आनंद का कोष भी समृद्ध हो जाता भ्रातः!"

अभिनव ने अम्बा की बात का कोई उत्तर नहीं दिया। उसे मौन देख अम्बा ने पुनः उसे छेड़ा -

"भ्रातः! क्या तुम हमेशा इस मौन में ही मग्न रहोगे? संसार भी तो तुम्हारी प्रतीक्षा करता है।"

"भद्रे! जिस मौन की बात तुम कर रही हो, वही तो संसार का मूल है। इस मौन में ही तो अनाहत नाद का स्वर सुनाई देता है। यह वही ध्वनि है जो समस्त सृष्टि का मूल है। इसके आगे किसी और स्वर की आवश्यकता ही कहाँ रह जाती है? इस मौन में ही वह तत्त्व है, जो सब को जोड़ता है।"

"तुम्हारी दर्शन की ये गूढ़ बातें मेरी समझ में नहीं आतीं, लेकिन इतना जानती हूँ कि इस संसार में मनुष्य अकेला नहीं जी सकता। तुम्हें विवाह कर लेना चाहिए। गृहस्थ जीवन भी तो एक तपस्या है।"

"अग्रजे! तुम ठीक ही कहती हो कि यह गृहस्थजीवन एक तपस्या है, लेकिन क्या हर तपस्या एक-सी होती है? मेरी तपस्या शिवतत्त्व का अन्वेषण है। मेरे लिए शिव और शक्ति का मिलन ही सृष्टि का सर्वोच्च विवाह है। मुझे किसी बाहरी बंधन की आवश्यकता नहीं।"

"क्या तुम्हें कभी लगा नहीं कि कोई तुम्हारे सुख-दुख में साथ हो? तुम्हारे ज्ञान और साधना में भी तो एक सहचर की भूमिका हो सकती है।"

"सहचर की आवश्यकता तब होती है, जब भीतर रिक्तता हो। लेकिन जब भीतर शिव स्वयं उपस्थित हों, तब और कौन साथी चाहिए? मैं जिस पथ पर हूँ, वह अकेले का नहीं, एकत्व का पथ है। जहाँ "मैं" और "तू" का भेद समाप्त हो जाता है। वहाँ न अकेलापन है, न साथ की आकांक्षा। वहाँ केवल पूर्णता है।

"अभिनव! क्या यह पूर्णता कभी तुम्हें सांसारिक प्रेम में दिखाई नहीं पड़ती?"

मृदुल हास्य के साथ अभिनव ने कहा–

"प्रेम तो वही है, अम्बा। लेकिन जब प्रेम सीमाओं में बंध जाता है, जब वह केवल एक व्यक्ति, एक परिवार, या एक बंधन तक सीमित हो जाता है, तो उसकी व्यापकता कम हो जाती है। मेरा प्रेम उस शक्ति के प्रति है, जो सम्पूर्ण सृष्टि में व्याप्त है। मैं उसी प्रेम में लीन हूँ।"

अम्बा का चित्त थोड़ा व्याकुल हो उठा। उसने व्यग्रता भरे स्वर में कहा–

"तुमने तो अपने आप को इस तत्त्वचिंतन में इतना लीन कर लिया है कि सांसारिक भावनाएँ तुमसे दूर होती जा रही हैं। क्या माता-पिता, इस अग्रजा और ज्येष्ठ माता पिता का स्मरण नहीं आता? हम सभी परिवारजन यह चाहते हैं कि तुम कुल को आगे बढ़ाओ।"

"माता-पिता और आप सबने ने मुझे जो संस्कार दिए, उन्हीं के कारण मैं इस मार्ग पर हूँ। भद्रे! कुल का विस्तार केवल रक्त से नहीं होता, विचार से भी होता है। यदि मेरा ज्ञान आने वाली पीढ़ियों को आलोकित करे, तो क्या वह विस्तार नहीं है?"

अम्बा ने तनिक सकुचाते हुए प्रश्न रखा–

"क्या तुमने कभी प्रेम को अनुभव किया है, भ्रातः?"

"प्रेम ही तो मेरी साधना का सार है भद्रे! लेकिन वह प्रेम, जो सीमाओं से मुक्त है, जो केवल किसी एक व्यक्ति तक सीमित नहीं, अपितु सम्पूर्ण सृष्टि

को अपने आलिंगन में लेता है।"

"मेरा आशय कुछ और है। तुम समझते क्यों नहीं?"

"तुम्हारा आशय मैं समझ रहा हूँ भद्रे! किन्तु भावों के ये मोहसिक्त कोष तो माँ की चिता पर ही भस्मीभूत हो गए। जागतिक सौन्दर्य तो पीछे छूट गया, अब उस शाश्वत सौन्दर्य से ग्रंथिबंधन होने को है। सांसारिक सौन्दर्य तो कालाधीन है। मैं तो कालातीत सौन्दर्य की आराधना में हूँ जिसका रसकोष कभी रिक्त नहीं होता।"

"माना वह कालातीत सौन्दर्य सर्वथा सत्य है, पर क्या यह जगत् सर्वथा मिथ्या है?"

"नहीं, मैं जगत् को सर्वथा मिथ्या नहीं कहता। जगत् की सत्ता उस परमसत्ता का आभास है। वृक्षों की कोंपलें जो उसके शीर्ष पर खिलखिलाती और सूर्यदेव की किरणों से बतियाती रहती हैं वह आकाश में तभी तक खिलखिलाती हैं जब तक महीरुह की शिराओं को धरा धारण करती है। महासौन्दर्य की सत्ता का साक्षात्कार करने के लिए जागतिक सौन्दर्य को जानना भी आवश्यक है भद्रे!"

"तो फिर तुम्हारी दृष्टि में केवल विराग ही सत्य तो नहीं है?"

"नहीं भद्रे! राग भी सत्य है, और ग्राह्य भी। किन्तु, विश्वात्मा की परिधि में व्याप्त विहँसते निष्कलुष राग में जो रस है वह परमसत्ता के आनंद से कम तो नहीं। भोग और ऐश्वर्य जैसी छिछली आकांक्षाएँ उच्छृंखलता की कीच में लिए जाती हैं। जो इस कीच में धँसा, फिर उसका निस्तार नहीं।"

"तो तुम्हें इस संसार से राग नहीं?"

"मुझे तो परमशिव से राग है भद्रे! एक बार जिसे इससे लौ लग जाती है फिर वह किसी और के राग से क्या बँधेगा?"

अम्बा अपलक अभिनव की प्रदीप्त मुखाकृति पर दृष्टि जमाए उसकी बातें सुनती रही। वह उसे संसार का मर्म समझाने आई थी किन्तु उसे लगा जैसे अभिनव उसे संसार का वास्तविक मर्म समझा रहा है। उसने पुनः कहा–

"काश्मीर की रूपवती ललनाओं पर सारे संसार के लोग मरे जाते हैं और एक तू है जिसे ऐसे अपरूप रूप में कोई आकर्षण नहीं!"

"बाह्य रूप-रचना को वास्तविक सौन्दर्य समझ उस पर मुग्ध होनेवाले व्यक्ति की दृष्टि प्रेम की दृष्टि नहीं है, भोग की दृष्टि है। इसीलिए मैंने कालातीत सौन्दर्य की बात कही। बाह्य सौन्दर्य के आकर्षण से परे प्रेम कोई और ही तत्त्व है।"

आँखों पर उतर आई केशराशि को सम्हालते हुए अम्बा विस्मय के स्वर में बोली–

"अभिनव! जीवन का इतना गहरा अनुभव तूने कहाँ पाया? गुरुजी से तो साहित्यशास्त्र पढ़ने गया था न?"

अम्बा की बातें सुनकर अभिनव मुस्कुराते हुए बोला–

"भद्रे! साहित्य कोई जीवन से अलग तो नहीं। यह जीवन की ही तो व्याख्या है। समझ लो साहित्य सारे शास्त्रों की समष्टि है। जिसने साहित्य नहीं जाना उसे तो जीवन जीना ही नहीं आएगा। साहित्य लोकव्यवहार का शास्त्र है। जिस रस और आनंद की चर्चा तुमने की उस साहित्यिक रस की आधारभूमि लोकजीवन ही तो है– लोकवृत्तानुकरणं साहित्यम्। नाटक लोकव्यवहार का ही तो अनुकरण है। जिसने संसार को जितने गहरे समझा वह उतना ही बड़ा साहित्यिक उतना ही बड़ा दार्शनिक बना।"

"तुम तो क्षण में दर्शन की वीथियों में उतर आते हो।"

"सत्य यही है भद्रे! स्वप्न की वीथियों में भटकता चित्त मनोनुकूल सौन्दर्य सिरज लेता है लेकिन आँख खुलने पर स्वप्नप्रासाद निमिषमात्र में ध्वस्त हो जाता है। मैं आँखें खुली रखना चाहता हूँ।"

"मैं तुम्हारी भावना समझती हूँ, लेकिन फिर भी... कभी-कभी सोचती हूँ, जब तुम वृद्ध हो जाओगे, तब तुम्हारे पास कौन होगा?" अम्बा का चिंताग्रस्त मृदु स्वर था।

अम्बा की बात सुनकर अभिनव के अधरों पर मुस्कराहट फैल गई। उसने हँसते हुए कहा–

"भगिनि! तुम्हारी चिंता मैं समझता हूँ। यह जो तुम वृद्धावस्था की बात करती हो, क्या वह देह की वृद्धावस्था है या मन की? जो व्यक्ति शिवतत्त्व को जान लेता है, उसका मन कभी वृद्ध नहीं होता।

देखो, जो सदा साथ है, वही तब भी होगा। शिव सदा मेरे हृदय में विराजमान हैं। जब यह नश्वर देह भी समाप्त हो जाएगी, तब भी वह तत्त्व अमर रहेगा।"

अम्बा अभिनव का उत्तर सुनकर मौन हो जाती है। थोड़ी देर तक मौन छाया रहता है। वितस्ता की कलकल जैसे और गहरा जाती है। मौन भंग करते हुए अभिनव कहता है–

"मौन हो गई अग्रजे! कुछ कहो। तुमसे ही तो मुझे प्रेरक शक्ति प्राप्त होती है।"

"तुम्हारी साधना को मेरा प्रणाम है अनुज! तुम्हारा मार्ग भले ही मुझसे

भिन्न हो, लेकिन तुम्हारी निष्ठा को देखकर मेरा मन शांत हो जाता है।"

"और तुम्हारा प्रेम भगिनि! वह भी तो शिवशक्ति का ही रूप है। तुम्हारा स्नेह मुझे सदा शक्ति देता है।"

अम्बा चुपचाप हाथ जोड़कर अभिनवगुप्त को देखती है। अम्बा, अभिनव के ज्येष्ठ पिता वामनगुप्त की बेटी थी, उससे वय में बड़ी। उसे बहुत स्नेह देती। अभिनव की माँ के निधन के उपरान्त वही उसकी देखभाल करती, उसकी दैनंदिन आवश्यकताओं को पूरा करती। बड़ी बहन के नाते उसने बड़े अधिकार से अपने अनुज को यह प्रस्ताव दिया, पर अभिनव तो जैसे इस संसार का व्यक्ति ही न था। अभिनव के तर्कों के सामने अम्बा के प्रश्न शेष हो गए थे। वह मौन साधे बैठी थी। उसकी दृष्टि जैसे किसी के अन्वेषण में शून्य में टिकी थी। अभिनव ने उसे मौन देखकर कहा–

"मौन हो गईं भद्रे! क्या तुम्हारे इस अनुज ने कुछ अनुचित वचन तो नहीं कह दिया?"

"नहीं, बिलकुल नहीं। मेरे अनुज की वाणी में कभी भी अनौचित्य का लेशमात्र भी संस्पर्श नहीं होता। आज तुम्हारे मुख से जीवन दर्शन की ऐसी गहन गम्भीर चर्चा पहली बार सुनी। तुम्हारे विषय में माता सत्य ही कहती हैं....।"

"क्या कहती हैं ज्येष्ठमाता?"

"कहती हैं कि तू भैरव का अवतार है।"

अम्बा की इस बात पर अभिनव ने मुस्कुराते हुए बस इतना ही कहा–

"मैं अवतार! भैरव का......!!!"

तभी सितांशुमौलि के मंदिर से आती शंखध्वनि वातावरण में गूँज उठती है। दोनों भाई-बहन हाथ जोड़कर कह उठते हैं– "नमः सितांशुमौलये" और वितस्ता का तट छोड़कर घर की ओर चल देते हैं।

(24)

आज फिर चौदह वर्षों के बाद अभिनव श्मशान में खड़ा था। उसके ध्यान में चौदह वर्ष पुरानी स्मृति कौंध गई। इसी स्थान पर माँ की की देह चिता पर भस्मसात् हो रही थी। आज उसके ज्येष्ठपिता वामनगुप्त ने देह त्याग दिया था। उनका शव चिता पर रखा था। पुरोहित अंत्येष्टि की क्रियाएँ करवा रहे थे। वामन का ज्येष्ठ पुत्र क्षेम मुखाग्नि दे रहा था। अभिनव सोच रहा था– "कितनी क्षणभंगुर है हमारी देह और हम इस पर कितना अहंकार करते हैं। इसका इसी तरह छूट जाना शाश्वत सत्य है, आश्चर्य तो इसका बने रहना है। मिट्टी से बनी इस देह को सत् की सिद्धि में समर्पित कर देना ही इसकी सर्वोत्तम गति है।"

कुछ ही क्षणों में चिता धधक उठी। ऊँची-ऊँची लपटों ने वामनगुप्त के शरीर का अस्तित्व लील लिया था। पिछले छियासठ वर्षों से जिस आत्मा को शरीर ने बाँध रखा था आज वह उस पिंजरे से मुक्त होकर अपने सत् से एकाकार हो गई। अब अभिनव के ज्येष्ठपिता की साकार काया दृष्टिगत नहीं होगी। उनकी निराकार यशःकाया ही संसार की स्मृतियों में बसी रहेगी।

श्मशान से अभिनव अपने चचेरे भाइयों के साथ घर लौटा। उसने देखा अम्बा बिलख रही है। यद्यपि वह उससे उम्र में बड़ी थी पर जीवन के ऐसे गंभीर क्षणों में उसे अभिनव की तरह धैर्य नहीं रहता था। अभिनव ने अपनी ज्येष्ठमाता को देखा। उनके कपोलों पर बहते आँसुओं की रेखाएँ सूख गई थीं। वह निशब्द और निश्चल बैठी थी। यह गहरे शोक की अवस्था थी जहाँ व्यक्ति आँसुओं का समुद्र पारकर पत्थर बन जाता है।

शरद् ऋतु की साँझ धीरे-धीरे उतर रही है। क्षितिज पर सूरज की अंतिम किरणें हिमाच्छादित पर्वतों पर सुनहरी आभा बिखेर रही हैं। घर के प्रांगण में एक अजीब-सी निस्तब्धता है, जैसे समय थम गया हो। भीतर कक्ष में दीपक की मंद लौ कांप रही है, मानो शोक के भार से वह भी विचलित हो। सुमधुर

वीणा, जो कभी इस घर में वामन के स्पर्श से जीवन पाती थी, अब एक कोने में मौन पड़ी है। मधूलिका के पास अंबा बैठी है - व्याकुल और असहाय। अभिनव के मुख पर संयम और चित्त में अद्वितीय शांति है। मधूलिका की दारुण दशा देख उसने ढाढ़स बँधाया और कहा–

"मातः! यह जीवन-मरण तो संसार की रीति है। इसमें हम मनुष्यों का क्या अधिकार! समस्त चराचर जगत् ईश्वर की इच्छा के अनुकूल चलता है मातः! ज्येष्ठपिता देह से हम सबके मध्य भले न हों उनकी आत्मा का अंश हम सबमें रचा-बसा है। वे तो अपने अंशभूत परमशिव की सत्ता से एकाकार हो गए। एक दिन हम सबको भी उसी परमात्मा में लीन हो जाना है। धैर्य रखें मातः! भगिनि! धैर्य धारण करो।"

"मातः! धैर्य धारण करो मातः! ज्येष्ठपिता अब नहीं हैं। हम सब हैं न! देखो अम्बा भगिनी, विभु, क्षेम, मनोरथ हम सबकी माता-पिता अब तुम ही तो हो। धैर्य रखना होगा मातः! यही सृष्टि का नियम है। इस जगत् में शाश्वत कुछ भी नहीं। मोह-माया का पाश जितना प्रबल होगा उतना दुःखदायी होगा। अभिनव बोलता रहा। कुछ आश्वस्त-सी मधूलिका जैसे वर्तमान में लौट आई। वह बोली–

"अभिनव! अब यह दुःख सहा नहीं जाता पुत्र! भवसागर के मध्यधार में हम सबको छोड़ गए तुम्हारे ज्येष्ठपिता।"

"देखो मातः! जो छूट गया वह तो मिट्टी की काया थी। उसे तो मिट्टी होना ही था। जिस आत्मा से हमारा तुम्हारा सम्बन्ध था वह अब भी है। ज्येष्ठपिता अब भी हमारी तुम्हारी इन सबकी आत्मा में रचे-बसे हैं। इन स्थूल नेत्रों से उन्हें नहीं देख पाओगी, ये स्थूल कर्णयुगल उनकी ध्वनि नहीं सुन सकेंगे। उन्हें तुम अपने मर्मचक्षुओं से देखोगी मातः! तुम्हारी आत्मा उनकी निकटता का अनुभव करेगी।"

"कैसे अभिनव? कैसे?"

"उस परमशिव की सत्ता में अपना चित्त एकाग्र करो। समस्त जगत् उन्हीं में समाया हुआ है। ज्येष्ठपिता उसी परमसत्ता से एकाकार हो चुके। उसी परमशिव का लीलाविलास है यह जगत्। जब चाहा प्रकट किया और जब चाहा अपने भीतर समेट लिया। यह उन्मीलन और निमीलन तो उसकी इच्छा है मातः! इस पर हमारा तुम्हारा कोई वश नहीं.....।"

वामनगुप्त की और्ध्वदैहिक क्रियाएँ संपन्न हुईं। पन्द्रह दिन बीत चले थे। अभिनव अपनी दिनचर्या में निमग्न होना चाहता था पर मधूलिका और अम्बा

की अवस्था देख-देखकर विचलित हो जाता। वैधव्य ने मधूलिका के हृदय को वेधकर जैसे खण्ड-खण्ड कर दिया था। कुछ दिन तक तो उसकी आँखों से आँसू बहते रहे, पर अब वह बिलकुल मौन हो गई थी। आवश्यक बातों का भी उत्तर कई बार पूछने पर देती। ना खाने-पीने की सुधि न सोने की। शरीर क्षीण होता जा रहा था। उसकी देह वर्तमान में होती किन्तु उसका चित्त अतीत में निमग्न रहता। कभी भी कुछ भी बड़बड़ाती रहती। उसके अतीत से परिचित परिजन उसकी बड़बड़ाहट का तारतम्य कभी-कभी समझ पाते कभी बिलकुल नहीं। एक दिन अम्बा ने अपनी माँ से कहा–

"मातः! चलकर स्नान कर लीजिए।"

"स्नान? हाँ हाँ। कामदेव की प्रतिमा के समक्ष जलकुम्भ रखा था न द्वादशी को? हाँ, सौभाग्य अभिषेक करना होगा न? जाओ अपने तातपाद को बुला लाओ।" माँ की दशा देख अम्बा रोने लगी।

"माताऽऽऽऽ.....।"

"रोती क्यों है? अभी हम सब नव हिमपात का उत्सव मनाने चलेंगे, भ्रमण के लिए जाएँगे, पहाड़ों पर चलकर खेलना....। हाँ, हाँ मैं तो आपकी ज्योत्स्ना हूँ और आप मेरे चन्द्रमा। क्या? आप मेरी परिक्रमा करते हैं? हाँ, हाँ आप तो कविता करने लगे।" कहकर मधूलिका हँसने लगी।

रोती हुई अम्बा अभिनव के पास गई। उसके आँसू देख अभिनव समझ गया।

"क्या हुआ भगिनि! ज्येष्ठमाता पुनः ...।"

"हाँ अभिनव!"

अभिनव अपनी ज्येष्ठ माता के कक्ष में आया। उसे देख मधूलिका पुनः उन्माद की दशा में प्रलाप करने लगी–

"आ गए आप! हाँ, बोलिए न! वर्धतां प्रीतिः वर्धतां सौभाग्यं.....। बोलिए। आप बोलते क्यों नहीं? क्या परिहास नहीं करेंगे? मैंने तो कुछ नहीं कहा। आपकी ध्वनि मुझे सुनाई नहीं दे रही है। आर्य! आप बोलते क्यों नहीं? मुझसे प्रमाद हुआ है? मैं क्षमा माँगती हूँ प्रिय!"

विलाप करती हुई मधूलिका अभिनव के पैर पकड़ने को उद्यत हुई तो अभिनव ने पैर पीछे खींच लिए और निकट बैठ गया। मधूलिका का सिर सहलाते हुए बोला–

"शान्त मातः! शान्त। धैर्य धारण कीजिए मातः!"

"सब समाप्त हो गया अभिनव! धैर्य कहाँ से लाऊँ? यह गृह नहीं, अब एक श्मशान है। हा आर्य! आपके बिना ये दीवारें भी मौन हैं। याद है अंबा! कैसे

तुम्हारे पिता शरत् पूर्णिमा की मधुर चाँदनी में वीणा बजाते थे? उनकी उंगलियों का स्पर्श पाते ही तारों से जैसे रागों की गंगा प्रवाहित हो जाती थी। अब कौन भरेगा इस मौन में स्वर? कौन करेगा उस आनंद का आह्वान? अब कौन बुलाएगा मुझे उस स्वर-सागर में?" कहकर पुनः मधूलिका विलाप के सागर में डूब जाती है।

"माँ, स्वयं को इस प्रकार नष्ट मत कीजिए। पिता की स्मृतियाँ ही तो हमारी थाती है। यदि आप स्वयं को इस तरह समाप्त कर देंगी, तो क्या उनकी आत्मा को शांति मिलेगी?" अम्बा बोली।

"जीकर करूँगी भी क्या, अंबा? जब जीवन का आलोक ही बुझ गया, तब इन सांसारिक कर्मों का क्या अर्थ? अब तो ये श्वास-प्रश्वास भी व्यर्थ हैं।"

"आपकी वेदना को मैं अनुभव कर सकता हूँ। किन्तु मातः! यह सृष्टि स्वयं सृजन और संहार के नृत्य में रत है? शोक तभी जन्म लेता है जब हम देह को आत्मा समझने का प्रमाद कर बैठते हैं। शिवदृष्टि से देखिए मातः, यह सारा संसार उस परमशिव का लीलाविलास है। जन्म और मृत्यु तो पड़ाव हैं। आत्मा की यात्रा शाश्वत है। मृत्यु केवल आवरण का परिवर्तन है, वस्त्र की भांति-वासांसि जीर्णानि यथा विहाय...। ज्येष्ठपिता केवल अपनी भौतिक देह से विलीन हुए हैं उनकी आत्मा तो सनातन है, चेतना का वह अंश अनादि और अनंत है। ज्येष्ठपिता की स्मृतियाँ आज भी आपके हृदय में जीवित हैं।"

"स्मृतियाँ इस शून्य को तो नहीं भर सकतीं अभिनव! जब संध्या की यह भयावह नीरवता मुझे घेरती है, तो उनकी वही स्मृतियाँ मुझे झकझोरती है और उनकी अनुपस्थिति मुझे विदीर्ण कर देती है।"

"यह शून्य केवल देह का है मातः! आत्मा का नहीं। ज्येष्ठपिता ने जो प्रेम का संगीत दिया, वह केवल उनकी देह तक सीमित नहीं था। वह तो चेतना का अंश था, शिव की उस अनुग्रह शक्ति का प्रतिफलन, जो इस सम्पूर्ण सृष्टि में व्याप्त है।"

"इस सूनेपन का, मेरे इस शोक का निस्तार नहीं है अभिनव!"

"मातः! शोक तभी जन्म लेता है, जब हम असार को सार समझने की भूल करते हैं। नश्वर देह को तो नष्ट होना ही था। नश्वरता ही उसका धर्म है जैसे नित्यता आत्मा का धर्म है। ज्येष्ठपिता की चेतना आज भी इस सृष्टि में व्याप्त है, फूलों की सुगंध में, वीणा के अनसुने स्वर में, और आपके हृदय की स्मृतियों में।"

अभिनव की बातों से विलाप करती मधूलिका किंचित् आश्वस्त होती है

और उसका चित्त संतुलित होता है। वह अभिनव से प्रश्न करती है–

"इस रिक्तता को भरने का उपाय क्या है, अभिनव? इस अकेलेपन से मुक्ति कैसे मिले?

"इस रिक्तता को केवल प्रेम भर सकता है, पर वह प्रेम जो किसी एक व्यक्ति तक सीमित न हो। वह प्रेम जो संपूर्ण सृष्टि के प्रति जागृत हो, जो आत्मा से आत्मा का मिलन हो। जब आप इस प्रेम को अनुभव करेंगी, तब आप ज्येष्ठपिता को हर ओर पाएँगी- पुष्पों की सुरभि में, पवन के प्रवाह में, संध्या की लालिमा में, वितस्ता की कलकल में, उदीयमान सूर्य की किरणों में, चन्द्रमा की धवल ज्योत्स्ना में... और, और क्या-क्या कहूँ! सृष्टि के कण-कण में आप उनकी प्रतिच्छवि पाएँगी।"

अभिनव को आश्चर्य से सुन रही मधूलिका के मन में आशा का संचार होता है। वह पुनः कहती है–

"क्या यह संभव है पुत्र? क्या मैं उन्हें इस तरह अनुभव कर सकूँगी?"

"क्यों नहीं, मातः? यह संसार स्वयं शिव का स्वप्न है– एक लीला, एक नाटक। जो दृश्य है, वह क्षणभंगुर है; जो अदृश्य है, वह शाश्वत। जब हम इस अदृश्य सत्य को देखना सीखते हैं, तभी हमें आत्मा का वह आलोक मिलता है, जिसमें मृत्यु का कोई भय नहीं, बिछोह की कोई पीड़ा नहीं।"

मधूलिका चुपचाप अभिनव को सुनती रही। उसकी बातों से उसे तोष हुआ। अभिनव की बातें सुन मधूलिका के चेहरे पर धीरे-धीरे शांति की उजास उतरने लगती है।

"शायद तुम सत्य कहते हो अभिनव! तुम्हारे ज्येष्ठपिता चाहते थे कि मैं जीवन को प्रेम और आनंद से देखूँ। मैं उनकी स्मृतियों को केवल शोक में क्यों डुबो रही हूँ? तुम्हारी बातों से बहुत संबल मिलता है पुत्र!"

"यही तो सच्चा प्रेम है मातः! स्वीकृति और समर्पण। जब आप इस प्रेम को अनुभव करेंगी, तो शोक भी आनंद में परिवर्तित हो जाएगा। यही शिव की अनुग्रह शक्ति है, जो संहार में भी सृजन करती है।"

"अभिनव! तू सचमुच बड़ा साधक और तपस्वी है। जीवन के मर्म को जितना तू इस वय में जानता है उतना तो कोई सम्पूर्ण जीवन में भी नहीं जान पाता। मुझे शिवतत्त्व की दीक्षा देना पुत्र!"

मधूलिका के मुख पर आश्वस्ति के भाव झलक उठते हैं। अंबा के चेहरे पर भी आशा की किरण झलकने लगती है। प्रकोष्ठ में मौन है, पर वह मौन अब बोझिल नहीं। उसमें एक नई शांति, एक नई चेतना की अनुगूँज है। दर्शन

के संसार में विचरनेवाले अभिनव को अल्प आयु में ही जीवन के सत्य से साक्षात्कार हो चुका था। माँ का देहत्याग और पिता के वैराग्य ने उसे बहुत कुछ समझा दिया था। रही-सही कसर शास्त्रों के मंथन और गुरुजनों के सान्निध्य से प्राप्त ज्ञान से पूरी हो गई थी। घंटे भर बाद मधूलिका आश्वस्त हुई तो वह उठकर बाहर आया। अम्बा भी उसके पीछे-पीछे आई।

"अभिनव! तू तो आयु में मुझसे छोटा है किन्तु ज्ञान में हम सबसे बड़ा। आज तूने ऐसी ऐसी बातें कहीं कि मुझे...। पितृव्य और पितृव्यानी के चिरवियोग ने तुझे अकस्मात् बड़ा बना दिया। और अब तातपाद की मृत्यु। अभिनव! तुम्हारी बातों से ही माता को धैर्य होता है। उसे मार्ग दिखलाओ अभिनव!"

"ज्येष्ठमाता की चिन्ता केवल तुम्हारी चिन्ता नहीं है भगिनि! उन्हें इस दारुण व्यथा से निकालना मेरा कर्तव्य है। अब तो वे ही हम सबकी माता-पिता सब कुछ हैं। तू चिंता मत कर।"

(25)

"पूज्यपाद! उपदेश के क्रम में कल आप ने कहा था कि कतिपय आचार्य शान्तरस का अपलाप करते हैं। वे आठ ही रस स्वीकार करते हैं–'शान्तापलापिनस्त्वष्टाविति तत्र पठन्ति'। शान्त रस की अनुभूति में ऐसा कौन-सा चमत्कार है गुरुवर?" अभिनवगुप्त की शिष्यमण्डली में से यशोवर्धन ने प्रश्न किया।

अभिनव अब अभिनवगुप्तपादाचार्य हो गए थे। व्याकरण, दर्शन, तन्त्रागम, नाट्यशास्त्र, संगीत, नृत्य जैसे न जाने कितने शास्त्र उन्हें हृदयंगम थे। जिज्ञासु शिष्यों से हर समय घिरे रहनेवाले अब अभिनवगुप्त का समय या तो चिन्तन और ध्यान में बीतता अथवा अपने चिन्तन की अभिव्यक्ति में। आचार्य अभिनवगुप्त की लोकप्रियता ऐसी थी कि शिष्य उनके प्रवचन के अक्षर-अक्षर को समेट लेने को उद्यत होते। वे व्याख्यान करते तो कई शिष्य उनके वचनों को लिपिबद्ध करते होते। किसी एक से कुछ छूट जाता तो अन्य किसी के द्वारा लिपिबद्ध सामग्री से मिलान कर पूरा कर लिया जाता। अभिनव केवल प्रवचन करते। उन्हें उन विषयों को लिपिबद्ध करने में कोई रुचि न थी।

अब अभिनव नियमित रूप से प्रवरपुर में ही रहा करते। नगर के कोलाहल से थोड़ी दूर उनका निवास था। एक विशाल उपवन-परिसर में एक ओर उनका आवासगृह था। उसके पूर्वी छोर पर कई और आवासगृह बने थे, जिनमें उनके परिजन रहा करते थे। उनके आवासगृह के वामपार्श्व में ही कुछ पेड़ों के झुण्ड के पार उनकी शाला लगती। पत्थरों से निर्मित एक विशाल और भव्य आस्थान मण्डप बनाया गया था। आस्थानमण्डप के भीतर एक प्रस्तरनिर्मित चबूतरे पर आसन लगा था जिस पर बैठकर आचार्य प्रवचन करते। दीवारें भी पत्थर की बनी थीं। ऊपर काठ की ढलुवाँ छत थी ताकि शीतकाल में जब हिमपात हो तो छत की ढाल से सरक कर नीचे गिर जाए। वैसे थोड़ा-बहुत हिमपात होता तो शाला को चारों ओर से घेरकर खड़े वृक्ष उसे छत तक आने ही न देते।

प्रतिदिन के प्रातःकालीन हवन में प्रयुक्त देवदारु और केसर आदि सुगन्धित द्रव्यों से मिश्रित हविष्य से शाला में दिन भर एक सुरभित वातावरण व्याप्त होता। अपनी उस शाला को अभिनवगुप्त ने 'अभिव्यंजना' नाम दे रखा था। अभिव्यंजना में अपने नामानुरूप सभी अध्येताओं को अपनी-अपनी अभिव्यक्ति का समान अधिकार था। साथ ही सभी को सभी की अभिव्यक्तियाँ ध्यानपूर्वक सुननी होती थीं। ज्ञानार्जन को उत्सुक कोई भी ज्ञानार्थी आचार्य अभिनवगुप्त की शरण में आ सकता था। उनका द्वार सबके लिए खुला था। उनकी स्पष्ट उद्घोषणा थी– "मेरे शिष्य चाहे ब्राह्मण हों या शूद्र, ज्ञान के द्वारा वे सभी शिव से एकाकार होंगे। कोई भेद न होगा।"

यशोवर्धन का प्रश्न सुनकर आचार्य बोले– "यशोवर्धन! तुम बहुत तेजस्वी हो। तुम्हारे सहाध्यायी श्रृंगार, हास्य आदि के प्रवाह में ही बहते रहे पर तुम उनसे आगे बढ़कर शान्त का तल ढूँढ रहे हो। बहुत उत्कृष्ट जिज्ञासा है तुम्हारी। देखो वत्स! रस का समग्र चिन्तन केवल साहित्य के तल पर नहीं हो सकता। जब रसविषयक चिन्तन भी चिन्तन के शिखर पर होता है तो वही परमात्मतत्त्व उसमें भी प्रतिबिम्बित होने लगता है। रस को श्रृंगार, हास्य आदि के रूप में देखना केवल मिथ्या कल्पना है। रस के ये श्रृंगार आदि भेद तो केवल विभावादि के भेद से हैं। सभी रसों का पर्यवसान अंततः आनन्द में होता है, तो फिर भेद कैसा? नामान्तर होते हुए भी उन सभी का लक्ष्य एकमात्र वही आत्मानन्द है, परमसत्ता की अनुभूति है। यही आत्मविश्रान्ति है– स्वात्मनि विश्रान्तितो महानन्दम्। पूर्णतः अभेदज्ञान की यह दशा ही समरसता की अवस्था है। रस का आस्वादन करनेवाला भी अंततः ऐसी अवस्था में आ जाता है जहाँ उसकी दृष्टि भेदमयी नहीं रह जाती। यह अवस्था निर्वेद की अवस्था है जो जागतिक विषयजन्य वासनाओं से मुक्त विशुद्ध आनन्दमय अवस्था है। लोकव्यवहार के लिए इसे शान्त रस का नाम दिया गया।"

अभिनवगुप्त के गूढ़ वचन सुनकर सभी शिष्य चकित और आह्लादित थे। यशोवर्धन ने कहा–

"आचार्यपाद! आपने तो चिन्तन की धारा ही मोड़ दी। मैं तो साहित्य की वीथियों में ही भटक रहा था। आपने तो परमात्मसाक्षात्कार का मार्ग ही प्रकट कर दिया।"

"वत्स! चिन्तन के उत्कर्ष तत्त्वज्ञानमय हुआ करते हैं, चाहे वह कोई भी शास्त्र हो।"

"आचार्यवर! आपने जिस निर्वेद की अवस्था की चर्चा की, वह निर्वेद

किस तरह उत्पन्न होता है? दरिद्रता से ग्रस्त दीन-हीन व्यक्ति को भी संसार से उदासीनता हो आती है और विरागी संन्यासी भी संसार से उदासीन होता है।"

"बड़ा गंभीर प्रश्न है यशोवर्धन! तुम्हारा कहना युक्तियुक्त है। सांसारिक साधनों के अभाव में जब जीवन दुर्वह हो जाता है तो दरिद्रता की अवस्था में मनुष्य संसार से उदासीन होने लगता है, किन्तु यह अवस्था खेदजन्य, पीड़ाजन्य हुआ करती है। यह निर्वेद क्षणिक है। दरिद्रता दूर होने पर निर्वेद भी समाप्त हो जाएगा। दूसरी ओर विरागी संन्यासी का निर्वेद तत्त्वज्ञान का परिणाम है। सांसारिक विषयों में दोष देखकर वह जगत् की नश्वरता से परिचित हो जाता है, अथवा सद्‌गुरु के उपदेश से उसे तत्त्वज्ञान या आत्मसाक्षात्कार हो जाता है तो उससे होनेवाला निर्वेद आनन्दमूलक हुआ करता है। नश्वर जगत् के प्रति वितृष्णा उत्पन्न होती है। वही परम वैराग्य है और तज्जन्य ज्ञान आनन्दमूलक निर्वेद है। अन्ततः यह शिवात्मक अनुभूति हमें उस परमशिव की सत्ता का बोध कराती है परन्तु क्षणिक रूप से। रसानुभूति का स्रोत जैसे ही शेष हो जाता है, अवरुद्ध हो जाता है, हमारी संज्ञा पुनः उस जागतिक परिवेश में लौट आती है। इसी परमशिव की सत्ता की प्राप्ति जब योगी समाधि के द्वारा प्राप्त करता है तो उसकी यह अनुभूति स्थायी हुआ करती है। वह हमेशा के लिए संसार से मुक्त हो जाता है।"

"आचार्य! तो क्या नाट्य, संगीत, नृत्य आदि से उत्पन्न आनन्द भी तत्सदृश आनन्द है?"

"हाँ। चाहे नाट्य हो, संगीत हो या नृत्य; अथवा कोई भी कला हो ये सब उस परमसत्ता की उपासना के मार्ग हैं जिनके माध्यम से हमें परमात्मानुभूति का क्षणिक अवभास मिलता है। तुम जिन गीत, वाद्य, नृत्य आदि विधाओं को भिन्न समझ रहे हो वस्तुतः वे सभी अभिन्न हैं। ये सभी संगीत के अंतर्गत परिगणित हैं– गीतं वाद्यं तथा नृत्यं त्रयं संगीतमुच्यते। नाट्य भी उसी का अंग है। जब एक संगीतकार, एक नर्तक, एक वादक अपने गायन वादन या नृत्य के राग, लय में तल्लीन होता है तो अपने आसपास के समस्त संसार को भूल जाता है। उसे स्वयं की भी स्मृति नहीं रहती। यह आत्मविस्मृति की अवस्था है जिए आचार्यों ने 'वेद्यांतरसंपर्कशून्यता' का नाम दिया है।"

"यह तो बिलकुल सत्य है आचार्यवर! मैं भी वीणावादन में कभी-कभी इतना तल्लीन हो जाता हूँ कि आसपास घट रही घटनाओं का मुझे कुछ भी ज्ञान नहीं रहता। मेरी माताजी मुझे पुकारती रह जाती हैं पर मुझे उनकी वाणी कर्णगोचर होती ही नहीं।" पद्मगुप्त ने कहा।

"पद्म! माताजी की पुकार तुम्हारे कानों तक आती अवश्य है पर तुम्हें उसका ज्ञान नहीं होता क्योंकि तुम्हारी आत्मा उसे ग्रहण नहीं करती, वह कहीं और एकाग्र है। तुम्हारी यह अनुभूति यह संकेत करती है कि तुम्हारी साधना उन्नति की ओर अग्रसर है।"

"गुरुदेव! आपने यह कहा है कि रस का अनुभव कुछ-कुछ प्रपाणक रस के सदृश है। उस प्रपाणक में कर्पूर, लवंग, एला, मरीच, मिश्री आदि विभिन्न पदार्थों का मिश्रण होता है पर किसी एक का स्वाद प्रकट नहीं होता बल्कि उन सभी के मिश्रण से एक विलक्षण आस्वाद की प्रतीति होती है।" यशोवर्धन बोला।

"हाँ, मैंने ऐसा ही कहा है। वस्तुतः प्रपाणक में यदि केवल लवंग की सुगंध आती रहे या केवल कर्पूर का स्वाद आता रहे अथवा मिश्री की मिठास सबको आच्छादित कर ले तो प्रपाणक अच्छा नहीं माना जाता है। सभी पदार्थों के मिश्रण से एक भिन्न आस्वाद उत्पन्न होता है तभी वह प्रपाणक आस्वादक को ग्राह्य और प्रिय होता है। रस की अनुभूति भी ऐसी ही लोकविलक्षण अनुभूति है।"

"आचार्य! अद्‌भुत है आपकी विवेचना। आपकी वाणी से अमृत झरता है तो ऐसा प्रतीत होता है कि अहर्निश सुनता ही रहूँ।"

"उपनिषद् का वचन है– रसो वै सः। यशोवर्धन! रस ब्रह्म है और ब्रह्मानुभूति के आनन्द से कौन विलग होना चाहेगा? वत्सवृन्द! तो आज की चर्चा को यहीं विराम देता हूँ। नमः सितांशुमौलये।"

"नमः सितांशुमौलये। आचार्यचरणेभ्यो नमः।" अपने आचार्य के स्वर से स्वर मिलाकर शिष्यों ने विदा ली।

अभिव्यंजना से निकलकर अभिनवगुप्त अपने आवास की ओर बढ़ गए।

(26)

अपराह्नकालीन शाला लगी थी। अभिव्यंजना का मण्डप शिष्यों से भर चुका था। शिष्यों के कोलाहल के बीच-बीच पक्षियों की चहचहाहट सुनाई दे जाती थी। चिनार के वृक्षों की पत्तियों से छन-छन कर आती सूर्य की किरणें धरती पर जैसे रेखाचित्र रच रही थीं। सहसा कोलाहल थम गया था। आचार्य अपने आवास से निकलकर अभिव्यंजना की ओर आ रहे थे– गौरवर्ण मुख, आयत ललाट, वक्ष तक लटकती लम्बी काली दाढ़ी, अन्वेषणपरक तीक्ष्णदृष्टि, कानों में कुण्डल, दोनों बाँहों और मणिबन्ध पर रुद्राक्षवलय, गले में रुद्राक्ष की माला, कस्तूरी, चन्दन, केसर, कपूर आदि के लेप से श्यामवर्णी ग्रीवा, कन्धे से लटकता लम्बा यज्ञोपवीत, धवल अधोवस्त्र और एक कौशेयपट ओढ़े हुए। आयु के पैंतीस वर्ष वर्ष भी अभी पूरे नहीं हुए थे। उनकी तेजस्विता का आकर्षण ऐसा था कि कोई भी चाहे वह पहली बार ही क्यों न देख रहा हो प्रभावित हुए बिना नहीं रहता था। आचार्य अपने आसन पर आ विराजे। सभी शिष्यों ने अपने स्थान से ही दण्डवत् मुद्रा में प्रणाम किया– 'नमः पूज्यपादाय श्रीगुरवे नमः।' 'तेजस्वि वोऽधीतमस्तु' कहकर आचार्य ने आशीर्वचन कहे। श्रीभट्ट और क्षेमेन्द्र पहली पंक्ति में बैठे थे। श्रीभट्ट ने आज पहला प्रश्न रखा–

"आचार्य! 'अनुत्तर' तत्त्व पर आपके श्रीमुख से सुनने की अभिलाषा है। कृपा करें।"

"श्रीभट्ट! तूने बड़े गहन गंभीर विषय की जिज्ञासा की है। थोड़े में यह समझ लो कि अनुत्तर ही परमशिव है। यह परमज्ञान है, परमसत्य है, यही महाचिति है, परा संवित् है। किसी भी पदार्थ की सत्ता इससे परे नहीं है।"

"आचार्य! इस अनुत्तर की प्रकृति कैसी है?" क्षेमेन्द्र ने प्रश्न किया।

"क्षेम! इसी परा संवित् में, इसी अनुत्तर में छत्तीस तत्त्वों वाला जगत् अवभासित होता है– यत् परतत्त्वं तस्मिन् विभाति षट्त्रिंशदात्मकं जगत्। वस्तुतः

उसका उत्तर देने में, उसका प्रतिवचन करने में हमारी लोकभाषा अशक्त है अतः उसे अनुत्तर की संज्ञा दी गई है– न विद्यते उत्तरं प्रश्नप्रतिवचोरूपं यत्र। यह परमशिव शिव और शक्ति की समरसता है। शिव और शक्ति की सत्ता अन्योन्याश्रित है– न शिवेन विना शक्तिर्न शक्तिरहितः शिवः। विमर्श परमशिव की शक्ति है और यह नानारूप जगत् उसी शक्ति का विस्फार है। एकमात्र परमशिव ही इस जगत् में नानारूप में स्फुरित हो रहा है।"

"आचार्य! तो क्या इस परमशिव को वेदान्त में प्रतिपादित ब्रह्म के समतुल्य माना जा सकता है?" श्रीभट्ट ने पूछा।

"तुम ऐसा कह सकते हो पर पूरी तरह नहीं। वेदान्त के मूल में विवर्तवाद है और शैवाद्वैत के मूल में आभासवाद। इसे दर्पणनगरन्याय से समझ सकते हो- जैसे नदी, निर्झर, वन, पर्वत आदि अपने बिम्ब दर्पण में संक्रान्त कर देते हैं और दर्पण उन्हें अपने से अभिन्न दिखलाते हुए भी अपनी स्वतन्त्र सत्ता बनाए रखता है। ये सारे प्रतिबिम्ब दर्पण से अभिन्न होते हुए भी भिन्नवत् अवभासित होते हैं। इसी प्रकार परमशिव अपनी इच्छा से अपने भीतर अभिन्न भाव से विद्यमान जगत् को भिन्नवत् अवभासित करता है। इसे ऐसे भी समझ सकते हो कि जैसे दर्पण में मुख के प्रतिबिम्बित रहने पर भी मुख और दर्पण विकाररहित बने रहते हैं उसी तरह परमेश्वर सृष्टि संहार आदि का तथा अनन्त कोटि ब्रह्माण्डों का आभास करता हुआ भी सदैव निर्विकार ही बना रहता है। यहाँ यह भी समझ लेना चाहिए कि दर्पण में प्रतिबिम्ब बनाने के लिए बिम्ब की आवश्यकता होती है, प्रकाश की आवश्यकता होती है किन्तु परमशिव को किसी से प्रकाशित होने की आवश्यकता नहीं है क्योंकि वह स्वयं प्रकाशरूप है। उसे किसी बिम्ब की भी आवश्यकता नहीं क्योंकि आवश्यकता या अपेक्षा अपूर्णता की दशा में होती है। परमशिव स्वयं परिपूर्ण है। उसे किसी पर की अपेक्षा नहीं है। अतः वेदान्त की तरह जगत् परमशिव का विवर्त नहीं बल्कि उसका आभास है। ध्यान रहे, यह आभास वेदान्त में कथित मिथ्या आभास नहीं है।"

"गुरुवर! परमशिव सर्वथा परिपूर्ण है, उसे किसी पर की अपेक्षा नहीं है तो वह इस जगत् का आभास क्यों करता है?" क्षेमगुप्त ने पूछा।

"क्षेम! यह परमशिव का लीलाविलास है, आत्मविनोद है, उसकी प्रकृति है। जिस प्रकार उष्णता अग्नि का स्वभाव है उसे परिवर्तित नहीं किया जा सकता उसी प्रकार जगदाभास परमशिव की प्रकृति है। यह विश्व का अवभास उस परमशिव का स्वातन्त्र्य है, आनन्द का स्फुरण है। अपनी पूर्णता, अपने स्वातन्त्र्य के कारण वह परमसत्ता अपने स्वरूपभूत शिव से जीव तक की सृष्टि

और उनके संहार की, उन्मेष और निमेष की, सृजन और लय की लीला करता रहता है।

इसे एक और दृष्टान्त से समझो। जैसे कोई राजा जिसके पास सभी प्रकार के वाहन हैं, यान हैं और वह उनके प्रयोग के लिए स्वतंत्र भी है, किन्तु वाहनों के प्रयोग से संतृप्त वह राजा लीलावश पाँव-पैदल चलता है। पैदल चलना उसका मनोरंजन है, उसकी क्रीड़ा है। ठीक यही बात परमेश्वर परमशिव के सन्दर्भ में भी है। वह परिपूर्ण भी है और उसके पास स्वातन्त्र्य शक्ति भी है। अतः जगत् का अवभास उसकी क्रीड़ा मात्र है, लीलाविलास है।"

"आचार्य! यह इच्छा ज्ञान और क्रिया का त्रिक है। इसे भी स्पष्ट करने की कृपा करें।"

"वत्स! वस्तुतः चित्, आनन्द, इच्छा, ज्ञान और क्रिया ये पाँच परमशिव के शक्तिपंचक हैं। परमात्मा की प्रकाशरूपता ही चित् शक्ति है। उसका स्वातन्त्र्य अर्थात् पर-अनपेक्षा ही उसका आनन्द है। नानारूपात्मक जगत् में आत्म-अवभास की अभिलाषा ही उसकी इच्छा है– 'अन्वयव्यतिरेकेण शिवः कर्ता प्रतीयते एकोऽहं बहुररूपः स्यामितीच्छा सृष्टिसाधिका।' जब यह इच्छाशक्ति विकसित होती है तो जगत्-सर्जना अथवा विश्वरूपकार्य के प्रकाशन की शक्ति बन जाती है जिसे ज्ञानशक्ति कहते हैं– 'दृश्यमानपदार्थानां लौकिकानां प्रकाशिनी ज्ञानशक्तिः समाख्याता शिवस्य परमात्मनः।' वह परमेश्वर जिस शक्ति के द्वारा नानारूपात्मक जगत् की प्रतीति कराता है उसे ही क्रियाशक्ति कहते हैं– तथा स्वेच्छावशाल्लोकनिर्माणनिपुणा पुरा सदा सच्छास्त्रनिपुणैः क्रियाशक्तिरुदीर्यते।' वस्तुतः ज्ञान का ही विकास क्रिया है। ज्ञान क्रिया से रहित नहीं है और क्रिया ज्ञानशून्य नहीं। ज्ञान और क्रिया परमशक्ति की चिकीर्षा के उत्तरोत्तर विकास सोपान हैं। कोई संगीतज्ञ एक राग छेड़ने के लिए वीणा अपने हाथ में लेता है, यह इच्छा जाग्रत हुई। अपनी अंगुली उसकी तन्त्री की ओर बढ़ाता है। सहसा वह ठहर जाता है। किन्तु क्यों? उसका ज्ञान उसे रोक देता है। वादन की क्रिया हो नहीं पाती। ज्ञान किसी और राग की अपेक्षा करता है। वही उसके वादन में अभिव्यक्त होता है। तात्पर्य यह है कि क्रिया का नियंत्रण ज्ञान करता है। क्रिया के पहले ज्ञान और ज्ञान के पहले इच्छा आती है।

वत्सवृन्द! इस परमशिव की सत्ता की, इस अनुत्तर के स्वरूप की जितनी भी चर्चा करो, व्याख्या करो फिर भी कहने-सुनने को बहुत कुछ शेष रह जाता है– नेति नेति। आज का पाठ यहीं तक। नमः सितांशुमौलये।"

"नमः सितांशुमौलये। आचार्यचरणेभ्यो नमः।" कहकर शिष्यों ने आचार्य

अभिनवगुप्त से विदा ली। आज का प्रवचन संपन्न हो चुका था। अभिनवगुप्त आसन से उठे और अपने आवास की ओर चल पड़े। उनके आवास और अभिव्यंजना के मध्य खड़े देवदारु, शीशम, चिनार और अक्षोट के वृक्षों का समूह इस तरह प्रतीत होता था मानो उनकी गोष्ठी चल रही है। उनके मध्य पगडंडी पर लौटते हुए अभिनवगुप्त सूखे पत्तों पर पाँव रखते हुए चले आ रहे थे। चर्र-मर्र की ध्वनि ने उनका ध्यान खींचा। वे सोचने लगे– "ये ही पत्ते जब वृक्ष की शाखा पर होते हैं तो उनकी हरियाली मन मोह लेती है। यही हरे-हरे पत्ते फूल और फलों के विकास का कार्य करते हैं। यह तभी तक संभव होता है जब तक उनमें शिवतत्त्व विद्यमान होता है। परमात्मतत्त्व के विलग होते ही वे पीले होकर भूमि पर गिर पड़ते हैं। इस देह की भी यही दशा है। जब तक इसमें परमात्मा का अंश है तब तक लोक इसे महत्त्व देता है। परमात्मा का अंश जैसे ही इस देह से अलग होता है लोग इसे अस्पृश्य समझते हैं। स्पर्श हो जाने पर स्नानादि से पवित्र होते हैं। नाम तक समाप्त हो जाता है। अभिनव न कहकर अभिनव का शव कहते हैं। वस्तुतः सभी गुण उस आत्मा में ही बसते हैं। नामकरण भी उसी आत्मा का होता है अतः आत्मा और शरीर के सम्बन्ध के विच्छिन्न हो जाने पर कुछ भी शेष नहीं रहता जैसे शाखा से विच्छिन्न इन पर्णों में अब कोई रचनात्मकता शेष नहीं है।

(27)

"आचार्यवर! आज हम सब आपसे संगीतशास्त्र के विषय में सुनने को उत्कंठ हैं।" श्रीभट्ट ने कहा।

"श्रीभट्ट! संगीतकला से तुम्हारा अभिप्राय गीत से है लेकिन वस्तुतः संगीत के अंतर्गत गायन वादन और नृत्य तीनों का समावेश माना जाता है– गीतं वाद्यं तथा नृत्तं त्रयं संगीतमुच्यते। संगीत सृष्टि के साथ उद्‌भूत हुआ है। प्रकृति में नदी–निर्झर, पशु–पक्षी, वृक्ष–लता आदि सबका अपना–अपना संगीत है। सबके अपने-अपने ताल लय और स्वर हैं। मानव ने प्रथमतः संगीत को प्रकृति से ही ग्रहण किया है। शास्त्रीय दृष्टिकोण से संगीतशास्त्र की उत्पत्ति सामवेद से मानी जाती है। गायन कला का उत्स सामवेद है।"

"आचार्य! गान्धर्ववेद इसी सामवेद का दूसरा नाम है?"

"नहीं वत्स! गान्धर्ववेद सामवेद का उपवेद है जिसके आदि उपदेष्टा सूर्य हैं। गंधर्वजाति के द्वारा पूर्णतः आत्मसात् कर संरक्षित, पोषित तथा प्रचारित करने के कारण यह गान्धर्ववेद के नाम से प्रसिद्ध है। संगीतपरम्परा में यह माना जाता है कि वेद के उदात्त, अनुदात्त आदि स्वर ही गान्धर्ववेद में षड्ज आदि सात स्वरों में व्याप्त हैं।"

"आचार्य! संगीत के इन सात स्वरों का स्वरूप प्रथमतः कहाँ से प्राप्त हुआ होगा?"

"वत्स! संगीत के सात स्वरों को मनुष्य ने पशु पक्षियों की बोली से ही ग्रहण किया है। संगीत के सात स्वरों का अविर्भाव मयूर, क्रौंच, कोयल, अश्व आदि की बोली से ही हुआ है। लोक में कहा जाता है न कि कोयल पंचम स्वर में गाती है! नाद संगीत का मूल है और यह नाद ब्रह्म है। नादो वै ब्रह्म। अतः संगीत भी ब्रह्मप्राप्ति की साधना है। उस सच्चिदानन्द परमसत्ता की सृष्टि है आकाश। और नाद उसी आकाश का गुण है।"

"आचार्य अनाहत नाद क्या है?" उत्कंठित सुबन्धु बीच में ही बोल उठा।

"सुबन्धु! अभी मैं वही बतलाने जा रहा हूँ। तुम्हें कुछ भी जान लेने की त्वरा होती है।"

"क्षमा करें गुरुदेव! मैंने व्यवधान डाला।"

"कोई बात नहीं वत्स! चपलता तो बालप्रकृति है। मैं यह बतलाने जा रहा था कि नाद के दो प्रकार हैं– एक आहत और दूसरा अनाहत। आहत की चर्चा से पूर्व अनाहत नाद का स्वरूप बतलाता हूँ। अनाहत अर्थात् जो आहत अर्थात् आघातित नहीं है। वत्सवृन्द! हमारी चेतना में, हमारे हृदय में उस परमशिव का निवास है। बिना किसी आघात के जो नाद हमारी चेतना में प्रस्फुटित होता है उसे अनाहत नाद कहते हैं। ऐन्द्रिय विषयों में आसक्त रहनेवाले इस नाद को सुनने में अक्षम होते हैं। वस्तुतः जिसकी इन्द्रियाँ बाह्य जगत् के विषयों में लिप्त होती हैं उसे बस उनकी ध्वनि, उनका रूप, उनकी गन्ध आदि इन्द्रियगोचर होती हैं। हृदयस्थान में स्थित उस परमसत्ता के नाद का साक्षात्कार उसी को होता है जो बाह्य सांसारिक विषयों की ओर उन्मुख इन्द्रियों को उन विषयों से हटाकर उन्हें अन्तर्मुखी बना लेता है। यह नाद, यह दिव्यध्वनि इतनी श्रुतिमधुर होती है कि एक बार उसे सुन लेने के बाद चित्त किसी और विषय की अपेक्षा नहीं करता। अनाहत का श्रोता उस परमतत्त्व के सच्चिदानन्द स्वरूप में में निमग्न हो जाएगा। समाधि की अवस्था में योगियों को यह दिव्य अनुभूति सुलभ है।

आहत नाद नाद का दूसरा प्रकार है। इस ईश्वरीय आनन्दमय नाद के अतिरिक्त शेष सभी नाद आहत नाद हैं।"

"गुरुदेव! संगीतशास्त्र में तो आहत नाद ही श्रुतिगोचर होता है न?"

"हाँ, संगीत ही क्या, हमारे तुम्हारे मध्य जो वाग्व्यवहार होता है उसमें भी आहत नाद की ही भूमिका है। जो भी श्रवणयोग्य ध्वनियाँ हैं उन्हें संगीतशास्त्रीय दृष्टि से श्रुति कहा जाता है। श्रुति ऐसी ध्वनि है जो गीत का अंग बन सकती हो और उच्चारण के समय जिसकी स्पष्ट रूप से अलग पहचान हो। हृदय के भीतर स्थित नाड़ियों में जब वायु का आघात होता है तो ध्वनियाँ उत्पन्न होती हैं। महर्षि पाणिनि का वचन तो सुना ही होगा- आत्मा बुद्ध्या समेत्यार्थान् मनो युङ्क्ते विवक्षया....। संगीत की कर्णप्रिय ध्वनियाँ संगीत के स्वर कहलाती हैं। संगीतशास्त्र की दृष्टि से श्रुति और स्वर में भेद है। श्रुत्यन्तरभावी यः स्निग्धोऽनुरणनात्मकः स्वतो रंजयति श्रोतृचित्तं स स्वर उच्यते। श्रुतियों को लगातार उत्पन्न कराने से स्वर को उत्पत्ति होती है। शब्दों का अनुरणन ही स्वर कहलाता है। स्वर रंजक होते हैं पर श्रुतियों में रंजकता नहीं होती। रंजकता से

युक्त श्रुति ही स्वर है। श्रुतियों के आधार पर संगीत के सात स्वरों की कल्पना की गई है। भरतमुनि नाट्यशास्त्र में इन सात स्वरों का नामग्रहण करते हैं– षड्जश्च ऋषभश्चैव गांधारो मध्यमस्तथा पंचमो धैवतश्चैव सप्तमश्च निषादवान्। इन सात स्वरों के शुद्ध और विकृत भेद होने पर बारह भेद हो जाते हैं।

"पूज्यपाद! ये ग्राम मूर्च्छना जाति राग आदि भी इन्हीं स्वरों में होते हैं?" यशोवर्धन ने जिज्ञासा की।

"वत्स! स्वरों का समूह ग्राम कहलाता है। जिस तरह कुटुम्बी जन एकत्र रहते हैं उसी प्रकार स्वरों का समूह एकत्रित रूप में ग्राम कहलाता है जो मूर्च्छना का आश्रय है। मूर्च्छना का अर्थ यद्यपि समुच्छ्रय या आरोह है पर संगीत के अंतर्गत आरोह अवरोह दोनों का ग्रहण होता है। स्थूलतया तुम यह कह सकते हो कि सात स्वरों का आरोह अवरोह ही मूच्छर्ना है। इसी प्रकार मूर्च्छना के अंतर्गत तान और जाति हुआ करती है। दस लक्षणों से युक्त विशिष्ट स्वर समूह जाति कहलाता है। जातियों से रागों की उत्पत्ति होती है। विशिष्ट स्वर अथवा ध्वनियाँ जिनसे लोकचित्त का रंजन होता है वह राग है। मनोरंजनात्मक होने के कारण ही इन्हें राग की संज्ञा दी गई है।"

"आचार्य! वादनकला भी तो इसी संगीत का अंग है?" एक शिष्य ने प्रश्न किया।

"हाँ वत्स निस्सन्देह! वाद्यकला की भारतीय परम्परा अत्यंत प्राचीन है जिसका वर्णन प्रायः हर युग के संस्कृत साहित्य में मिलता है। इस वाद्यकला का शास्त्रीय विवरण भी भारतीय संगीतशास्त्र में मिलता है। आचार्यों ने वाद्य यंत्रों से उत्पन्न सांगीतिक ध्वनियों के चार रूप बतलाए हैं– नखज, वायुज, चर्मज और लौहज। वीणा, सितार आदि नखज वाद्य हैं। वंशी वायुज वाद्य है। मृदंग, पटह आदि चर्मज वाद्य तथा मंजीर, ताल आदि लौहज वाद्य हैं। इन वाद्यों को भरतमुनि ने क्रमशः तंत्रीवाद्य, सुषिर वाद्य, अवनद्ध वाद्य तथा घन वाद्य का नाम दिया। वीणा की ध्वनिमाधुरी से तुम सब परिचित हो ही। भगवती सरस्वती की वीणा का नाम कच्छपी और नारद की वीणा का नाम महती है। याज्ञवल्क्यस्मृति कहती है कि वीणावादन से बिना प्रयास ही मोक्ष प्राप्त हो जाता है– वीणावादनतत्त्वज्ञः श्रुतिजातिविशारदः तालज्ञश्चाप्रयासेन मोक्षमार्गं च गच्छति। हमारे कवि बड़े तालविशारद रहे हैं। कालिदास ने तो हंसों के मधुर स्वर में भी नूपूर की झंकृति सुनाई है –सोन्मादहंसरवनूपुरनादरम्या...। कटि पर बाँधी जानेवाली रशना की श्रुतिसुमधुर ध्वनि से मेघदूत झंकृत है। संगीतशास्त्र का क्षेत्र बहुत व्यापक है। आज इतना ही। पुनः इस विषय पर विचार करेंगे। अब संगीत

की इतनी चर्चा की है तो नादब्रह्म का साक्षात्कार भी कर लिया जाए।"

कहकर अभिनव ने अपनी वीणा गोद में उठा ली और तारों पर भगवान् भैरव का प्रिय राग भैरवी छेड़ दिया। मन्त्रमुग्ध शिष्यगण अपने गुरु की स्वरसाधना की लहरियों में जैसे खो गए। राग भैरवी में भैरव की आराधना के स्वर गूँज उठे– 'चिन्मयमेकमनन्तमनादिं भैरवनाथमनाथशरण्यम्.....।' स्वयं अभिनव जैसे समाधिस्थ हो गए। घंटे भर बाद अभिनव की समाधि भंग हुई। अभिव्यंजना में बैठे शिष्य अपने गुरु के इस स्वरूप से पहली बार परिचित हुए। वीणा के तार थमे तो शिष्यमण्डली निर्वाक् अपने गुरु को देखते थे। आचार्य ने उनसे कहा–

"वत्सवृन्द! तुम सब मौन हो गए?"

"गुरुदेव! हम तो आत्मविस्मृत हो गए। आपकी इस दिव्य स्वरसाधना ने हमारी आत्मा पर अधिकार कर लिया।" यशोवर्धन ने कहा।

"आचार्य! आपने संगीत के स्वरों से ब्रह्मसाक्षात्कार के पारावार में निमग्न कर दिया। हम तो अपनी सुधि ही खो बैठे। स्वरों का अनुरणन अब भी हमारी आत्मा को झंकृत कर रहा है।"

"वत्स! यही रस है। यही ब्रह्म है– रसो वै सः। संगीत हो, साहित्य हो या कि ज्ञान, विज्ञान, कला का कोई भी स्वरूप हो जिसमें आत्मसाक्षात्कार हो जाए वही ब्रह्म, है वही शिव है। कल पुनः किसी और माध्यम से ब्रह्म की अनुभूति करेंगे। आज यहीं सभा विसर्जित हो।"

कहकर अभिनव उठ खड़े हुए। 'श्रीगुरुचरणेभ्यो नमो नमः' की ध्वनि के साथ सभी शिष्यों ने अपने आचार्य को प्रणाम किया और अभिव्यंजना से बाहर निकल गए।

(28)

संध्या का समय निकट है। वितस्ता की कलकल जैसे किसी प्रवीण वीणावादक की अंगुलियों की थिरकन से ध्वनित संगीत का कोई अनसुना राग छेड़ रही हैं। दूर क्षितिज पर शैलराज के हिमाच्छादित शिखर पर सूर्य की किरणें हिमालय का सुवर्णमय किरीट रच रहीं हैं। चिनार और देवदार के पत्तों से छनकर आती धूप अब हल्की केसरिया आभा में बदलने लगी थी। वितस्ता के तीर पर स्थित अभिव्यंजना का यह परिसर अभिनव का निवास भी है और आश्रम भी, जहाँ उनके शिष्य और भारतवर्ष के अन्य भागों से दूसरे जिज्ञासु जन प्रतिदिन उनसे ज्ञान की अभिलाषा लिए पहुँचते हैं। आश्रम का प्रांगण न केवल तन्त्र और दर्शन के उपदेश का बल्कि संगीत, नृत्य और नाट्यकला का भी मूक साक्षी है। आस-पास सुगन्धित पुष्पों की क्यारियों को छूकर बहनेवाली हवा वातावरण में स्वर्गिक सुरभि का संचार कर रही है। अभिव्यंजना के पास की यज्ञशाला से आती मन्त्रोच्चार की ध्वनि जैसे कानों में अमृत घोल रही होती है। अपनी इस आवास-वाटिका में अभिव्यंजना के द्वार पर अभिनवगुप्त शान्त और एकाग्रचित्त बैठे हैं। जब वे उपदेश करते हैं तो उनकी वाणी से शिवत्व का माधुर्य छलकता है, और शिष्यगण तन्मय होकर सुनते हैं। आवश्यकतानुसार उनके प्रवचनों को भोजपत्रों पर लिपिबद्ध भी करते हैं। अध्ययनशाला की प्रकृति भी एक सजीव साक्षी है जो मंद-मंद बहती वायु के संस्पर्श से सरसराती पत्तियों की ध्वनि से अपनी उपस्थिति प्रकट कर रही होती है। यह अभिव्यंजना मात्र एक अध्ययनशाला नहीं वरन् एक तीर्थ है जहाँ शब्द और अर्थ की दिव्यता एक साथ साकार होती है। अभिनवगुप्त की वाणी जैसे प्रतिदिन उनके शिष्यों के अन्तःकरण में तत्वज्ञान का निर्मल आलोक भर देती है। अभिव्यंजना की दीवारों पर शैव प्रतीकों के साथ-साथ लगे दीपाधारों पर रखे दीपों में ब्रह्मचारी तेल डाल रहे थे ताकि सूर्यास्त के पश्चात् उन्हें प्रकाशित करने में विघ्न न हो।

आचार्य अभिनवगुप्त अपने आसन पर एक अचल पर्वत की भाँति विराजमान थे। उनका मुखमंडल सौम्यता और गंभीरता का विलक्षण संगम था। लंबे, सुगठित कंधों पर धवल उत्तरीय लहराता था, उनकी जटाएँ हल्की धूप में किसी सुवर्ण-रेखा की तरह चमक रहीं थीं, और आयत ललाट पर लगे भस्म की रेखा जैसे उनके गहन शैव-साधना का रहस्यमय लेख हो। उनकी दृष्टि में तत्त्वचिंतन की जो व्यापकता थी, वह गगन के अगम्य विस्तार समान के समान अनंत थी।

शिष्य-मंडली भूमि पर सुशोभित आसनों पर विराजमान थी। क्षेमेन्द्र, जिसके मुख पर शान्ति जिज्ञासा और गम्भीरता थी, अपनी तर्जनी अधरों पर रखे गहरी विचार-मग्न मुद्रा में बैठा था। श्रीभट्ट का हृदय इस पावन ज्ञान-गंगा में अवगाहन को व्याकुल था। उसकी आँखें तीव्र जिज्ञासा से चमक रही थीं। संशयों के जाल से बाहर आने को आतुर यशोवर्धन और मन्द्र के नेत्रों में एक अद्‌भुत श्रद्धा झलक रही थी वे दोनों अपनी दृष्टि को आचार्य के श्रीमुख से एक पल को भी हटने नहीं दे रहे थे।

अभिनव ने श्रीभट्ट को लक्ष्य कर कहा–

"वत्स! आज की चर्चा का विषय क्या है?"

"भगवन्! शैव दर्शन में मोक्ष का क्या स्वरूप है इस पर आज आपके श्रीमुख से सुनने को हम उत्सुक हैं। शैव दर्शन में जिस मोक्ष की बात की जाती है, उसकी वास्तविक प्रकृति क्या है? उसका स्वरूप क्या है? क्या वह केवल बंधनों से मुक्ति है, या उससे परे भी कोई और गहन सत्य है?"

अभिनवगुप्त का स्वर जैसे मंदिर में गूँजती शंखध्वनि की भाँति गुंजायमान हुआ–

"श्रीभट्ट! तुम्हारा प्रश्न तुम्हारे जिज्ञासु मन और प्रबुद्ध चेतना का संकेत है। स्मरण रखो, शैवदर्शन में मोक्ष केवल बंधनों से मुक्त होने की अवस्था नहीं है। यह तो अपनी वास्तविक प्रकृति को जानने की परिपूर्ण अनुभूति है। यह वह स्थिति है, जहाँ आत्मा और परमात्मा के बीच का भेद विलीन हो जाता है। यह हमारी चेतना की उस अवस्था को प्रकट करता है, जहाँ हम अपने वास्तविक स्वरूप, परमतत्त्व शिव से अभिन्न हो जाते हैं।"

"गुरुवर! किंतु क्या यह अभिन्नता आत्मा और परमात्मा के विलय को दर्शाती है?" मन्द्र ने प्रश्न किया।

"नहीं वत्स! यह विलय नहीं प्रत्यभिज्ञान है, अपने शिवत्व की पहचान है। शिव ही समस्त सृष्टि के मूल हैं, वही आत्मा हैं, वही परमात्मा हैं। जब जीव अपनी सीमितता, कर्म और माया के बंधनों को त्यागकर अपनी स्वातंत्र्यशक्ति

को अनुभव करता है, तब वह जानता है कि वह स्वयं शिव है। अपनी शिवस्वरूपता की अनुभूति ही मोक्ष है। शैववाद में शिव को केवल एक देवता नहीं, अपितु पूर्ण चैतन्य, पराशक्ति का स्वभाव माना गया है। जब जीव इस सत्य को आत्मसात् कर लेता है कि उसकी चेतना और शिवस्वरूप चेतना में कोई अंतर नहीं है, तब वह शिवोऽहम् की दिव्य अनुभूति करता है।"

"किन्तु गुरुदेव! यदि जीव स्वयं शिव है, तो यह बंधन और अज्ञान उत्पन्न क्यों होते हैं?" मन्द्र ने पूछा।

अभिनवगुप्त का मुख मंदस्मित से खिला। उन्होंने अपनी दृष्टि मन्द्र पर टिकाई, और उनकी उँगलियाँ धीरे-धीरे अपनी जटा को स्पर्श करने लगीं, मानो कोई गूढ़ रहस्य अपने भीतर टटोले रहे हों। क्षण भर मौन रहे फिर गंभीर वाणी में बोले -

"वत्स! यह प्रश्न अत्यंत गूढ़ है। शैवाद्वैतवाद में इसे आणव मल, मायीय मल और कार्म मल के रूप में समझाया गया है। ये बंधन किसी बाहरी सत्ता द्वारा थोपे नहीं गए हैं। ये शिव की ही लीला के अंश हैं। शिव, जो पराशक्ति का पूर्ण स्वरूप है, अपने ही स्वभाव में एक विलास करता है, जिसे 'स्वातंत्र्य' कहा गया। यह स्वातंत्र्य ही उसकी शक्ति है, जिससे वह सीमितता का अनुभव करता है, अज्ञान को स्वीकार करता है और फिर उसी अज्ञान से मुक्ति पाने की इच्छा करता है।"

"तो क्या यह बंधन भी शिव की इच्छा है?" आश्चर्य का भाव लिए श्रीभट्ट ने पूछा।

"हाँ, यह बंधन और मुक्ति, दोनों शिव की ही इच्छा के भिन्न-भिन्न रूप हैं। शैवदर्शन में बंधन को भी शिव की लीला समझा जाता है। शिव की शक्ति–'विमर्श शक्ति' ही जब स्वयं को सीमित रूप में देखती है, तो जीवत्व की अवस्था उत्पन्न होती है। और जब वही शक्ति अपने पूर्ण स्वरूप को पहचानती है, तो मोक्ष की अनुभूति होती है।"

"गुरुवर! तो क्या मोक्ष कोई अंतिम अवस्था है, जहाँ पहुँचकर सब कुछ स्थिर हो जाता है?

"नहीं, वत्स! मोक्ष किसी स्थिर स्थिति का नाम नहीं है; यह तो चैतन्य का अनवरत स्पंदन है। जब तुम अपने भीतर शिव की 'स्पंदन शक्ति' को अनुभव करने लगते हो, तब तुम जान जाते हो कि हर क्षण में नव्यता है, हर अनुभव में पूर्णता है। इस अवस्था में कोई ठहराव नहीं, केवल अनंत विस्तार है।"

आचार्य की बातें सुनकर आनंद से पुलकित श्रीभट्ट बोला–

"भगवन्! कितना अद्भुत है यह ज्ञान! मोक्ष कुछ और नहीं, बल्कि यह तो हमारी अपनी चेतना की परिपूर्णता है। आज मुझे प्रतीत हो रहा है कि यह मोक्ष कहीं बाहर नहीं, बल्कि मेरे भीतर ही विद्यमान है। केवल अज्ञान के आवरण ने इसे ढक रखा है।"

"सत्य कहते हो श्रीभट्ट! जो इसे समझ लेता है, वह सदा के लिए मुक्त हो जाता है। उसके लिए न जन्म है, न मृत्यु; केवल अनंत चैतन्य का उल्लास है। जब यह आवरण हटता है, तो तुम्हें ज्ञात होता है कि तुम सदैव मुक्त थे, सदैव शिवस्वरूप थे। बस, तुम्हें इसे पहचानने की देरी थी। यही मोक्ष है– अपनी अनंतता और पूर्णता का साक्षात्कार।"

दूर क्षितिज पर अब कुछ मन्द हो चली सूर्य की किरणें हिमालय की चोटियों से अपना आलोक समेट रही हैं। श्रीभट्ट के मन में अब कोई संशय नहीं है, केवल शांति और आनंद की तरंगें हैं। वह अपने आचार्य के चरणों में झुका है। अभिव्यंजना के प्रांगण में दीपाधारों में रखे दीपक जगमगा उठे हैं और श्रीभट्ट के चित्त का अन्धकार भी दूर हो गया है।

(29)

वैशाख मास का शुक्लपक्ष था। वृक्षों पर हरियाली थी। दूर स्थित गिरिशिखरों पर अब भी रौप्यमय तुषारमुकुट सुशोभित थे। शीत का प्रभाव केवल प्रातः सायं था, दिन में शैत्य बिलकुल नहीं होता। आज अभिव्यंजना के शिष्यों का एक समूह बड़ा उत्कंठित था। आचार्य शारदापीठ की यात्रा पर जानेवाले थे। उन्होंने लगभग बीस-एक शिष्यों को उस यात्रा के लिए चुना था। प्रवरपुर से शारदापीठ की यात्रा लगभग तीन से चार दिनों की थी। लगभग सत्तर बहत्तर कोस की दूरी पैदल तय करनी थी। प्रातःकालीन सूर्य की लालिमा से आकाश अरुणाभ हो गया था। श्रीभट्ट, यशोवर्धन, क्षेमेन्द्र, मन्द्र, पद्मगुप्त, सुबन्धु आदि सभी शिष्य प्रातःकालीन संध्यावन्दन संपन्न कर यात्रा के लिए सन्नद्ध थे। अभिव्यंजना के परिसर में खड़े वे सब आचार्य अभिनवगुप्त की प्रतीक्षा में थे। सभी के कंधे पर एक-एक गठरी लटक रही थी जिसमें कुछ पाथेय, वस्त्र और दैनिक कर्म के लिए कुछ आवश्यक सामग्रियाँ थीं। सभी ने हाथ में एक-एक दण्ड पकड़ रखा था जो पर्वतीय यात्रा के मार्ग में सहायक सिद्ध होता है। गले में रुद्राक्ष और ललाट पर भस्म धारण किए धौतवस्त्रधारी ब्रह्मचारिवृन्द की तेजस्विता किसी का भी चित्त आकर्षित करती थी। अभिव्यंजना के अन्य शिष्य उन्हें विदा करने को द्वार पर खड़े थे। श्रीभट्ट ने यशोवर्धन से कहा–

"यशोवर्धन! सुना है शारदादेवी का वह स्थान बड़ा ही दिव्य रहा है जहाँ बड़े-बड़े सिद्धविद्य आचार्य हैं। उस दिव्यभूमि के दर्शन का विचार भी मुझे रोमांचित कर देता है, साक्षात् दर्शन से न जाने कैसी अनुभूति होती होगी?" श्रीभट्ट बोला।

"भट्ट! मैंने भी सुना ही है। अब तो प्रत्यक्षतः देख ही लेंगे। जैसे-जैसे समय निकट आ रहा है मेरी उत्कंठा तीव्रतर होती जा रही है।" यशोवर्धन ने कहा।

"हाँ, मुझे तो इस यात्रा की प्रतीक्षा बहुत दिनों से थी।" कहते हुए सुबन्धु

उनके वार्तालाप में सम्मिलित हुआ।

शिष्यगण वार्तालाप में मग्न थे तभी उन्हें चिर-परिचित पदचाप सुनाई पड़ी। उन्होंने देखा कि आचार्य अपने आवास से निकलकर उन्हीं की ओर चले आ रहे हैं। अभिनवगुप्त अपनी उस शिष्यमण्डली के मध्य आकर खड़े हुए तो सभी शिष्यों ने समवेत स्वर से 'आचार्यचरणेभ्यो नमः' के विनम्र उद्घोष के साथ दण्डवत् किया। 'स्वस्ति वो भूयात्' का आशीर्वचन कहकर आचार्य ने उनसे पूछा–

"शारदातीर्थ के सभी यात्री यात्रा के लिए मनोवाक्कायेन सन्नद्ध हैं?"

"जी आचार्य!" सभी का समवेत स्वर था।

"भगवती शारदा के तीर्थ की आकांक्षा है तुम सभी को?" आचार्य ने प्रश्न किया।

"सभी के चित्त में दर्शन की उत्कट अभिलाषा है गुरुदेव!" श्रीभट्ट बोला।

"मेरी उत्सुकता तो रोके नहीं रुक रही है आचार्य!" सुबन्धु ने कहा।

"ऐसी दिव्य ज्ञानभूमि की महिमा केवल कानों सुनी है गुरुदेव! उसे प्रत्यक्षतः देखकर हम अपने जीवन को धन्य बना लेना चाहते हैं।" यशोवर्धन ने कहा।

"सत्य कहते हो वत्स! शारदाभूमि की महिमा अपार है। मैंने तुम सबसे इसलिए पूछा क्योंकि मार्ग थोड़ा विकट है। यदि यात्रा निर्विघ्न रही तो तीन या चार दिनों में हम पहुँच सकते हैं, अन्यथा और भी समय लग सकता है। मार्ग में पड़ने वाले अग्रहारों में भोजन और आश्रय मिल जाएगा किन्तु यदि मार्गावरोध के कारण निर्जन वन या पर्वतों उपत्यकाओं के मध्य कालक्षेप करना पड़ा तो निरशन भी रहना पड़ सकता है। इसलिए शरीर के साथ-साथ मन की दृढ़ता भी आवश्यक है। धैर्य के बिना ऐसी यात्राएँ सम्भव नहीं हो पातीं। भगवती शारदा की दिव्य भूमि अपने दर्शन के लिए कठोर परीक्षा लेती है। वत्सवृन्द! यदि किसी को अपनी क्षमता पर सन्देह है, मन में द्विविधा है तो वह अब भी अपनी यात्रा स्थगित कर सकता है।"

"नहीं आचार्य!" सभी यात्री शिष्यों का समवेत स्वर गूँजा।

"नहीं आचार्य! हम सबने बहुत सोच-विचार कर इस यात्रा का वज्रसंकल्प लिया है। 'विघ्नैः पुनः पुनरपि प्रतिहन्यमानाः चोत्तमजनाः न परित्यजन्ति' का पाठ आप ही ने तो सिखाया है गुरुदेव! जीवन में बिना संघर्ष और परिश्रम के कोई अमूल्य वस्तु मिलती भी कहाँ है? हम सभी यात्रा के लिए कृतसंकल्प हैं।" श्रीभट्ट ने कहा।

यात्रा प्रारंभ हुई। शिष्यमण्डली दो भागों में विभक्त हो गई। शिष्यों का एक दल आगे और एक पीछे चला। उन दोनों समूहों के मध्य आचार्य चल रहे थे।

प्रवरपुर से वितस्ता के तीरे-तीरे चलते हुए यात्री प्रवरपुर की नगरीय सीमा पर आ चुके थे। महापद्मसर निकट आ गया था। उसके तट पर चिनार, अक्षोट, सागौन, शीशम, चीड़ आदि वृक्षों का साम्राज्य फैलाए अनेक उपवन विविध वर्णों गंधों वाले वैशाखी पुष्पों के व्याज से मुस्कुरा रहे थे। महापद्मसर के पीछे हरमुख की तुषारमुख गिरिमाला जैसे अट्टहास करते भगवान् शंकर धवलदन्तपंक्तियाँ हों। सैकड़ों प्रकार के वन्य-पुष्पों और केसर की सुगन्धि से व्याप्त यह प्रदेश सुगन्धिपुर कहलाता तो अनुचित न होता। अभी समतल भूमि पर चलते हुए अधिक श्रम नहीं करना पड़ रहा था अतः शिष्यगण आचार्य से शारदापीठ का माहात्म्य सुनते चले जा रहे थे। यशोवर्धन ने बातचीत आरम्भ की-

"पूज्यपाद! आपकी कृपा से हमें शारदातीर्थ के दर्शन तो होंगे ही किन्तु उसकी महत्ता के विषय में हम सभी आपके श्रीमुख से सुनने को उत्कंठित हैं। यदि चलते हुए आपको बोलने में कठिनाई न हो तो कृपा करें गुरुदेव!"

"कोई कठिनाई नहीं है यशोवर्धन! चलते हुए बात करने में ऊर्जा तो व्यय होती है किन्तु सहयात्रियों से वार्ता के कारण समय का अनुमान नहीं होता अतः चित्त परिश्रान्त नहीं होता। अकेले यात्रा करनेवाले यात्री को अध्वखेद अधिक होता है। सम भूमि पर चलते हुए अभी हम सब बातचीत कर सकते हैं। कदाचित् मार्ग उच्चावच होता तो कठिनाई होती। पर्वतीय भूमि पर आरोहण करते हुए श्वास-प्रश्वास तीव्र हो जाता है अतः चलना और बोलना दोनों नहीं हो पाते। यशोवर्धन! तुमने अच्छा प्रसंग रखा। मैं भी तुमलोगों को उस दिव्य तीर्थ का वृत्तान्त सुनाना चाह रहा था। महर्षि मतंग के स्वनामधन्य पुत्र महर्षि शाण्डिल्य का नाम तो तुम सबने सुना ही है!"

"जी आचार्य!" सभी शिष्यों का समवेत स्वर उभरा।

"आचार्य! जो शाण्डिल्यभक्तिसूत्र के रचयिता हैं, वही शाण्डिल्य न?"

"हाँ, हाँ तुमने बिलकुल ठीक समझा। महर्षि शाण्डिल्य के चित्त में सदैव ज्ञान की उत्कट तृषा रहती थी। उन्होंने भगवती शारदा के दर्शन के लिए तप और साधना आरम्भ की। सुदीर्घ साधना के उपरान्त उन्हें एक दिन स्वप्न में दैवी संकेत मिला कि वे शारदावन की यात्रा करें। भगवती शारदा त्रिशक्ति की अभिव्यक्ति हैं– शारदा, नारदा अर्थात् सरस्वती और वाणी के रूप में वाग्देवी। ऋग्वेद में भी देवितमे नदीतमे अम्बितमे' कहकर उनके त्रिविध रूप की आराधना की गई है।"

"गुरुदेव! तो क्या सरस्वती नदी और विद्या की देवी सरस्वती एक ही हैं?" क्षेमेन्द्र ने बीच में ही प्रश्न कर दिया।

"हाँ वत्स! तुम ऐसा ही समझ सकते हो। सरस्वती भगवान् विष्णु के आदेश से इस धरा पर नदीरूप में अवतरित हुईं। जैसे जल में प्रवाह बना रहता है उसी प्रकार ज्ञान भी प्रवाहमय होता है। रुका हुआ जल मलिन हो जाता है, उसमें दुर्गन्ध आ जाती है। ज्ञान भी सतत प्रवाहित न होता रहे तो उसमें मलिनता आ जाती है, उसका क्षय होने कगता है। सरस् शब्द जल और वाणी दोनों का वाचक है। इसलिए वाणी की अधिष्ठात्री सरस्वती कहलाईं।"

"तो महर्षि के शारदावन की यात्रा में फिर क्या हुआ गुरुदेव?" उत्सुक सुबन्धु का प्रश्न था।

"हाँ, तो महर्षि स्वप्न के उस दैवी संकेत के निर्देशानुसार इसी क्षेत्र से शारदावन की ओर जा रहे थे। मार्ग में एक स्थान पर भगवती शारदा ने उन्हें साक्षात् दर्शन दिए और कहा– 'मैं तुम्हारी भक्ति से प्रसन्न हूँ। शारदावन की गिरिमालाओं के मध्य तुम्हें एक दिव्य और मनोरम स्थान मिलेगा तुम वहाँ पहुँचकर मुझे स्मरण करना। वहीं तुम्हें मेरा अक्षय आशीष प्राप्त होगा।' कहकर देवी अंतर्धान हो गईं। भगवती के दर्शन से शाण्डिल्य का चित्त विगलित हो उठा और व्यग्रता तीव्रतर उठी। उन्हें बस इतना ही ध्यान था कि किस प्रकार देवी के निर्दिष्ट स्थल पर वे पहुँचें और पुनः उनका दर्शन शीघ्र मिल सके। कृष्णगंगा के तीरे-तीरे महर्षि चले जाते थे। कृष्णगंगा के नीलाभ जल के तल में सुवर्णाभ सिकताराशि बिछी थी। वस्तुतः कृष्णगंगा के सिकताकणों में स्वर्णकण मिश्रित हैं। कहते हैं कि ऋषिवर ने कृष्णगंगा में स्नान किया तो उनकी देह सोने के सदृश देदीप्यमान हो उठी।"

"गुरुदेव कृष्णगंगा की ओर जानेवाला एक मार्ग इसीलिए स्वर्णमार्ग* कहलाता है?" श्रीभट्ट ने पूछा।

"हाँ, उस मार्ग में फैले नदी के सुवर्णाभ सिकताकणों के कारण ही यह नामकरण हुआ है। तो कृष्णगंगा के तट पर चलते हुए महर्षि की क्षुधा पिपासा तो जैसे लुप्त हो गई। अब उन्हें एक ही क्षुधा-पिपासा थी– भगवती के दर्शनों की। उनका एकमात्र लक्ष्य था– शारदावन। दो दिनों तक अहर्निश चलते हुए भी उन्हें किसी प्रकार की शारीरिक या मानसिक श्रान्ति नहीं हुई। इस दुर्गम घोर वन-प्रान्तर में रात्रि को हिंस्र पशुओं का भय होता है किन्तु रात्रि के अन्धकार या हिंस्र पशुओं का भय भी महर्षि का मार्ग अवरुद्ध न कर सका। वे इन भौतिक भयों से ऊपर उठ चुके थे। तिमिराच्छन्न रात्रि में भी किसी प्रकार मार्ग ढूँढ़ते हुए 'नमः शारदायै' का अखण्ड जाप करते हुए वे आगे बढ़ते रहे। एक

---

*सोनमर्ग

दिन प्रातः उन्होंने स्वयं को एक ऐसी श्यामल धरा पर खड़ा पाया जिसके पार्श्व में दो नदियों का संगम था। नील निर्मल धार लिए कृष्णगंगा और दुग्धधवल धारा वाली मधुमती दो सखियों के सदृश कंठोपकंठ मिल रही थीं। महर्षि ने दूर-दूर तक दृष्टि दौड़ाई तो देखा कि सूर्य की किरणों से स्वर्णाभ बने तुषारकिरीट धारण किए गिरिमालाएँ उस स्वर्गिक प्रदेश की सुरक्षा के लिए प्रहरी-सी खड़ी हैं। निसर्ग की इस स्वर्गिक छवि में शाण्डिल्य इस प्रकार निमग्न हुए कि जैसे उन्हें आत्मविस्मृति हो आई। बहुत समय तक वे इस दैवी दृश्य को निर्निमेष निहारते रहे। कुछ समय पश्चात् वे समझ गए कि भगवती का वांछित स्थल यही है। यही शारदावन उनका लक्ष्य है। वे संगमस्थल पर पहुँचे जो शिरःशिला कहलाता है। कृष्णगंगा और मधुमती के उस पावन स्थल पर उन्होंने स्नान किया। स्नान कर जैसे ही वे नदी से बाहर निकले तो उन्हें दैवी संकेत हुआ कि वे उसी संगमस्थल पर अपने पितरों का श्राद्ध- तर्पण करें। महर्षि ने जैसे ही अपनी अंजलि में जल लेकर आचमन किया तो उन्हें प्रतीत हुआ कि यह जल तो मधुसदृश है, और विगलितचित्त महर्षि ने तत्क्षण यह ऋचा उचारी– 'ॐ मधु वाता ऋतायते मधु क्षरन्ति सिन्धवः......ॐ मधु ॐ मधु ॐ मधु।" इतना कहकर अभिनव मौन हो गए। अब मार्ग तनिक चढ़ाई-भरा था इसलिए चलते-चलते बात कर पाना कठिन हो रहा था। शारदापीठ की ऐसी आकर्षक गाथा में आसक्त सभी शिष्यों को सम्पूर्ण कथा सुनने की तीव्र उत्कंठा थी।

"तो आचार्य! महर्षि को देवी के दर्शन हुए?"

"हाँ, हाँ।" कहकर अभिनव एक स्थान पर ठहर गए और बोले–

"यशोवर्धन! मैं देखता हूँ कि किसी भी विषय को जान लेने के लिए तुझमें अत्यधिक त्वरा होती है।"

"क्षमा करें गुरुदेव मैं कुछ अधिक चपलता प्रदर्शित कर देता हूँ। वैसे उत्कंठा और त्वरा तो इन सभी को है किन्तु ये मौन रहते हैं और मैं मुखर हो जाता हूँ।"

"मैं इसे तुम्हारे दोष के रूप में नहीं देखता वत्स! गुरुजनों के समक्ष जिज्ञासा रखना अत्यंत प्रशंसनीय है। अपनी जिज्ञासाओं का शमन करोगे तभी तो अपने शिष्यों को संतुष्ट कर सकोगे। आओ इस वृक्ष के निकट इस समतल भूमि पर सभी लोग कुछ विश्राम भी कर लें और भगवती की कथा भी सुन लें।"

यशोवर्धन ने अपनी गठरी में से एक कम्बल का आसन निकालकर आचार्य के लिए लगा दिया। सारी मण्डली आचार्य को घेरकर बैठ गई।

"तो महर्षि शाण्डिल्य भगवती शारदा के स्तवन में इस प्रकार निमग्न थे जैसे स्वयं को उनमें एकाकार कर लेना चाहते हों। एक दिन शारदा उनके समक्ष प्रकट हुईं। महर्षि उनके दर्शनों से भावविभोर हो उठे। चरणों में विनत होकर बोले– 'भगवति! अहोभाग्य मेरा! इस अकिंचन किंकर को शरण दें मातः!' भगवती बोलीं– 'इस भूमि पर ज्ञान का केंद्र स्थापित करो और तिमिराच्छन्न जनमानस को आलोकित करो।' कहकर शारदा अंतर्हित हो गईं। भगवती की आज्ञा पाकर महर्षि ने उनके प्राकट्यस्थल पर एक दारुमयी प्रतिमा स्थापित की और उसे एक छोटे से मंदिर का स्वरूप दे दिया। महर्षि शाण्डिल्य अब उसी शारदातीर्थ के होकर रह गए। वहीं अपनी कुटिया बना ली। प्रतिदिन भगवती शारदा की आराधना करते और वहाँ आनेजाने वाले भक्तों को ज्ञान की बातें बताते। शीघ्र ही निकट के अग्रहारों में यह बात फैल गई कि संगमस्थल के निकट शारदा भगवती प्रकट हुईं हैं और उनका मंदिर वहाँ स्थापित हुआ है। अब प्रतिदिन वहाँ दर्शन के लिए जनसम्मर्द उमड़ने लगा। सभी भक्त महर्षि शाण्डिल्य को सुनकर अत्यन्त प्रसन्न होते। ऐसा लगता जैसे उन्हें जीवन की समस्याओं का समाधान मिल गया है। दिवस व्यतीत होते गए और ज्ञान के पिपासुओं की संख्या भी बढ़ती गई। ज्ञानसरिता बह चली। महर्षि ने इस दिव्य स्थल को शारदापीठ का नाम दे दिया। महाराज ललितादित्य राजा बने तो उन्होंने इस ज्ञानपीठ का विस्तार किया। एक दिव्य भव्य मंदिर का निर्माण करवाया और उसमें भगवती की पाषाणप्रतिमा स्थापित करवाई। अब शारदापीठ ज्ञान के एक बड़े केंद्र के रूप में विख्यात हो चला था। दूर-दूर से ज्ञानार्थी यहाँ विद्या ग्रहण करने आते।"

"पूज्यपाद! इस विद्यापीठ में तो फिर अनेक आचार्य भी रहे होंगे?" श्रीभट्ट ने प्रश्न किया।

"निस्सन्देह वत्स! शारदापीठ अनेक विख्यात आचार्यों की साधनास्थली रही है। आचार्य भामह, आचार्य आनंदवर्धन, आचार्य वामन, आचार्य रुद्रट, आचार्य उद्भट; किस-किस का नाम लूँ! अनेकानेक विश्वविश्रुत आचार्यों की साधनाभूमि रही है शारदापीठ। आचार्य आनंदवर्धन के ध्वन्यालोक से परिचित तो हो ही? मैंने तुम सबको ध्वन्यालोक पढ़ाया है।"

"जी हाँ आचार्य! ध्वन्यालोक स्वयं ही अद्भुत ग्रन्थ है और उस पर आपका प्रवचन जब ग्रन्थ की ग्रंथियाँ सुलझाता चलता है तो ब्रह्मानन्द की-सी अनुभूति होती है। हमने ध्वन्यालोक पर आपके प्रवचनों को शब्दशः लिपिबद्ध कर रखा है पूज्यपाद! उससे आचार्य आनंदवर्धन को समझने की दृष्टि मिलती

है। बिना आपके उस भाष्य के कोई भी आचार्य आनंदवर्धन के अभिप्राय के तल तक नहीं पहुँच सकता। ध्वन्यालोक के प्रेमीजनों के लिए हम आपके उस भाष्य की प्रतिलिपियाँ बनाएँगे। भारतीय साहित्यसाधना के मार्ग की एक महत्त्वपूर्ण क्रोशशिला है वह।" क्षेमेन्द्र ने कहा।

"क्षेम! यदि मेरे प्रवचनों से ध्वन्यालोक के अध्ययन का मार्ग सुगम होता है तो मुझे प्रसन्नता है कि तुम सबने इसे लिपिबद्ध कर सुरक्षित रखा है।"

"क्यों नहीं गुरुदेव! आपका यह भाष्यवचन ध्वन्यालोक के लिए लोचनसदृश है।" श्रीभट्ट बोला।

"लो तुमने तो नामकरण भी कर दिया। ध्वन्यालोक के इस भाष्य को लोचन ही नाम देना।"

"जी आचार्य!" यशोवर्धन ने कहा।

"अभी एक प्रहर दिन शेष है। हमें आगे बढ़ना चाहिए।"

कहकर अपना दण्ड हाथ में लिए अभिनव उठ खड़े हुए। आचार्य को उद्यत देख सभी शिष्य भी उठ गए। अब मार्ग दुर्गम हो चला था, किन्तु दुर्गमता के साथ प्रकृति का सौन्दर्य द्विगुणित हो गया था। सबकी गति धीमी हो गई थी। इधर सूर्यदेव भी अपना स्वर्णिम साम्राज्य समेट रहे थे। धूप अब पर्वत शिखरों पर ही दृश्यमान थी। वातावरण की ऊष्मा अब नगण्य हो गई थी। वितस्ता की कलकल अब स्पष्ट सुनी जा सकती थी। वराहमूल* अग्रहार निकट आ गया था। आचार्य के निर्देशानुसार आज का रात्रिविश्राम वराहमूल में ही था। वराहमूल में नदी के तट पर आश्रम था। आश्रम के निवासियों ने गुरु शिष्य मण्डली का स्वागत किया। उनके अशन-शयन का भी यथोचित प्रबन्ध किया। प्रातःकाल पुनः नित्यकृत्यों से निवृत्त होकर सभी शिष्य आचार्य के साथ अपने गन्तव्य की ओर बढ़ गए।

---

*बारामूला

(30)

आज से यात्रा कठिन हो गई थी। वितस्ता के साथ-साथ दुर्गम पर्वतीय मार्ग पर चलते हुए मार्ग में अगला पड़ाव मिला सूयपुर*। वहाँ से आगे बढ़ने पर एक मनोरम जलप्रपात मिला। ऊँचे पर्वत शिखर से निर्मल नीली जलधारा जब शिलाखंडों पर गिरती तो ऐसा दृश्य उभरता मानो उस पाषाणखण्ड के गर्भ से क्षण-क्षण में सहस्रों नीलाभ स्फुलिंग फूट रहे हों। वही जलधारा आगे वितस्ता से एकाकार हो दुग्धधवल बन जाती। इस स्वर्गिक दृश्य को देख सभी शिष्य मन्त्र-मुग्ध से खड़े हो गए।

"अहा अद्भुत! मैंने तो प्रकृति की ऐसी लीला कभी नहीं देखी है।" पद्मगुप्त के मुँह से निकला।

"मैं तो इसे नीलमणि की उपत्यका का नाम दूँगा। शब्द नहीं हैं मेरे पास इस सौन्दर्य के वर्णन के लिए।" सुबन्धु बोला। आचार्य ने अपने शिष्यों को मन्त्रमुग्ध देखा तो कहा–

"वत्सवृन्द! इस सृष्टि का स्रष्टा सौन्दर्य की रंग रेखाओं का चुनाव इस प्रकार करता है कि उसका कोई सादृश्य मिलता ही नहीं। प्रकृति के चित्रपट पर उसकी तूलिका जब नृत्य करती है तो ऐसी-ऐसी ही मनोहारी छवियाँ प्रकट होती हैं, जो आने-जाने वालों के पाँवों को अपनी सौन्दर्य-शृंखला से बाँध लेती हैं। और फिर सहृदय का चित्त यहीं ठहर जाता है, निसर्गसुन्दरी के इस लावण्य को अपने नयनों में भर लेने के लिए।"

"पूज्यपाद! कालिदास ने मेघ की मन्द्र ध्वनि को श्रोत्रपेय कहा है, मुझे उनकी शब्दावली याद आई तो इस दृश्य को देख मेरे मन में एक शब्द आया–चक्षुष्पेय।" श्रीभट्ट बोला।

"बहुत सुन्दर शब्द का चुनाव किया वत्स! ऐसा मोहक लावण्य नयनों से

---

*सोपोर

पिया ही जाता है, देखा नहीं जाता। वत्सवृन्द! पीना केवल मुख से नहीं होता। जब कोई बात बहुत महत्त्वपूर्ण होती है तो आपकी पूरी काया उसे सुनती है, और आप कहते हैं कि रोम-रोम कान बन जाते हैं। आपकी सारी इन्द्रियाँ किसी एक इन्द्रिय में समा जाती हैं। कालिदास ने ही एक स्थल पर कहा कि राजकुमार अज को निहारनेवाली विदर्भ की नारियों की सभी इन्द्रियाँ जैसे आँखें बन गईं– ता राघवं दृष्टिभिरापिबन्त्यो नार्यो न जग्मुर्विषयान्तराणि। अभिप्राय यह है कि कोई मनोमोहक सौन्दर्य हो तो हम उसे सतृष्ण आँखों से ग्रहण करते हैं। हृदयस्पर्शी भावों से भरी कोई अभिव्यक्ति होती है तो हम सतृष्ण श्रोत्र से उसे ग्रहण करते हैं। रस केवल रसना से ग्रहण हो ऐसी बात नहीं। जब श्रोत्र ध्वनिमय रस ग्रहण करता है अथवा आँखें रूपमय रस ग्रहण करती हैं तो अत्यधिक तृष्णा से ग्रहण करने के कारण उसे पीने की संज्ञा दी जाती है। नंदिनी के साथ वन से लौटे अपने अपने पति दिलीप की छवि को सुदक्षिणा भी इसी तरह सतृष्ण नेत्रों से पीती है– 'पपौ निमेषालसपक्ष्मपंक्तिरुपोषिताभ्यामिव लोचनाभ्याम्'।"

"आचार्य! अद्‌भुत वचन हैं आपके। जिस प्रकार इस नैसर्गिक छवि ने मन्त्र-मुग्ध कर लिया उसी प्रकार आपके वचनों ने। पीना क्रिया के सौन्दर्यमय रूप से पहली बार साक्षात्कार हुआ।" क्षेमेन्द्र बोला।

"अब आगे भी चलें। प्रकृतिवनिता के और भी लावण्यमय लीलाविलास तुम सबकी प्रतीक्षा में हैं।" कहकर अभिनवगुप्त मुस्करा उठे।

"जी आचार्य! जैसी आपकी आज्ञा।"

कहकर सभी शिष्यों की मण्डली फिर अपने गंतव्य की ओर बढ़ी। घंटे भर बाद वे जलप्रपात के क्षेत्र को पारकर आगे बढ़े तो आकाश में मेघ थे। सूर्यदेव अदृश्य थे। वायु की गति अत्यन्त तीव्र थी। अभी वे कुछ दस-बीस पद ही आगे बढ़े होंगे कि बहुत तीव्र गड़गड़ाहट कि ध्वनि सुनाई पड़ी जैसे मेघों का तीव्र गर्जन हो। आचार्य ने सभी को अपने-अपने स्थान पर रुक जाने का आदेश दिया। उन्होंने देखा कि प्रचण्ड हवाओं के प्रहार से शिलाएँ पर्वत शिखर से टूटकर गिर रही हैं। गड़गड़ाहट से वातावरण की शान्ति भंग हो गई थी। प्रचण्ड प्रभंजन का वेग 'भयानां भयं भीषणं भीषणानाम्' प्रतीत हो रहा था। प्रभंजन से पाषाणों का युद्ध थमा तो आचार्य ने सभी को आगे बढ़ने का निर्देश किया और बोले–

"वत्सवृन्द! जीवन में केवल केसर की सुरभित क्यारियाँ ही नहीं हैं, तीक्ष्ण आतप से तपी सिकताराशि की मरुधरा भी है। सुरभित मकरन्द वाले पुष्पों के उपवन ही नहीं हैं, भीषण हिंस्र पशुओं से भरे दुर्लंघ्य कान्तार भी हैं। इसी प्रकार

प्रकृति कभी अपनी मसृण मनोहर छवि से मुग्ध कर लेती है तो कभी अपना कठोर भयावह रूप भी दिखलाती है। 'वज्रादपि कठोराणि मृदूनि कुसुमादपि'। वस्तुतः विधाता प्रकृति के विविध रूपों के माध्यम से हमें जीवन के विविध रूपों का सन्देश देता है।"

"गुरुदेव! अहंकारों के पर्वत एक न एक दिन ध्वस्त होते ही हैं। प्रकृति के इस कृत्य से मुझे तो यही सन्देश मिला।" श्रीभट्ट बोला।

"वह भी वायु के प्रहार से!" यशोवर्धन ने हँसते हुए कहा।

"सत्य कहते हो वत्स! अहंकार का विध्वंस तो होता ही है किन्तु मनुष्य के अहंकार और तृष्णा का अन्त नहीं। जितना ऊँचा अहंकार परिणाम उतना ही भीषण। वैसे तो तृष्णा स्वयं ही दुःखप्रद है। मानव मन को उद्विग्न किए रखती है। हाँ, ज्ञान की तृष्णा किंचित् भिन्न है। ज्ञान की तृष्णा आरम्भ में उत्कंठित तो कर देती है किन्तु उसकी परिणति आनन्दमयी है।"

"निस्सन्देह आचार्य! ज्ञान के ब्रह्मानन्द का आस्वाद जिसे भी मिला वह तो आत्मविस्मृत हो जाता है। आचार्यवर! यात्रा भी तो ज्ञान ही है न?" श्रीभट्ट बोला।

"हाँ, हाँ। यात्राएँ तो अनुभूतियों की निधियाँ हैं। इन यात्राओं की कटु-मधु अनुभूतियाँ जीवनयात्रा रूपी ग्रन्थ के पृष्ठ हैं। वज्र से भी कठोर और कुसुम से भी कोमल रूपोंवाली विधाता की इस सृष्टि का निकट से साक्षात्कार करनेवाला ही जीवनयात्रा के उच्चावच मार्गों पर भी सहजता से चल पाता है।"

"जी आचार्य!" यशोवर्धन ने कहा।

मण्डली में एक मौन व्याप्त हो गया था। तीर्थबल* आ गया था। वृक्षों की हरियाली से लदे पहाड़ और उनके किनारों को काटकर बनाई गईं संकीर्ण पगडंडियाँ। उन पगडंडियों पर पहाड़ों से चिपककर चलते यात्री ऐसे प्रतीत होते जैसे चींटियाँ किसी आधार से चिपककर चल रही हैं। पहाड़ों के ये घुमावदार पथ यात्रियों को पर्वतों के पार बसे गाँव में पहुँचा देते। सोपानवत् छोटे-छोटे खेतों के टुकड़े और उनमें लगी फसल प्रकृति की श्रीवृद्धि कर रहे थे। सुदूर क्षितिज पर हिमालय के श्वेताभ शिखर प्रकृति की उस सौन्दर्य-निधि के प्रहरी-से प्रतीत होते। कृष्णगंगा पाषाणखण्डों के मध्य मार्ग ढूँढती अल्हड़ युवती की तरह चली जाती थी। उसका फेनोर्मिल जल कहीं चंचल शिशु की तरह उछलता-कूदता शोर करता था और कहीं निष्कम्प और गंभीर हो जाता। पहाड़ी रास्तों पर नदी वेगवती हुआ करती है। मार्ग की वक्रता उसमें नृत्य की भंगिमाएँ

---

* टीटवाल

भर देती है। जीवन के मार्ग पर भी जब ढलान होती है तो उत्साह और आनंद से जीवन की गति तीव्र हो जाती है। पत्थर और पानी के ऐसे मेल-मिलाप पर शिष्यमण्डली मुग्ध थी। अभिनवगुप्त ने देखा कि प्रकृतिनटी के सौन्दर्य की भंगिमाओं के प्रथम दर्शन ने शिष्यों को बाँध लिया है इसलिए उन्होंने यात्रा को तनिक विराम दिया और बोले–

"वत्सवृन्द! मुझे तो थकान प्रतीत हो रही है। कृष्णगंगा के तट पर तनिक विश्राम कर लें हम सब?"

"अवश्य आचार्यवर!"

शिष्यों का समवेत स्वर उभरा। उन्हें तो जैसे मनोवांछित वस्तु मिल गई। शिष्यों के साथ अभिनवगुप्त कृष्णगंगा की शाद्वल भूमि पर बैठ गए।

उस अनिंद्य सौन्दर्यधरा को निहारते हुए मन्त्रमुग्ध शिष्य जैसे आत्मविस्मृत-से थे। तभी उत्कंठित यशोवर्धन ने प्रश्न किया–

"गुरुदेव! सौन्दर्य का स्वरूप क्या है?"

"बड़ा प्रासंगिक प्रश्न किया तुमने यशोवर्धन! जिसने तुम सबको आगे बढ़ने से रोक दिया और यहाँ बिठा रखा है, उसके अन्वेषण में लगे हो तुम? वत्स! स्थूल रूप में यही समझ लो कि कोई रूप, कोई रस, कोई शब्द अथवा कोई अमूर्त भाव जो तुम्हारी इन्द्रियों के माध्यम से आत्मा को तुष्ट कर दे वही सौन्दर्य है। तुम्हारे मन-प्राणों को भिगो देनेवाला तत्त्व है सौन्दर्य।"

"पूज्यपाद! इस सौन्दर्य की सत्ता होती कहाँ है? वस्तुविशेष में अथवा हमारे चित्त में?" श्रीभट्ट ने पूछा।

"बड़ा गूढ़ प्रश्न किया श्रीभट्ट तुमने! कृष्णगंगा की यह निर्मल धारा यह केसरसुरभित उपत्यका तुम्हारे चित्त को आकृष्ट कर रही है न?"

"जी आचार्य!"

"तो तुम्हें क्या लगता है सौन्दर्य इस सरिता की धारा में, इस रमणीय उपत्यका में है? अथवा तुम्हारी दृष्टि में? यदि सौन्दर्य इस उपत्यका या इस नदी की धारा में है तो यह सभी को सुन्दर प्रतीत होनी चाहिए, और यदि सौन्दर्य केवल तुम्हारी दृष्टि में है तो अन्य लोगों को यह सुन्दर प्रतीत नहीं होनी चाहिए। तो सौन्दर्य का अस्तित्व है कहाँ?"

"पूज्यपाद! यह तो और भी गूढ़ हो गया।"

"हाँ, इसलिए तो मैंने कहा कि तुमने गूढ़ प्रश्न किया है। जिस सौंदर्य के आस्वाद से तुम्हारी आत्मा को तोष होता है, आनन्द होता है वह सौन्दर्य

खण्डशः या पूर्णशः तुम्हारी दृष्टि में है और खण्डशः या पूर्णशः उस वस्तु में भी, पर इस सौन्दर्य का आस्वाद कोई स्थूल लेनदेन नहीं है। जब सौन्दर्य के आस्वाद से तुम्हारे चित्त में आनंद की उत्ताल तरंगें उठती हैं तब न तो सौन्दर्य उस वस्तु में होता है न ही तुम्हारी दृष्टि में। वस्तुतः जब द्रष्टा, दृश्य और दर्शन की क्रिया अर्थात् आस्वादक आस्वाद्य वस्तु और आस्वादन की क्रिया तीनों की सत्ता एकरस हो जाती है, एकात्म हो जाती है तभी आनन्द की रससरिता फूट पड़ती है। जब तक भोक्ता और भोग्य का तादात्म्य नहीं होगा तब तक वह आनन्द, वह सौन्दर्य, वह रस नहीं प्रस्फुरित होगा। कभी चित्त की विकृत अवस्था में किसी को यही कृष्णगंगा का सौन्दर्य नहीं भाता। यह आनन्द विशुद्ध निर्मल मनोभूमि पर जन्म लेता है, विकृत भावभूमि पर नहीं।"

"पूज्यपाद! यह तो अद्‌भुत रहस्यमय और सूक्ष्म तथ्य है! मैं तो इस पर स्थूल दृष्टि से विचार कर रहा था।" श्रीभट्ट बोला।

"वत्स! इन उपत्यकाओं, सरिताओं, पुष्पाच्छादित उपवनों, तुषारशैलों में सौन्दर्य साक्षात् नहीं बसता। परमात्मा इनके माध्यम से तुम्हारी सौन्दर्यदृष्टि का उन्मीलन करता है, और तब तुम उस परमसत्ता के महासौन्दर्य का आस्वाद कर पाते हो। ये सब उस महासौन्दर्य की, उस महारस की अभिव्यंजना के उपादान हैं। एक परमशिव के महासौन्दर्य की अनन्त कलाएँ खण्डशः प्रकाशमान हैं। जब एक तंत्रीवादक वीणा के तारों को छेड़कर मधुमाधुरी सने स्वर बिखेरता है तो स्वयं वह उस नादब्रह्म का अंश हो जाता है, उसमें निमग्न हो जाता है, समाधिस्थ हो जाता है। बिना समाधि के, बिना परमशिव से एकाकार हुए आनन्दमयी सर्जना हो ही नहीं सकती, क्योंकि उस सर्जक का अस्तित्व उस परम में विलीन हो जाता है–

अहो निमग्नस्तव रूपसिन्धौ पश्यामि नान्तं न च मध्यमादिम्।
अवाक् च निःस्पन्दतमो विमूढः कुत्रास्मि कोऽस्मीति न वेद्मि देव।।

श्रृंगार, हास्य, करुण आदि की सत्ता तो अभिनय के उपकरणों के भेद के कारण है। अन्ततः सभी के आस्वाद में एकमात्र परमानन्द की सत्ता है। यही परमशिव से एकाकार आत्मा की अनिर्वचनीय अनुभूति है, किन्तु क्षणमात्र के लिए। जैसे ही ये उपादान तिरोहित होते हैं हम पुनः इसी संसार में लौट आते हैं। योगी के परमानन्द और इस परमानन्द में यही भिन्नता है।"

"हम धन्य हुए गुरुदेव! आपके श्रीमुख से ऐसी गूढ़ व्याख्याएँ सुनकर हम भी आत्मविस्मृत हो जाते हैं।"

"यदि सौन्दर्यदर्शन का पाठ पूरा हुआ तो अब हम सब आगे बढ़ें?"

"जी आचार्य!" का समवेत स्वर हुआ और सभी शिष्य अपना-अपना दण्ड लिए उठ खड़े हुए।

चलते-चलते यात्रियों की मण्डली लोध्रवन पहुँच गई थी। पथरीला पहाड़ी मार्ग। उस पर्वतीय भूभाग की उतराई पर भेड़ों का समूह मिला। यात्रियों को आते-जाते देखकर भी वे निर्विकार भाव से घास चरते रहे। संभवतः ऐसा दृश्य उनके लिए कुछ नया नहीं रहा होगा। लोध्रवन में लोध्र के वृक्षों का बाहुल्य था। यद्यपि वैशाख मास में उन पर फूल तो नहीं थे किन्तु उनकी हरीतिमा के व्याज से प्रकृति मानो हँस रही थी। लोध्रवन की छवि को निहारते अभिनव अपने शिष्यों के साथ आगे बढ़ते रहे। लोध्रवन से आगे बढ़ने पर मार्ग अत्यंत दुर्गम हो गया था। चढ़ाई बहुत अधिक थी। सभी के श्वास-प्रश्वास तेज हो चले। मार्ग पर मौन यात्रा करती मण्डली में भी सभी की साँसों का आना-जाना स्पष्ट सुनाई पड़ रहा था। अत्यधिक श्रम के कारण परिश्रान्त उन सबने यात्रा को विराम दिया। सभी एक चौरस भूमि पर बैठ गए। मध्याह्न का सूर्य चमक रहा था। श्रीभट्ट ने मौन भंग किया और बोला-

"गुरुवर ने कहा और प्रकृति मृदूनि कुसुमादपि से वज्रादपि कठोराणि हो ही गई।"

"हाँ, मार्ग अत्यन्त दुर्गम हो गया है।" यशोवर्धन बोला।

खड़ी चढ़ाई चढ़ते-चढ़ते दोपहर ढलने लगी। तीसरे प्रहर वे सभी उस दुर्गम मार्ग को पारकर पुनः कृष्णगंगा के किनारे आ गए। सबने कृष्णगंगा के तीर पर विश्राम किया और चित्रकूट नामक गाँव में जा पहुँचे। ग्रामवासियों ने आचार्यसहित शिष्यों की आवभगत की। सबने वहीं रात्रि विश्राम किया। प्रातः सूर्यदेव के साथ अपनी यात्रा पुनः आरम्भ की। आज चौथा दिन था। चलते हुए मार्ग में शीतलवन मिला। वहाँ देवदारु और चीड़ के वृक्ष अपना डेरा जमाए खड़े थे। आगे बढ़ने पर नदी के तट पर अवस्थित दुग्धनील* नामक अग्रहार मिला। श्वेतहरित नीलाभ पाषाणखण्डों के मध्य हहराती दूध की तरह नदी की धवल धारा के कारण शायद ऐसा नाम मिला हो। वनस्पतियों से लदे पर्वतों के चरण पखारती कृष्णगंगा का स्वर वैदिक ऋचाओं के सस्वर पाठ की तरह प्रतीत हुआ। इसी क्षेत्र में कभी अपने तीव्र प्रवाह के साथ प्रवहमान सरस्वती के तीर पर हमारे ऋषियों ने वैदिक ऋचाओं का साक्षात्कार किया था। आज उस सरस्वती का रूप भले विलुप्त हो गया हो किन्तु वह नदी की इस कलकल में, उपत्यकाओं के सौन्दर्य में, शारदा देवी के प्राकट्य स्थल के रूप में आज भी

* दुधनियाल

अपनी उपस्थिति प्रदर्शित कर रही है।

"श्रीभट्ट! हम तेजोवन आ पहुँचे हैं। अब भगवती शारदा का स्थान बहुत निकट है।"

"जी आचार्य! यह वही तेजोवन है न जहाँ....।" श्रीभट्ट कुछ याद करने की मुद्रा में तनिक रुका तो अभिनवगुप्त बोल उठे।

"हाँ हाँ, वही तेजोवन। यह महर्षि गौतम की तपोधरा है। न्याय दर्शन के प्रवर्तक आचार्य।"

"आचार्य! न्यायदर्शन के आचार्य गौतम का ही नाम अक्षपाद भी है न?" श्रीभट्ट ने पूछा।

"सत्य कहते हो वत्स! ऐसी लोकश्रुति है कि महर्षि गौतम अपने चिन्तन में तल्लीन कहीं चले जा रहे थे। मार्ग में एक कुआँ था। तत्त्वचिन्तन में लीन महर्षि तो जैसे समाधिस्थ थे। उन्हें कुआँ दिखलाई ही नहीं पड़ा और वे उसमें जा गिरे। महर्षि की ऐसी दशा देखकर विगलितहृदय विधाता ने उनके चरणों में भी नेत्र दे दिए, जिससे भविष्य में ऐसी दुर्घटना न हो। चक्षुष्मान् चरणयुगल वाले वे महर्षि इसीलिए अक्षपाद कहलाए।"

"यह काश्मीरधरा धन्य है आचार्य! पदे-पदे ऋषियों, तत्त्वचिंतक आचार्यों, तपस्वियों की तपोभूमि है।

महर्षि कश्यप, महर्षि शांडिल्य, महर्षि गौतम और न जाने कितने तपस्वियों के पदरज से पवित्र है यह केसरधरा।"

"यहाँ का कुंकुम जिसे काश्मीर भी कहते हैं, नगपतिकिशोरी भगवती गौरी के ललाट की शोभा है वत्स! आदिशंकर भगवत्पाद की आनंदलहरी तो स्मरण होगी?"

"जी हाँ, आचार्य! ललाटे काश्मीरं विलसति गले मौक्तिकलता....।" क्षेमेन्द्र मधुर स्वर में गा उठा था।"

"क्षेम! तुम्हारा कंठस्वर बहुत मधुर है। भगवती की कृपा है तुमपर। यह लो बातों-बातों में हम भगवती के द्वार पर आ ही पहुँचे।" अभिनवगुप्त ने कहा।

एक घुमावदार मार्ग के बाद वे जैसे ही आगे बढ़े तो सामने कृष्णगंगा और मधुमती का संगम जैसे रुद्रवीणा बजा रहा था। नदी के उस पार एक ऊँची चौरस भूमि पर भवनों की श्रृंखला दिखलाई पड़ी। उत्कंठ शिष्यमण्डली की दृष्टि चारों ओर का दृश्य निहारने लगी।

'नमस्ते! शारदे देवि! काश्मीरपुरवासिनि!' कहते हुए अभिनवगुप्त ने उस भूमि पर लेटकर साष्टांग दण्डवत् किया। सभी शिष्यों ने भी अपने गुरु का अनुकरण किया।

"वत्सवृन्द! कृष्णगंगा के उस पार जो छोटा-सा पर्वत दिखलाई दे रहा है वही है गणेशगिरि। उसी के साथ लगे सरोवरों से घिरे प्रासादों की शृंखला है– सरस्वती की दिव्य भूमि है शारदापीठ। वहाँ भगवती शारदा का प्राकट्य स्थल है, उनका भव्य मन्दिर है। मन्दिर को घेरकर खड़े भवनों के भीतर अमूर्त ज्ञान के स्वरूप में शारदा स्वयं विराजती हैं– विविध विद्याओं के साधक आचार्यों की वाणी के रूप में, सहस्रों-सहस्रों भूर्जपत्रों, तालपत्रों से ग्रथित ग्रंथों में अंकित शारदालिपि के रूप में, इस निर्मल सरिता के रूप में। माता, देवी और नदी त्रिविध रूपों में विद्यमान सरस्वती की आराधना के गीत श्रुतियाँ गाती हैं। आओ जलरूपा शारदा का आशीष ग्रहण करें।" कहकर अभिनव संगम की ओर बढ़ चले।

शिष्यमण्डली भी उनके पीछे-पीछे चली। शारदापीठ के यात्रियों की पदचाप स्पष्ट सुनाई पड़ती थी। उनके बीच एक मौन व्याप्त था किन्तु उनके हृदय में आश्चर्य और आनंद का समुद्र हिलोरें ले रहा था। सभी विस्फारित नेत्रों से उस दिव्य दृश्य को पीते-हुए मन्त्रमुग्ध-से चले जा रहे थे। सभी ने संगम के पवित्र जल से अपने अपने सिर पर अभिषेक किया। मधुसदृश जल का आचमन कर वे तृप्त हो गए।

"चलो, पश्चिम की ओर बढ़ो। आगे शिलाओं की शृंखला से बना सेतु बना मिलेगा। वहीं से हम उस पार माता शारदा के प्रांगण में प्रवेश करेंगे।"

आगे बढ़कर सभी ने पाषाणसेतु से नदी पार की और शारदापीठ के प्रांगण में प्रवेश किया। सूर्यदेव प्रस्थान की मुद्रा में थे। अभी एक प्रहर से कुछ कम ही दिन शेष था। द्वार पर ही आचार्य जैयट मिल गए। उन्होंने अभिनवगुप्त का सादर अभिवादन किया और बोले–

"आचार्यप्रवर! अहोभाग्य आप यहाँ पधारे। प्रत्येक वर्ष की तरह हमलोग आपकी प्रतीक्षा में थे। ध्वन्यालोक पर आपकी लिखी टीका की ध्वनि यहाँ तक गुंजायमान है आचार्य! अभिनवाचार्य की अभिनव कृति को उनके ही श्रीमुख से सुनने को सभी उत्कंठ हैं।"

"भगवती शारदा की शरण में तप करनेवाले आप सदृश विद्यावदात मनीषी का दर्शन ही विलक्षण फल देनेवाला होता है। जिस लोचनभाष्य को सुनने को आप सब उत्कंठ हैं उसमें जो कुछ भी है पूज्यपाद आचार्य आनंदवर्धन का कृपाप्रसाद है, मेरा कुछ भी नहीं– इदन्न मम।"

"यह आपकी विनम्रता और उदारता है आचार्य! आइए आश्रम के भीतर चलें।"

सभी शिष्यों ने आचार्य जैयट को प्रणाम किया और विद्यापीठ के विशाल प्रांगण में प्रवेश किया।

(31)

प्रातःकाल तुषारशिखरों स्वर्णकिरीट का उपहार प्रदान करते हुए सूर्यदेव प्रकट हुए। वातावरण में ठंडक व्याप्त थी। श्रीभट्ट, मन्द्र, क्षेमेन्द्र, यशोवर्धन आदि शिष्यगण अपनी प्रातःकालीन संध्यावन्दन संपन्न कर विद्यापीठ के परिसर में भ्रमण कर रहे थे। इसी बीच अभिनवगुप्त अपने शिष्यों के बीच आए और उन्हें उस विशाल परिसर के मध्य में स्थित शारदामंदिर की ओर ले गए। भव्य सरोवर के मध्य भव्य मंदिर, और उस मंदिर में विराज रही थीं माँ शारदा। सेतुसदृश बने पाषाणपथ से वे सभी मंदिर के द्वार पर आ पहुँचे। भव्य प्रस्तरप्रतिमा के एक हाथ में वीणा और एक हाथ में पुस्तक। धवल कमल पर विराजित शारदा की प्रतिमा की जीवन्तता ने उन सबको मन्त्रमुग्ध कर लिया। करबद्ध मौन खड़े शिष्यों से आचार्य ने कहा–

"वत्सवृन्द! वाणी की अधिष्ठात्री वाग्देवी शारदा के सम्मुख प्रस्तुत होना भी बिना उनकी कृपा के संभव नहीं। तुम सब बड़े भाग्यवान् हो।"

"यह तो यथार्थ है गुरुदेव! निश्चय ही हमारे पूर्वजन्म का पुण्य है जो आज भगवती की इस दिव्यभूमि पर हम पहुँच सके। यहाँ का एक-एक रजकण भी प्रणम्य है आचार्य! अद्‌भुत भगवती की छवि अद्‌भुत है! प्रतीत होता है जैसे उनकी वीणा की तंत्रियों से स्वर-लहरियाँ अभी फूट पड़ेंगी।" श्रीभट्ट ने कहा।

"पूज्यपाद! इस सरोवर से मंदिर की भव्यता द्विगुणित हो जाती है।"

"सत्य कहते हो मन्द्र! यह भी एक रहस्य ही है। सरोवर या सरस् शब्द जल का वाचक है। उसी सरस् से सरस्वती शब्द बना। जिस प्रकार जल में गतिशीलता होती है, प्रवाह होता है उसी प्रकार ज्ञान भी मनुष्य को गतिशील बनाता है, उसकी शिथिलता, उसकी जड़ता को हर लेता है। इसी गतिशील सरस् की अधिष्ठात्री हुईं– सरस्वती। इसीलिए हम सरस्वती को जाड्यापहा कहते हैं, जो हमारी जड़ता दूर कर देती है। श्रुतियों में सरस्वती नदी और देवी

दोनों ही रूपों में अभ्यर्चित हैं। इन पल्वलों में सरस्वती के जो वाहन किल्लोल कर रहे हैं न, ये नीरक्षीरविवेकी हंस सत् असत् का भेद बतलाने वाले के विवेक के प्रतीक हैं।

"आचार्य! सरस्वती तो सर्वशुक्ला हैं?" श्रीवत्स ने पूछा।

"तुमने बिलकुल ठीक कहा वत्स! सरस्वती का सब कुछ शुक्लवर्णी है– सर्वशुक्ला सरस्वती। शुभ्र वस्त्र, श्वेत कमल, धवल हंस, शुभ्र स्फटिक की माला। ज्ञान निर्मल होता है, धवल होता है तो उसकी अधिष्ठात्री धवलवर्णा कैसे न हो? उनके एक कर में वीणा विराजित है और दूसरे कर में पुस्तक। एक नादब्रह्म का प्रतीक है और दूसरा शब्दब्रह्म का।"

"गुरुदेव! इस मंदिर में चार द्वार क्यों बने हैं?" श्रीवत्स ने प्रश्न किया।

"वत्स! कभी मैंने तुम सबसे सर्वज्ञपीठ की चर्चा की थी। यह वही सर्वज्ञपीठ है जहाँ पूज्यपाद आदिशंकराचार्य ने अपनी विजय-वैजयन्ती लहराई थी। चारों दिशाओं में चार द्वार हैं। प्रत्येक दिशा से आनेवाले विद्वान् को उस दिशा के द्वार पर शास्त्रज्ञों से शास्त्रार्थ करना होता था। शास्त्रार्थ में विजय के उपरान्त ही उसे द्वार से प्रवेश मिलता था। जब आदि शंकराचार्य वहाँ पहुँचे तो तीन दिशाओं के द्वार खुले थे क्योंकि उन-उन दिशाओं से आकर विद्वानों ने द्वार-विजय कर ली थी। केवल दक्षिणी द्वार अब भी बंद था। कोई भी दाक्षिणात्य विद्वान् शास्त्रार्थ में विजय नहीं पा सका था। दाक्षिणात्यों के नाम से इस कलंक को धो डालने के लिए ही आचार्य शंकर ने इस शारदापीठ की यात्रा की। जब वे मंदिर के दक्षिणी प्रवेशद्वार से प्रवेश करने को उद्यत हुए तो पण्डितमण्डली ने उन्हें घेर लिया और कहा कि सर्वशास्त्रज्ञ ही इन द्वारों से प्रवेश कर सर्वज्ञपीठ पर आरूढ़ होने का अधिकारी है। आप भी अपनी परीक्षा दें। हमारे प्रश्नों का समाधान करें। आचार्य शंकर ने उन सभी शास्त्रज्ञों को संतुष्ट कर अपनी सर्वज्ञता प्रमाणित कर दी तो उन सब ने उन्हें सादर प्रवेश दिया। किन्तु आचार्य की अभी और परीक्षा होनी शेष थी। जैसे ही वे सर्वज्ञपीठ पर आरूढ़ होने को उद्यत हुए तो स्वयं वाग्देवी शारदा की आकशवाणी हुई– सर्वज्ञपीठ का अधिकारी होने के लिए सर्वज्ञता ही नहीं पवित्रता भी आवश्यक है।"

"आचार्यवर! ऐसी आकाशवाणी क्यों हुई? क्या आदिशंकर की पवित्रता में कोई शंका थी?" उत्सुक श्रीभट्ट बोल पड़ा।

"नहीं, वही तो बतला रहा हूँ। शारदा देवी ने आचार्य को कहा– 'तुमने संन्यासी होकर परकायाप्रवेश कर कामकला सीखी और कामिनियों के साथ रमण किया अतः तुम्हारा संन्यास खण्डित हुआ। तुम अपावन हो गए।' आचार्य

ने उन्हें उत्तर दिया– 'मातः! आत्मा तो निर्लिप्त रहती है और अन्य शरीर से किया गया पातक उससे भिन्न शरीर को कैसे दूषित कर सकता है? इस देह से तो मैं निष्कलंक हूँ।' भगवती ने शंकराचार्य को आशीर्वाद दिया और बोलीं– 'वत्स! यह भी तुम्हारी एक परीक्षा थी। तुम सफल हुए। इस सर्वज्ञपीठ के अधिकारी तुम ही हो।' इस समस्त घटना से विस्मय-विमुग्ध पण्डित मण्डली ने उनका जयघोष किया और वे सर्वज्ञपीठ पर आरूढ़ हुए।"

"आचार्य! जहाँ वाणी की अधिष्ठात्री की वाणी की अनुगूँज व्याप्त है उस स्थल पर आपसे यह गाथा सुनते हुए मैं तो रोमांचित हूँ।" मन्द्र बोला।

"नमस्ते शारदे देवि काश्मीरपुरवासिनि!.......।"

सभी शिष्यों ने अपने आचार्य के स्वर में स्वर मिलाकर शारदा देवी की आराधना की। इसके बाद आचार्य ने सभी शिष्यों को विद्यापीठ की विभिन्न अध्ययनशालाओं का भ्रमण कराया। कहीं मीमांसा, कहीं प्रत्यभिज्ञा, कहीं व्याकरण, आयुर्वेद, संगीत, वास्तुशास्त्र न जाने कितनी विविध विद्याओं का अध्ययन वहाँ होता था।

"वत्सवृन्द! ध्वन्यालोक पर मेरे जिस प्रवचन को तुमलोगों ने लोचन नाम से लिख रखा है उस ध्वन्यालोक के प्रणेता आचार्य आनन्दवर्धन इसी विद्यापीठ के विख्यात आचार्य थे। आओ विद्यापीठ के ग्रंथागार में चलें।"

कहकर अभिनव सभी शिष्यों को लेकर विद्यापीठ के दक्षिणी भाग में आ गए। ग्रन्थाध्यक्ष ने अभिनवगुप्त को प्रणाम किया और सादर उन्हें भीतर ले गया। एक विशाल भवन में विविध विद्याओं से सम्बन्धित भोजपत्र और तालपत्र पर लिखे गए बीसियों हज़ार ग्रन्थ वहाँ सुरक्षित थे।

"ये देखो इस भूर्जपत्र पर भरतमुनि का नाट्यशास्त्र, यह आचार्य सुश्रुत की सुश्रुतसंहिता, आचार्य कुमारिल का तन्त्रवार्तिक और यह ब्रह्मसूत्र.....।"

"आचार्य यह देखिए पातंजल महाभाष्य, यह शतपथब्राह्मण, श्रीमद्भागवत, रघुवंश...।" विस्मित यशोवर्धन बोल उठा।

"वत्स! विद्यापीठ के इस ग्रन्थागार में हमारी महान् आर्ष-परम्परा की दिव्य वाणी संरक्षित है स्वयं भगवती शारदा इसकी लिपि में विराजती हैं– शारदालिपि।"

विस्मित, आनंदित शिष्यगण एक मास तक विद्यापीठ में भ्रमण करते रहे, विभिन्न शास्त्रों के पारंगत आचार्यों के प्रवचन सुनते रहे, कृष्णगंगा और मधुमती के मधुमय जल का आचमन करते रहे। शारदापीठ के दिव्य दर्शन से मास भर में भी चित्त तो तृप्त न हुआ किन्तु वापस लौटना तो था ही।

(32)

सभागार पूरी तरह भर गया था। आगे की पंक्तियों में ऊँचे आसनों पर विद्यापीठ के आचार्यवृन्द बैठे थे। नीचे भूमि पर बिछे आसन पर विद्यापीठ के ब्रह्मचारियों का समूह बैठा था। क्या आचार्य क्या शिष्य सभी अभिनवगुप्त को सुनने आए थे। ऊपर मंच पर व्यासपीठ सजा था। विद्यापीठ के कुलगुरु आचार्य विजयेश्वर के साथ आचार्य अभिनवगुप्त और उनके पीछे आचार्य जैयट, आचार्य वज्रट, आचार्य केशवानन्द आदि ने सभागार में प्रवेश किया। कोलाहल शान्त हो गया था। आचार्य जैयट ने उद्घोषणा की–

"परमपूज्य आचार्य विजयेश्वरपाद! समर्चनीयचरण आचार्य अभिनवगुप्तपाद! आस्थानमण्डप में विराजमान विविधविद्याविलसित सम्मान्य आचार्यवृन्द! तेजस्वी अन्तेवासियों!

प्रत्येक वर्ष की भाँति इस वर्ष भी श्रद्धेय आचार्यपाद महामाहेश्वर अभिनवगुप्तजी ने यहाँ पधारने की कृपा की है। आचार्यपाद! शारदापीठ के आचार्य हों या ब्रह्मचारी सभी शास्त्रज्ञानपिपासु आपकी निर्मल मधुमती चक्षुरुन्मेषिणी वाग्धारा के लिए उत्कंठ रहते हैं। प्रत्यभिज्ञाशास्त्र हो, साहित्यशास्त्र, नाट्यशास्त्र हो या तन्त्रशास्त्र अपने नामाक्षरों को सार्थक करते हुए आप नित्य अभिनव स्थापनाओं से भगवती शारदा के भण्डार की श्रीवृद्धि करते ही रहते हैं। आपसे हमने 'अभिनवभारती' सुनी थी। महामुनि भरत साकार हो उठे थे। अभिनवभारती सचमुच अपने नामानुरूप एक पारदृश्वा आचार्य की 'अभिनव' 'भारती' है। शारदा की नवनवोन्मेषशालिनी वाणी है।

श्रोतृवृन्द! शताधिक वर्ष पूर्व इस ज्ञानपीठ को अपने आचार्यत्व से धन्य बनाने वाले प्रातःस्मरणीय आचार्यपाद आनंदवर्धन का ध्वन्यालोक हम पढ़ते-पढ़ाते हैं। ध्वनिशास्त्र का यह शास्त्रीय ग्रन्थ कितना गूढ़ और दुरूह है आप सभी जानते हैं। मुझे ज्ञात हुआ है कि आचार्य अभिनव ने इस ग्रन्थ के भाष्य की

रचना की है। आचार्य की यह अभिनव कृति है– लोचन। यह निस्सन्देह ध्वन्यालोक की गूढ़ गहन वीथियों में प्रवेश की दृष्टि प्रदान करनेवाला लोचन ही है। आचार्यपाद के शिष्यों ने इसे लिपिबद्ध कर रखा है। अतिशीघ्र हम इसकी प्रतिलिपि कर यहाँ के ग्रंथागार में उपलब्ध कराएँगे। मैं आप सबकी ओर से आचार्यश्री से विनम्र आग्रह कर रहा हूँ कि वे इस ज्ञानपीठ पर आसन ग्रहण करें और अपनी नूतन कृति के माध्यम से हमारा ज्ञानवर्धन करें। आचार्यप्रवर! कृपया आसन ग्रहण करें।" कहकर आचार्य जैयट ने अभिनवगुप्त को आसन पर बिठाया और स्वयं अपने स्थान पर आ बैठे।

श्रोताओं के मध्य बहुत से नए छात्र थे। अभिनवगुप्त के व्यक्तित्व से उनका यह पहला साक्षात्कार हो रहा था। वे उनके दिव्य व्यक्तित्व से रोमांचित थे। आभामय आयत ललाट पर भस्मांकित त्रिपुण्ड्र, गले में रुद्राक्ष की माला, बाँह और मणिबन्ध पर रुद्राक्ष वलय। रुद्राक्षवलय से बँधी जटा, आवक्ष लम्बायमान दीर्घ श्मश्रु, अधरों पर मन्दस्मित, आँखें जैसे अन्वेषण में तत्पर। कमर के नीचे एक धौतवस्त्र और एक चीनांशुक कन्धे पर ओढ़े हुए। आचार्य ने सभागार में एक दृष्टि डाली और शारदा की स्तुति करते हुए बोले–

"नमस्ते शारदे देवि! काश्मीरपुरवासिनि! चरणशरणागतस्य शिरसि धेहि में कृपाकरकमलं वरप्रदम्। शारदा की कृपाभूमि के मनीषी आचार्यवृन्द! अभिनव का प्रणाम स्वीकार करें। शारदा की उपासना में तन्मय ब्रह्मचारियों को मेरी ओर से अक्षय आशीष। आचार्य जैयट ने मुझे लोचनभाष्य के प्रसंगों की चर्चा करने का निवेदन किया है। वस्तुतः आचार्य आनन्दवर्धन के प्रस्थानप्रवर्तक ग्रन्थ ध्वन्यालोक पर कुछ भी कहना एक दुस्साहस ही है। वैसे मेरी मति कि गति जहाँ तक पहुँच सकी है, मैंने कुछ कहने की चेष्टा की है। एक दो प्रसंग आपके समक्ष रखूँगा। आचार्य ने ध्वनितत्त्व की स्थापना करते हुए कहा है कि सहृदयों द्वारा श्लाघ्य अर्थ दो प्रकार के हैं– वाच्य और प्रतीयमान। यह प्रतीयमान अर्थ ही कविता का सौन्दर्य है, ध्वनि का मूल है, व्यंग्यार्थ है। सच्ची और अच्छी कविता का प्राणतत्व यही है। इसकी सत्ता कहाँ होती है, कहाँ नहीं यह लक्ष्य कर पाना अत्यंत दुष्कर है अतः आचार्य ने विकसितयौवना अंगना का उदाहरण प्रस्तुत किया है। किसी कामिनी के विविध शारीरिक अवयवों के सौन्दर्य से उद्‌भूत एक विलक्षण लावण्यधारा किसी सहृदय के मन-प्राणों को अमृत सदृश अभिषेक प्रदान करती है, अमृत अंजन की तरह नयनानन्दजनक होती है, उसी प्रकार यह प्रतीयमान अपने अमृत आस्वाद से सरसहृदय सहृदयों को विलक्षण आनंद की अनुभूति कराता है। महाकवियों के वाग्विलास में यही

प्रतीयमान झलकता है। जैसे किसी विकसितयौवना कामिनी के नेत्र, मुख, कपोल, कटि, सौन्दर्य की अभिव्यंजना नहीं करते वरन् उन सबका सम्मिलित प्रभाव लावण्य सिरजता है, उसमें मुख, नेत्र या कपोल अलग-अलग नहीं झलकते अपितु उनका संयुक्त प्रभाव आनंदसर्जक होता है। जिस प्रकार उनके संयुक्त प्रभाव से एक कामिनी की काया से एक सौन्दर्यधारा फूटती है उसी प्रकार प्रतीयमान भी प्रकार काव्य की काया में सौन्दर्य गढ़ता है। यह आवश्यक नहीं कि प्रतीयमान अर्थ सभी की मति में समा जाए। इसके स्वरूप से अवगत होने के लिए सहृदय की सूक्ष्म दृष्टि अपेक्षित है। पक्षियों के प्रत्येक कलरव को हम उनका चहकना ही समझते हैं उसी प्रकार अर्थावबोध से अपरिचित व्यक्ति कवि की करुणा को भी हास समझता है। लोचन में मैंने इसे ही और भी विस्तार दिया है। आचार्य आनन्दवर्धन की स्थापनाएँ इतनी सूक्ष्म हैं कि इनके विषय में कितनी भी व्याख्या की जाए कुछ-न-कुछ कहने को शेष रह ही जाएगा अतएव मैं अपनी वाणी को यहीं विराम देता हूँ। शारदायै नमो नमः।"

अभिनवगुप्त मौन हुए तो कुलगुरु आचार्य विजयेश्वर ने कहा-

"आचार्यवर! आपकी मधुवर्षिणी सरस्वती से सभा धन्य हुई पर अमृतवर्षा से भला कोई तृप्त हुआ है! ऐसी अभिनव वाग्गंगा के निर्मल प्रवाह में अवगाहन के अभिलाषी हैं हम सब। कल पुनः यह सभा आपको सुनने को उत्कंठ है। आप तो साहित्य के रस में भी परमतत्त्व का साक्षात्कार करा देते हैं। महारस की अपनी अभिनव परिकल्पना के मार्ग से हमें भी ब्रह्मानुभूति कराने की कृपा करें आपसे करबद्ध निवेदन है मेरा आचार्यश्रेष्ठ!"

"आप सभी यहाँ विभिन्न शास्त्रों के निष्णात आचार्य हैं। मैं तो आप सभी को सुनने के लिए प्रतिवर्ष शारदापीठ आता हूँ। कुलगुरु आचार्य विजयेश्वर! अपने ज्ञान की सीमाओं से मैं अवगत हूँ फिर भी आप सभी के स्नेह और सम्मान से बँधा मैं आपका आदेश नतशिरसा स्वीकार करता हूँ।"

सभा विसर्जित हुई। मध्याह्न हो गया था। विद्यापीठ की पाकशाला में आज सभी के लिए भोजन का विशिष्ट प्रबन्ध था। सभी आचार्यों और शिष्यों का समूह पाकशाला में पहुँचा। यशोवर्धन, श्रीभट्ट, मन्द्र आदि सभी मित्र वहाँ जा पहुँचे। सूद ने आकर आचार्य जैयट को सूचित किया कि भोजन तैयार है। भोजन का स्थान धुला था। आचार्यगण पंक्तिबद्ध बैठ गए। शिष्यगण भोजन परोसने के कार्य में लग गए।

श्रीभट्ट ने यशोवर्धन से पूछा-

"तुम पाकशाला के भीतर गए थे?"

"हाँ, मैंने सोचा भोजन परोसने में ब्रह्मचारी मित्रों की सहायता करूँ, पर उन्होंने कहा कि आपलोग अतिथि हैं, पहले भोजन ग्रहण करें।"

"तूने क्या कहा?" श्रीभट्ट ने पूछा

"क्या कहता? कह दिया कि आचार्यों की पंक्ति में शिष्यों का भोजन करना अशोभनीय है। हम सभी ब्रह्मचारी एक साथ भोजन करेंगे।"

"यही नियम है ही। वैसे भोजन में बना क्या क्या है?" तनिक मन्दस्मित के साथ श्रीभट्ट ने यशोवर्धन को पूछा।

"तू श्रीभट्ट ही नहीं भोजनभट्ट भी है। यहाँ भी भोजन को लेकर तुम्हारी उत्सुकता बनी हुई है। उन्होंने अतिथि माना है तो अतिथि के सदृश रहो।"

"अरे! यश! उनसे थोड़े न पूछ रहा हूँ। तुमसे पूछने में क्या संकोच? और रस ही तो ब्रह्म है– रसो वै सः। चाहे साहित्य का रस हो या कि भोजन का। तुमने आचार्य की बात सुनी नहीं?" कहकर श्रीभट्ट ठठाकर हँसा।

"हाँ, हाँ तुम्हारे लिए तो सर्वत्र ब्रह्मानन्द ही है। जिह्वा के दास बन रहे हो मित्र! चलो फिर भी बता देता हूँ। पहले घृतपायस[1], मुद्‌गमोदक[2], लोपिका[3] और अपूप[4] परोसे गए। ततपश्चात् द्राक्षा[5] का बना अवलेह, कृशर[6], सिद्धार्थक[7] की छौंक लगी दधि....।"

"अब और कहने की आवश्यकता ही नहीं मित्र! इतना सुनकर ही चित्त प्रसन्न हो उठा है।" श्रीभट्ट बोला।

भोजन सम्पन्न हुआ तो आचार्य आपस में शास्त्रचर्चा में व्यस्त हो गए और प्रवरपुर से आए शिष्यों की मण्डली विद्यापीठ का भ्रमण करने लगी।

अगले दिन पुनः सभागार में आचार्य अभिनवगुप्त को सुनने के लिए सभी लोग जमा थे। आज अभिनवगुप्त साहित्य से छलकने वाले रस की दार्शनिक व्याख्या प्रस्तुत करनेवाले थे। यथासमय व्याख्यान आरम्भ हुआ। आचार्य आसन पर आरूढ़ हुए और उद्‌घोषक के स्वागत वचन के बाद भगवती शारदा की स्तुति कर श्रोताओं की ओर प्रस्तुत हुए -

सुधी श्रोतृवृन्द! आप मेरी रस सम्बन्धी दार्शनिक स्थापनाओं की जिज्ञासा की है अतः मैं उसी विषय को लेकर प्रस्तुत हूँ। मैंने शैवाद्वैतवाद की पृष्ठभूमि में रस की व्याख्या की है। एक योगी को आत्मविश्रान्ति से ही महा आनन्द की प्राप्ति होती है। आत्म विश्रान्ति को प्राप्त योगी को सर्वत्र एक ही चित्-प्रकाश की व्याप्ति प्रतीत होती है। पूर्ण अभेद की यह दशा ही शैव दर्शन की शब्दावली में समरसता कहलाती है जिसमें विश्रान्त योगी को अखंड आनंद की प्रतीति

1. घीमिश्रित खीर 2. मूँग के लड्डू 3. रेवड़ी 4. पुआ 5. दाख 6. खिचड़ी 7. सफ़ेद सरसों

होती है। ऐसा योगी समरस कहलाता है– आनंदशक्तिविश्रान्तो योगी समरसो भवेत्। यह समरसता प्रत्यभिज्ञा दर्शन की दृष्टि से पूर्ण आनन्द की अवस्था है। इस अवस्था में पहुँचते ही अद्वैतसंवित् उत्पन्न होता है, अभेद भावना जाग्रत होती है और चित्त पूर्णतः निर्मल हो जाता है। प्राणी पूर्ण आनन्द की अवस्था को प्राप्त हो जाता है। इस समरसता की विपरीत अवस्था है– विषमता। इस विषमता की अवस्था में अपने पूर्ण चित्स्वरूप के अज्ञान के कारण आस्वादक का अभेद विमर्श तिरोहित हो जाता है। अभेद विमर्श के तिरोहित हो जाने पर प्राणी मायायुक्त जगत् का आस्वादक बन जाता है और उसमें भेदक दृष्टि उत्पन्न हो जाती है। यह भेदरूप विषमता ही समस्त जगत् की पीड़ा का कारण है। समस्त जगत् के करुण क्रन्दन का कारण यही विषमयी विषमता है। प्रत्यभिज्ञा दर्शन के इसी समरसता के सिद्धांत को मैंने महारस रूप में देखा है। रसास्वादन के आनंद के क्षण में आस्वादक समरस योगी की भूमिका में आ जाता है फिर उसमें विषमता या भेदक दृष्टि नहीं रहती। रसास्वादन की दशा में भेदक दृष्टि रहती भी नहीं है, केवल आनंद की सत्ता रहती है।

यही रसास्वादक की समरसता है, अभेद दृष्टि की अवस्था है। आत्मविस्मृति की इस दशा में अखंड आनंद की अनुभूति होती है। आनन्दमय ज्ञानस्वरूप आत्मा का ही रस रूप में आस्वादन होता है। उस आनंदमय ज्ञानस्वरूप की विचित्रता के प्रदर्शन के लिए श्रृंगार हास्य करुण आदि रसों का नाम दिया गया है, मूलतः उनमें कोई भेददृष्टि नहीं रखनी चाहिए। जिस तरह प्रपाणक में आस्वादक को शर्करा कर्पूर, लवंग आदि पदार्थों का अलग-अलग स्वाद नहीं आता बल्कि उनके मिश्रण से उत्पन्न एक सबसे भिन्न आस्वाद मिलता है उसी तरह रस में रति, हास शोकादि का अनुभव नहीं होता, सबका मिश्रित रूप अंततः आत्मानंद में पर्यवसित हो जाता है, उसी का अनुभव आस्वादक को होता है। इस आनन्दमूलक तत्त्व को मैंने महारस का नाम दिया है।

जिस प्रकार संसार में धर्म अर्थ और काम तीन पुरुषार्थ सिद्ध होते हैं उसी प्रकार शास्त्र इतिहास आदि में मोक्ष नामक चौथा पुरुषार्थ भी विभिन्न उपायों से सिद्ध होता दिखाया गया है। जो वस्तुतः पूर्वकथित तीन पुरुषार्थों का लक्ष्य है। वस्तुतः धर्म, अर्थ और काम तीनों का पर्यवसान उसी मोक्ष में होना है। आचार्य भरत कहते हैं कि आत्मनिष्ठ साधक द्वारा प्राप्त किया जानेवाला सभी प्राणियों के लिए सुखकर यह शान्त नामक रस है, जिसमें न दुःख है, न सुख, न द्वेष, न मत्सर है। रति आदि भाव विकृतियाँ हैं और शान्त रस प्रकृति है अर्थात् मूल है। रति आदि विकार प्रकृति से उत्पन्न होकर पुनः उसी में लीन

हो जाते हैं।

अब हम यह विचार करें कि इस शान्त रस के मूल में कौन से भाव हैं। निर्वेद शान्त रस का मूलभाव है। निर्वेद का तात्पर्य है संसार से उदासीनता, या वैराग्य। अब यह निर्वेद दो अवस्थाओं में उत्पन्न होता है, एक तो दरिद्रता से, दु:ख से और दूसरा तत्त्वज्ञान से। दरिद्रताजन्य निर्वेद में खेद हुआ करता है, अत: दरिद्रता दूर होने पर वह निर्वेद समाप्त हो जा सकता है, जबकि तत्त्वज्ञानजन्य निर्वेद में आनन्द हुआ करता है। इसलिए दरिद्रताजन्य निर्वेद को शान्त रस का उत्पादक भाव नहीं कहा जा सकता क्योंकि मोक्ष के लिए वह समुचित चित्तवृत्ति नहीं है।

यहाँ आप यह प्रश्न रख सकते हैं कि तत्त्वज्ञान तो वैराग्य से उत्पन्न होता है, तत्त्वज्ञान से वैराग्य उत्पन्न नहीं होता? अत: तत्त्वज्ञान से उत्पन्न वैराग्य अथवा निर्वेद को शान्तरस का मूल कहना उचित नहीं है। इस सम्बन्ध में मेरी स्थापना यह है कि तत्त्वज्ञानियों में दृढ़तर वैराग्य देखा जाता है। आत्मज्ञान होने से सांसारिक पदार्थों के प्रति जो वितृष्णा उत्पन्न होती है वही परम वैराग्य है। अत: तत्त्वज्ञान से उत्पन्न निर्वेद के भाव को शान्त रस का मूल भाव माना जा सकता है।

यह तत्त्वज्ञान आत्मास्वाद या आत्मोपलब्धि है। रति, हास, शोक आदि उसी आत्मा के कलुषित या अशुद्ध रूप हैं। अभिप्राय यह है कि शृंगार आदि रसों में आत्मा के विशुद्ध रूप का साक्षात्कार नहीं होता बल्कि तत् तत् चित्तवृत्ति से कलुषित रूप का साक्षात्कार होता है। वस्तुत: शान्त से ही उत्पन्न रति आदि निमित्त के भेद से हमें शृंगार आदि का अनुभव होता है। निमित्त के अभाव में वह रति आदि भाव पुन: शान्त में ही विलीन हो जाते हैं। शान्त रस का आस्वाद समस्त जागतिक इच्छाओं से उत्पन्न होनेवाले दु:खमय अनुभवों से मुक्त आत्मा का अनुभव है और यह ब्रह्म के साथ तादात्म्य की आनन्दमय अवस्था है। चित्त की इस आनंदमय अवस्था में सत्त्वगुण की सत्ता होती है, रजस् तमस् नहीं होते। यह सत्त्व एक शाश्वत स्थायी तथा एक शाश्वत रस रूप में स्थित होता है। मूलत: मेरी स्थापना यह है कि सभी रसों का पर्यवसान अंतत: शान्त रस में होता है यह ज्ञान जिसे प्राप्त हो जाता है वह आस्वादक तत्त्वज्ञान प्राप्त कर लेता है। हाँ, यह ध्यातव्य है कि तत्त्वज्ञान का यह आस्वाद योगियों के ब्रह्मास्वाद की तरह स्थायी नहीं होता है। यह अस्थायी होता है क्योंकि जैसे ही भावों का प्रदर्शन समाप्त होता है आस्वादक का चित्त पुन: निर्वेद से मुक्त होकर जागतिक प्रपंचों में लौट आता है।

रतिशोकादि की परिकल्पना यद्यपि इन्द्रिय बोध के तल पर प्रारंभ होती है किन्तु उसका चरमोत्कर्ष, उसका पर्यवसान आनंदरूप अनुभूति अतीन्द्रिय बोध के तल पर होती है और अतीन्द्रिय अनुभूतियों में भेद नहीं हुआ करते, वह एक अखंड अनुभूति होती है। यह शान्तरस या महारस निर्विघ्न आत्मप्रतीति है जो चित्तवृत्तियों के सामंजस्य की दशा है। अतः उस दशा में कोई भेदबुद्धि नहीं रह जाती है। मेरी सीमित मति में जो समाया उसे मैंने आपके समक्ष उपस्थापित कर दिया। अब आप इसका विवेचन समीक्षण करें, गुण-दोष परीक्षण करें जिससे यह विचार और भी निखर सकेगा। इति शम्।"

आचार्य का व्याख्यान समाप्त हुआ तो आचार्य विजयेश्वर ने उनके प्रति कृतज्ञता के वचन कहे–

"आचार्यपाद! आपके व्याख्यान से तृप्ति ही नहीं होती। ऐसा अभिलाषा होती है कि आपको सुनता ही रहूँ। आपके प्रवचन से ऐसा प्रतीत हुआ जैसे माँ शारदा आपके स्वरूप में स्वयं प्रकट हुई हैं। आपके लोचनभाष्य की हमें प्रतीक्षा रहेगी। विद्यापीठ आपके आगमन से धन्य हो जाता है आचार्यपाद! इसी प्रकार पुनः-पुनः यहाँ पधारकर अपनी सारस्वत साधना के अंशदान से विद्यापीठ को आप समृद्ध करते रहें। हम सभी कृतज्ञ हैं आपके।"

कुलगुरु आचार्य विजयेश्वर ने कृतज्ञता प्रकट की और सभा विसर्जित हुई। एक मास बीत चला। अभिनव अपने शिष्यों के साथ वापस प्रवरपुर लौट आए।

(33)

श्रृंगेरी के निकट उस गाँव की धूल भरी पगडंडी पर एक सत्तरवर्षीय साधक अपनी अस्थिर किन्तु दृढ़ पदचापों के साथ बढ़ता चला जा रहा था। सूर्य की तपन से झुलसी भूमि, दूर क्षितिज पर अनजानी दिशाओं तक प्रसरित सांध्यवेला की उस लालिमा पर दृष्टि डाले सतत गतिमान उस वृद्ध की आँखों में एक ही अभिलाषा थी– शास्त्रज्ञान की प्राप्ति की अदम्य अभिलाषा। उसके मन में केवल एक नाम प्रतिध्वनित हो रहा था– अभिनवगुप्त। कश्मीर के महान आचार्य तंत्र, दर्शन और काव्यशास्त्र के अप्रतिम मर्मज्ञ, जिनकी ख्याति देश-देशांतर में फैल चुकी थी। वृद्ध का नाम था– मधुराज। कहते हैं, जब आत्मा किसी सच्चे प्रकाश की ओर बढ़ती है, तो उसे न थकान रोक सकती है, न ही अवरोध। मधुराज भी उसी प्रकाश की खोज में थे। श्रृंगेरी के किसी छोटे से गाँव से वे चले थे– न कोई सवारी, न कोई सहचर। उनकी थकान उनके झुके हुए शरीर पर स्पष्ट थी, पर उनकी आँखों में चमकती आशा ने हर क्लांति को तुच्छ कर दिया था। मार्ग में पर्वत आए, नदियाँ आईं, घने वन और मरूभूमि के शुष्क सैकत समुद्र भी आए, किंतु उनके हृदय में बसी आचार्य अभिनवगुप्त के दर्शन की अदम्य लालसा ने अगम्य में भी राह बना ली। वह जानते थे, इस यात्रा का अंत उस पुण्यभूमि पर ही होगा जहाँ हिमालय की छाँव में एक दिव्य पुरुष साधना कर रहा था। वह पुरुष थे– आचार्य अभिनवगुप्त। कश्मीर का प्राचीन प्रवरपुर, जहाँ ज्ञान और साधना अपने चरम पर थी। उनकी चेतना एक ही लक्ष्य पर केंद्रित थी– काश्मीर का प्रवरपुर, जहाँ अभिनवगुप्त अपनी साधना और शिक्षाओं से संपूर्ण जगत् को आलोकित कर रहे थे।

महीनों के इस कठिन यात्रा के पश्चात् जब मधुराज ने कश्मीर की पावन भूमि पर प्रथम बार अपने चरण रखे, तो उनके अंतर्मन में एक अनुपम पुलक दौड़ गई। हिमाच्छादित पर्वतशिखरों की गोद में बसा यह दिव्य प्रदेश मानो स्वयं

शिव का निवास था। सँकरे पथ से होते हुए, सरोवरों और वनों को पार कर, वे उस स्थान तक पहुँचे, जहाँ से उन्हें अभिनवगुप्त के दर्शन की आशा थी। वितस्ता की कल-कल करती धारा में जैसे वैदिक ऋचाओं की गूँज थी। देवदारु और चीड़ के लम्बे-लम्बे वृक्ष किसी तपस्वी की तरह मौन खड़े थे। प्रकृति यहाँ मौन में भी संगीत रचती थी। संकरी पगडंडियों, गहन वनों, लहराती सरिताओं और शांत झीलों को पार करते हुए मधुराज अंततः उस स्थान पर पहुँचे, जहाँ उन्हें आचार्य अभिनवगुप्त के दर्शन होने थे।

सूर्य अस्ताचल की ओर उन्मुख थे। ताम्रवर्णी आकाश आज उन्हें बहुत मोहक लग रहा था। उन्हें यात्रा का प्रथम दिवस याद हो आया, जब वे चलते हुए थककर चूर थे और उस दिन भी सूर्यदेव ऐसी ही सिंदूरी आभा बिखेर रहे थे। उस दिन धरती को झुलसा देनवाली भीषण गर्मी से सूर्यदेव जैसे उनकी परीक्षा ले रहे थे। आज भी आकाश को सूर्यदेव उसी तरह अपनी लालिमा से रँग रहे थे पर शीतल मन्द सुरभित बयार से वातावरण मनोमोहक बना था। मधुराज ने सोचा– परीक्षा का परिणाम कितना मधुर और रमणीय है! वे अभिव्यंजना के द्वार पर जा पहुँचे। उनकी साँसें तेज़ थीं, हृदय की गति अप्रत्याशित रूप से बढ़ी हुई। उन्होंने भीतर प्रवेश किया– और तभी उनकी दृष्टि एक तेजस्वी पुरुष पर पड़ी। वह क्षण मानो ठहर गया। तेजस्विता से दमकता सौम्य मुखमंडल, नेत्रों में अपूर्व करुणा तथा प्रज्ञा की चमक बतलाती थी कि वे तेजस्वी पुरुष और कोई नहीं आचार्य अभिनवगुप्त ही थे। मधुराज की आँखें श्रद्धा से छलछला उठीं। वर्षों की कठोर तपस्या, महीनों की कठिन यात्रा, और अंतःकरण में सुलगती ज्ञान की प्यास– सब जैसे उस एक क्षण में तृप्ति की ओर बढ़ चलीं। उनके थके हुए पैर स्वयं को संभाल न सके। काँपते हाथों से उन्होंने आगे बढ़कर आचार्य अभिनवगुप्त के चरणों में अपना मस्तक रख दिया। कुछ पल के लिए आश्रम मौन हो गया। केवल वितस्ता की कलकल गूँज रही थी।

"प्रभो! मैं वयस् से वृद्ध किन्तु नितांत अज्ञानी यात्री, ज्ञान की पिपासा लिए आपकी शरण में पहुँचा हूँ। इस दीन पर अनुग्रह करें भगवन्!" मधुराज की कंठध्वनि भर्रा रही थी, पर शब्द स्पष्ट थे– "प्रभो! शृंगगिरि की माटी से आपके द्वार तक पहुँचने में केवल एक ही अभिलाषा ने मुझे जीवित रखा– आपकी शरण। कृपाकर मुझे अपना शिष्य स्वीकार करें।"

वह स्वर समर्पण का स्वर था जैसे किसी युगों से प्यासे चातक की अंतिम पुकार हो। उस वाणी में विनय और आत्मसमर्पण था। अभिनवगुप्त ने प्रेम से

उन्हें उठाया और स्नेहपूर्ण स्वर में कहा–

"मधुराज! मैं तुम्हारी ही प्रतीक्षा कर रहा था। भगवती शारदा की भूमि शृंगगिरि के सुदूर पावन प्रदेश से चलकर दुर्गम मार्गों को पारकर तुम्हारा यहाँ पहुँचना ही तुम्हारे वज्रसंकल्प का प्रमाण है। यह पिपासा ही तुम्हें यहाँ तक लाई है। ऐसी अदम्य ज्ञान-पिपासा मैंने नहीं देखी। तुम्हारी जिज्ञासा और समर्पण ही तुम्हारे सच्चे गुरु हैं। आओ, इस अपने इस तप का फल अब प्राप्त करो।"

मधुराज अभिनवगुप्त की इस प्रतिक्रिया पर चकित थे कि आचार्य को कुछ भी बतलाने की आवश्यकता नहीं। वे तो नाम, ग्राम, उसके आने का उद्देश्य, सब जानते हैं। तत्क्षण उनके चित्त में विचार कौंधा कि ऐसे ब्रह्मज्ञानी के लिए प्रच्छन्न कुछ भी नहीं और उनका विस्मय निर्मूल हो गया। वह क्षण जैसे दो युगों के मिलन का था। एक ओर ज्ञान की अविरल अनाविल धारा, और दूसरी ओर उस धारा को आत्मसात् करने के लिए तत्पर, समर्पण और साधना के बल से परिपूर्ण एक सच्चा जिज्ञासु। प्रवरपुर की घाटी में वह दिन साक्षी बना– एक गुरु-शिष्य परंपरा के अनूठे मिलन का, जहाँ शब्दों से परे केवल आत्मा से आत्मा का संवाद हो रहा था।

(34)

हिमालय की गोद में देवदार और चिनार की छाया तले अभिव्यंजना की अध्ययनशाला में आचार्य अभिनवगुप्त विचारमग्न बैठे हैं। पहाड़ों के पीछे डूबते सूरज की किरणों की सिंदूरी आभा जैसे धरा को सुहागिन बना रही है। आश्रम के चारों ओर फैली शांति में मंद समीर की सरसराहट और कभी-कभी पक्षियों की धीमी आवाज़ें घुल रही हैं। पक्षी अपने घरों को लौट रहे थे, और मंद-मंद बहते पवन में चंपा के फूलों की सुगंध घुल रही थी। साँझ का धुँधलका छाता देख अभिनवगुप्त अध्ययनशाला से बाहर निकल आए और आश्रम के उपवन में धीरे-धीरे टहलने लगे, लेकिन उनका मन बाहर के इस सौंदर्य को देख नहीं रहा था। वे किसी विचारश्रृंखला में उलझे हुए-से प्रतीत होते थे। उसी उपवन के एक हिस्से में एक विशाल शिंशपा वृक्ष के नीचे अंबा बैठी है– शोकमग्न, अश्रुपूर्ण और विह्वल। उसकी आँखें एक अनंत रिक्तता को देख रही हैं, जैसे जीवन से सारा अर्थ लुप्त हो गया हो। अभी छह माह पूर्व ही अम्बा पर वैधव्य का वज्रपात हुआ है। सहसा सिसकियों की ध्वनि से अभिनवगुप्त का ध्यान भंग हुआ और उन्होंने उस ओर दृष्टि डाली तो देखा कि उनकी बड़ी बहन अम्बा शिंशपा वृक्ष के तले बैठी सिसक रही है। उसके मुख पर पीड़ा और विषाद के भाव स्पष्ट झलक रहे हैं। अभिनव अम्बा की दशा देख कर व्यग्र हो जाते हैं। पिछले छह महीने से उसे ढाढ़स बँधाते, जीवन का दर्शन समझाते अभिनव को प्रतीत होता है कि या तो अम्बा को सांसारिकता ने गहरे जकड़ रखा है अथवा उनके शब्द आश्वस्ति देने में अशक्त हैं। अतीत के चित्रपट उनकी स्मृतियों में जैसे साकार हो रहे हैं - माँ के देहावसान के पश्चात् अम्बा किस तरह वात्सल्य की प्रतिमा बनी उनकी माँ की तरह उनकी देखरेख करती रही। अभिनवगुप्त को सहसा वह हृदयविदारक दिन याद आ गया, जब उनकी आँखों के सामने अग्नि की लपलपाती जिह्वा ने माँ की सुवर्णाभ देह को राख बना दिया था,

नियति ने ममत्व का कोष लूट लिया था, तो बालक अभिनव का हृदय तार-तार हो गया था। भीषण व्यथा के उस क्षण में अंबा ने अपने आँसुओं को रोककर उन्हें शांत किया था। उन्हें अपने गोद में बिठाकर माथा सहलाते हुए कहा था– "अभिनव! धैर्य धरो मेरे अनुज! माँ की रिक्तता कोई नहीं भर सकता, माँ का स्थान तो कोई नहीं ले सकता फिर भी आज से मैं तुम्हारी माँ और बहन दोनों हूँ।" अम्बा ने केवल ये शब्द कहे भर नहीं वरन् अपने उस वचन पर सदा कायम रही। दूसरे को स्नेह का आश्रय देनेवाली आज वही अम्बा कितनी असहाय और निराश्रय-सी प्रतीत हो रही थी।

अभिनव की स्मृतियों में अम्बा के भिन्न-भिन्न रूप उभर रहे हैं- 'वर्ष भर के अध्ययन के लिए गुरुकुल को विदा होते अनुज के वियोग में भरी-भरी आँखों वाली मौन धारे अम्बा', 'ससमय भोजन कराने को थाल लेकर तत्पर रहनेवाली अम्बा', 'शास्त्रों में खोए अभिनव को भोजन और विश्राम की सुधि दिलाती अम्बा', 'विवाह न करने की प्रतिज्ञा पर अपने तर्कों से समझाने वाली अम्बा....', और भी न जाने कैसे-कैसे रूपों वाली इस बड़ी बहन को अभिनव की स्मृति चित्त के चित्रपट पर उकेर रही थी। वह नियति के इस प्रहार से उबर नहीं पाई है। पिता वामनगुप्त पहले ही दिवंगत हो चुके। उसकी माँ ने वैधव्य की पीड़ा का समुद्र पार भी नहीं किया कि अब उसके पति कर्ण ने जीवन के मध्य में ही साथ छोड़ दिया। अभिनव के परिवार को नियति ने विचित्र संरचना दी– पिता असमय विधुर हो गए, ज्येष्ठमाता और बड़ी बहन असमय विधवा हो गईं, स्वयं अभिनव विवाह की चर्चा से भी दूर रहे। कुल में पति-पत्नी का सहभाव देखना जैसे दैव को स्वीकार न था। अतीत को विचारते अभिनव उस ओर चल पड़ते हैं जहाँ अम्बा अकेली बैठी है। वे विचारमग्न धीरे-धीरे चले जा रहे हैं। उनके कदमों में संतुलन है, उनके मुखमंडल पर गहन शांति, करुणा और आत्मज्ञान की झलक है। वे धीरे-धीरे आकर अंबा के पास रुक जाते हैं और कोमल, स्नेह सने स्वर में अम्बा को संबोधित कर कहते हैं -

"भद्रे! यह मौन भी बोलता है। तुम्हारे अश्रुपूर्ण नेत्र और थरथराते होंठ तुम्हारे हृदय में उठते झंझावात को प्रकट कर रहे हैं। पीड़ा और विषाद का अपार पारावार तुम्हारे हृदय में हिलोरें ले रहा है। मैं तुम्हें ऐसी स्थिति में नहीं देख सकता भद्रे! माँ के असमय अवसान के बाद तुमने ही तो मुझे मातृवात्सल्य की छाँव दी। नियति के इस वज्रपात से तुम्हारे हृदय पर क्या बीतती होगी मैं तुम्हारी दशा समझता हूँ, किन्तु विधाता के समक्ष हम सब विवश हैं भद्रे! परमशिव तुम्हें शक्ति दें।"

अंबा ने अभिनव की ओर देखा। वह दृष्टि जिससे बरसों स्नेहनिर्झर झरता रहा, आज उसमें असह्य पीड़ा का पारावार ठाठें मार रहा था। हमेशा अभिनव से बात करते हुए जिसके शब्द शेष न होते थे वह आज जैसे बहुत प्रयास के बाद धीरे से बोल सकी–

"अभिनव, जब जीवन का सर्वस्व लुट जाए, तो मन का सूनापन बहुत गहरा हो जाता है। जिनके साथ हम अपनी हँसी, अपने आँसू बाँटते हैं, जब वही साथ न रहे, तो शब्द भी अनाथ हो जाते हैं। क्या करूँ? कहाँ जाऊँ? भ्रातः! जीवन शून्य हो गया है। लगता है जैसे सब कुछ ठहर गया है। उनकी अनुपस्थिति ने एक चिरस्थायी रिक्तता सिरज दी है, जो मुझे भीतर से तोड़ रही है। जब स्नेह इतना गहरा था, तो यह वियोग क्यों? जब प्रेम इतना सच्चा था, तो यह पीड़ा क्यों? क्या जीवन केवल दुःख और वियोग का नाम है? क्या यही इसका अंतिम सत्य है? ऐसे नीरस अर्थहीन जीवन से अब वितृष्णा हो गई है।"

कहते हुए अंबा सिसकने लगती है। उसकी आँखों से बहते आँसू उसके गालों पर ढुलकते रहते हैं। अभिनव उसकी दशा देख थोड़ी देर मौन रहते हैं फिर कहते हैं -

"भद्रे! तुम्हारा प्रश्न गहन है, और इसका उत्तर उतना ही सूक्ष्म। किंतु इस पीड़ा को समझने के लिए तुम्हें जीवन के वास्तविक स्वरूप को देखना होगा। तुम्हारे पति, जिनसे तुमने इतना स्नेह किया, वास्तव में कौन थे? क्या वे केवल यह शरीर थे, यह नाम, यह रूप? या कुछ और?"

"मैं... मैं नहीं जानती। मैंने उनके प्रेम को उनके शब्दों में, उनके स्पर्श में, उनकी उपस्थिति में अनुभव किया था। उनके बिना यह सब जैसे शून्य हो गया है। जीवन लक्ष्यविहीन हो गया है।"

"यही तुम्हारे शोक का कारण है। तुमने प्रेम को रूप और नाम में बांध दिया– उस देह में, जो क्षणभंगुर है। परंतु प्रेम तो इससे परे है। क्या तुमने कभी सोचा कि वह स्नेह, वह आत्मीयता, जो तुमने अनुभव की; क्या वह इस शरीर से उत्पन्न थी, या उस चेतना से, जो इस शरीर के भीतर प्रकाशित थी? तुम इस पर विचार करो भद्रे! जब शरीर नश्वर है और आत्मा शाश्वत, तो तुमने किसे खोया है? वह प्रेम, वह स्नेह, वह चेतना तो आज भी तुम्हारे भीतर जीवित है।"

"विचार करती हूँ तो ऐसा प्रतीत होता है जैसे मेरे जीवन की सारी संपूर्णता उनके साथ चली गई।"

"भद्रे! यह पीड़ा तब उत्पन्न होती है, जब हम अपनी पूर्णता को बाह्य जगत में खोजते हैं। जब तक तुम स्वयं को अधूरा मानोगी और अपनी संपूर्णता किसी

दूसरे में ढूँढोगी, यह रिक्तता बनी रहेगी। लेकिन जब तुम स्वयं को जानोगी, अपने भीतर स्थित शिवतत्त्व को पहचानोगी तब यह रिक्तता विलीन हो जाएगी। प्रत्यभिज्ञादर्शन में हम यही तो कहते हैं– "चित्तम् एव शिवः"। तुम्हारा चित्त ही शिव है। तुम्हारे भीतर जो चेतना है, वही परमात्मा है। जब तुम इस सत्य को अनुभव करोगी, तब तुम समझोगी कि यह वियोग मात्र एक भ्रांति है। हम कभी किसी से अलग नहीं होते, क्योंकि सब एक ही चेतना के विविध रूप हैं।"

"क्या इस पीड़ा में भी कोई अर्थ है? क्या यह केवल दुःख ही है, या कुछ और?"

"भद्रे! इस पीड़ा को समझो। यह पीड़ा तुम्हें भीतर की ओर ले जाने का साधन है। जब बाहरी दुनिया की सभी आशाएँ छिन जाती हैं, तब हमारी दृष्टि अंतर्मुखी होती है। यही पीड़ा तुम्हें आत्मज्ञान के पथ पर ले जाती है। इसे अस्वीकार मत करो– इसे अनुभव करो, इसे समझो, और इसके पार जाओ।"

"क्या मैं इस शोक को प्रेम में बदल सकती हूँ? क्या यह वियोग साधना बन सकता है?"

"यही तो सच्चा प्रेम है अग्रजे! जो प्रेम मोह और स्वामित्व से परे है, जो देह से परे आत्मा को देखता है, वह प्रेम कभी नष्ट नहीं होता। इस प्रेम को प्रार्थना बना दो, इस स्मृति को साधना बना दो। अपने पति के प्रति अपने स्नेह को समर्पण और सेवा का रूप दो। समस्त सृष्टि के प्रति करुणा का रूप दो। तब यह प्रेम तुम्हें बंधन से मुक्त कर देगा और तुम्हें परमानंद की ओर ले जाएगा।"

"कहने को तुम मेरे अनुज हो किन्तु जीवन का मर्म जितना तुम समझते हो, हम सब नहीं समझते! मुझे दीक्षा दो भ्रातः, नहीं नहीं .....मुझे दीक्षा प्रदान करें आचार्य! इस दृष्टिहीन को मार्ग दिखाएँ!"

"भद्रे! शोक से शांति, वियोग से योग, और प्रेम से परमानंद की यात्रा। इस यात्रा में मैं सदा तुम्हारे साथ हूँ। अपने को पहचानना, आत्म-प्रत्यभिज्ञान ही जीवन का मर्म है....।"

अम्बा को जीवन का मर्म समझाते हुए अभिनव अभिव्यंजना के परिसर में बने आवास की ओर चल पड़ते हैं। मधूलिका द्वार पर बैठी है। अम्बा के मुख पर आश्वस्ति के भाव देख उसे सन्तोष होता है। सूर्य अस्त हो चुका है। तारे झिलमिलाने लगे हैं। घरों में दीप जल उठे हैं। और उन दीपों के प्रकाश में अंबा के मुखमंडल पर अब एक नई शांति झलक उठी है।

(35)

कश्मीर की हिमाच्छादित सुरम्य उपत्यकाएँ उस समय संध्या की मद्धिम आभा में डूब रही थीं। वितस्ता का प्रवाह थम-सा गया था, मानो साक्षी बनना चाहता हो उन मौन क्षणों का, जो शाश्वत होने को थे। उन्हीं उपत्यकाओं के मध्य प्रवरपुर में आचार्य अभिनवगुप्त का आवास और उनकी साधना-कुटी अभिव्यंजना तरुकुंजों और उपवन के मध्य स्थित थी, जहाँ ज्ञान, साधना तप और शान्ति अन्वर्थ होती थी। अभिव्यंजना के पार्श्व में स्थित उपवन चम्पक और केसर की सुवास शरद् ऋतु की मन्द शीतल बयार से सम्पूर्ण उपवन में प्रसृत थी। उपवन में ही एक शिला पर आचार्य अभिनवगुप्त ध्यानावस्थित बैठे थे। उनका मुखमंडल शान्त था, नेत्र अर्धोन्मीलित, जैसे भीतर किसी दिव्य आलोक को देख रहे हों।

आचार्य के समक्ष उनके एक चौहत्तरवर्षीय वृद्ध शिष्य बैठे थे– मधुराजयोगी। आयु के कारण उनकी केशराशि धवल हो चली थी, परंतु नेत्रों में अपार श्रद्धा और ज्ञान की अदम्य पिपासा विद्यमान थी। गुरु के प्रति अटूट श्रद्धा और समर्पण उनकी दृष्टि से छलक रहा था। मधुराजयोगी केवल शिष्य नहीं थे, वे अभिनवगुप्त के परम आत्मीय और सबसे समर्पित अनुयायी थे। थे– उनके ज्ञान, साधना और दर्शन के सच्चे साधक। ऐसे वृद्ध शिष्य और युवा गुरु को देखकर आचार्य आदि शंकर के दक्षिणामूर्ति स्तोत्र की स्मृति हो आती थी- 'चित्रं वटतरोर्मूले वृद्धाः शिष्या गुरुर्युवा'। ज्ञान किसी वय के अधीन नहीं। केशराशि की श्वेतिमा ज्ञानी होने का संकेत नहीं है और ज्ञानवृद्धता के लिए दीर्घ आयु की आवश्यकता नहीं। वयस् और प्रतिभा दोनों के मार्ग विलग हैं।

संध्या की लाली धीरे-धीरे बढ़ रही थी। पक्षियों का कलरव थमने लगा था। मधुराजयोगी ने श्रद्धापूर्वक अभिनवगुप्त के चरणों की ओर देखा और आदरपूर्वक कहा–

"गुरुदेव! मैं अब अपने जीवन के संध्याकाल में हूँ। परंतु आपकी वाणी के प्रभाव से मुझे ऐसा अनुभव होता है, मानो अभी-भी कोई नया सूर्य उदित हो रहा हो। क्या यही परावाक् है, जिसे आपने तन्त्रालोक में वर्णित किया है?"

"मधुराज! तुम्हारी जिज्ञासा सदा ही मुझे आनन्द देती है। परावाक् वह है जो शब्द से परे है, परंतु शब्दों में प्रतिबिंबित होती है। यह वही वाणी है जो शून्य में भी पूर्णता का अनुभव कराती है। जब साधक अपने अंतस् में प्रवेश करता है, तब परावाक् के दर्शन होते हैं।"

"आचार्य! जब आपसे पहली बार मिला था, तब मेरा मन अस्थिर था– शंकाओं और मोह में उलझा। पर आपकी कृपा से धीरे-धीरे सब स्पष्ट होता गया। आपकी छाया में मैंने जो कुछ पाया, वह अमूल्य है, फिर भी एक प्रश्न आज भी मुझे व्याकुल करता है। यदि शिव सर्वव्यापक हैं, यदि वह कण-कण में विद्यमान हैं, तो फिर साधना की क्या आवश्यकता है?"

"प्रिय मधुराज, यह प्रश्न तुम्हारे भीतर की जिज्ञासा और श्रद्धा का प्रतीक है। तुम्हारी साधना ने तुम्हें इस बिंदु तक पहुँचाया है। साधना की आवश्यकता केवल इसलिए है कि हम अपने स्वभाव को भूल गए हैं। शिव हमारे ही भीतर हैं, पर अज्ञान रूपी आवरण ने हमें इस सत्य से दूर कर दिया है। साधना उसी आवरण को हटाने की प्रक्रिया है। जैसे बादल सूर्य को ढँक लेते हैं, पर सूर्य वहीं होता है– वैसे ही साधना के माध्यम से हम इन बादलों को हटाते हैं, और अपने भीतर स्थित शिवस्वरूप का साक्षात्कार करते हैं।"

"लेकिन गुरुदेव, यह अनुभव कैसे प्रकट होता है?"

"भक्ति से, समर्पण से। जब साधक अपने अहंकार को पूर्ण रूप से त्याग देता है, तब शिवस्वरूप प्रकट होता है। भक्ति केवल शब्द नहीं है। यह वह भावना है, जहाँ साधक और साध्य में भेद समाप्त हो जाता है। जब साधक अपने स्वरूप को भुलाकर पूर्णतः शिव में विलीन हो जाता है, तभी अनुभव की पूर्णता होती है।" तत्क्षण मधुराज अतीत में खो गए। उन्हें एक पुराना प्रसंग स्मरण हो आया–

वर्षा की एक रात थी। बाहर शीतल हवा चल रही थी। अभिव्यंजना में बैठे आचार्य अभिनवगुप्त मधुराज से किसी विषय पर चर्चा में तल्लीन थे। शाला का द्वार खुला था। ठण्डी हवा के झोंकों से दीपक की लौ कंपित हो रही थी। मधुराज उनके पास चुपचाप बैठे उनके विचारों को जैसे समाधिस्थ हो सुन रहे थे। तभी एक तेज़ झोंके से दीपक बुझ गया। मधुराज बिना विलम्ब किए उठे। उन्होंने अपने वस्त्र से दीपक को ढँक लिया और किसी तरह उसे दोबारा

जलाया। जब लौ स्थिर हुई, तो उन्होंने देखा– अभिनवगुप्त मंद-मंद मुस्कुरा रहे थे। उन्होंने मधुराज से कहा–

"मधुराज, यह केवल दीपक नहीं है। यह तुम्हारी भक्ति की लौ है। इस लौ को बचाने का जो प्रयत्न तुमने किया, वह तुम्हारे समर्पण का प्रमाण है। जो साधक इतनी संवेदनशीलता से भक्ति करता है, वही शिवत्व को प्राप्त करता है।" गुरु का कृपाप्रसाद पा मधुराज की आँखें नम हो गईं। उन्होंने विनम्रतापूर्वक अभिनवगुप्त के चरणों को स्पर्श किया और विनम्र स्वर में कहा–

"गुरुदेव! यदि इस जीवन में केवल आपकी सेवा ही मेरा धर्म बन जाए, तो निश्चय मुझे सत्य का साक्षात्कार हो जाए।"

"मधुराज! संसार एक प्रतिबिम्ब है– चंचल, क्षणिक और मोहपूर्ण। परंतु जो इसे देखनेवाला है, वह स्थिर है, शाश्वत है। वही चैतन्य, वही शिवस्वरूप सत्यस्वरूप है। जब तक मन इस प्रतिबिम्ब में उलझा रहेगा, तब तक बंधन बना रहेगा। पर जैसे ही दृष्टि प्रतिबिम्ब के पार जाएगी, सत्य का आलोक प्रकट होगा।" अभिनवगुप्त का सधा हुआ गंभीर स्वर था। अभिनव मौन हुए तो वातावरण में निस्तब्धता छाई थी। मधुराज एकाग्र और मौन थे। केवल वितस्ता की चंचल लहरों की स्पष्ट ध्वनि सुनाई दे रही थी। उस सन्नाटे में भी एक अद्‌भुत संगीत था– ज्ञान का, मौन का। मधुराज ने मौन भंग करते हुए आचार्य से प्रश्न किया–

"गुरुदेव! उस पार जाने का मार्ग क्या है? चपल मन सदा विचारों और भावनाओं में उलझा रहता है। इसे कैसे वश में करें?"

"मन को वश में करने की चेष्टा ही सबसे बड़ी बाधा है। जो वश में करने योग्य है, वह स्वभाव से ही अस्थिर है। उसे छोड़ दो। जैसे सूर्य को देखने के लिए दीपक की आवश्यकता नहीं होती, वैसे ही आत्मस्वरूप को जानने के लिए किसी साधन की आवश्यकता नहीं। बस अपने भीतर देखो। वहाँ जो शान्त, उज्ज्वल और अखण्ड है– वही तुम हो।"

आचार्य के शब्द जैसे मधुराज की आत्मा में गहरे उतर गए। उस क्षण, मानो समय थम गया। मधुराज की दृष्टि गुरुदेव के मुखमंडल पर टिक गई। उनकी वाणी में जो मृदुलता थी, उसमें गहराई भी थी। उनके शब्द शब्द नहीं, साक्षात् अनुभव थे। मधुराज ने अपने शेष जीवन को गुरु की शिक्षाओं के प्रचार-प्रसार में अर्पित कर दिया। उनकी भक्ति केवल श्रद्धा नहीं थी– वह कर्म, ज्ञान और समर्पण का अद्‌भुत संगम थी। उनकी हर साँस में गुरु की वाणी थी, हर क्रिया में उनकी आज्ञा। अपने गुरु आचार्य अभिनवगुप्त के स्वरूप को

उन्होंने अपने मन-प्राणों पर जैसे अंकित कर लिया था, उनकी आत्मा को अपने हृदय से एकाकार कर लिया था। उनकी स्तुति करते हुए मधुराज ने गुरुनाथपरामर्श नामक ग्रन्थ की रचना की और कहा-

"आचार्य! आपके द्वारा रचे गए सिद्धांत जैसे शिष्यों के हृदय पर अंकित हैं और अन्य लोगों का लिखा तो जल के तल पर का लेखन है। भगवन्! आपकी वाणी से प्रस्फुटित मंजरी की सुरभि न केवल वर्तमान को सुरभित करती है वरन् अतीत और अनागत को भी अपने प्रभाव में ले लेती है। जब से आपने भववासना के रोग का भंजन करने वाला अंजन ने मेरी आँखों में लगा दिया तबसे मेरी दृष्टि निर्मल, निःसंग और निर्बाध हो गई है- 'अंजनेन हृदये ममांजिते भंजनेन भववासनारुजाम्....।"

मधुराज की निर्मल निश्छल भक्ति से आचार्य प्रसन्न होकर बोले-

"मधुराज! चित्त की यही निर्मलता और निश्छलता जीव को शिव से मिलाती है। प्रपंच और अहंकार के आवरण ओढ़े जीव को शिव नहीं मिला करते। तुम्हारा मार्ग निष्कंटक है। शुभम्भूयात्।"

आचार्य का आशीर्वाद पाकर मधुराज का चित्त विगलित हो उठा। उनकी आँखों की कोरों से आँसुओं की बूँदें ढुलक पड़ीं। उन्होंने आचार्य के चरणों में अपना मस्तक झुका दिया।

ऐसी तरल स्मृतियों के सागर में डूबते उतराते मौन मधुराज की आँखों की कोरों से आँसू ढुलक रहे थे। उसे यह भी ध्यान नहीं रहा कि सामने उसके गुरु अभिनवगुप्त बैठे उससे बातें कर रहे हैं। आचार्य अभिनवगुप्त उस विगलितहृदय शिष्य को मौन बैठे निहारते हुए मन ही मन कह रहे थे- 'वेद्यान्तरसंपर्कशून्यता का क्षण'।

(36)

अभिव्यंजना के चारों ओर खड़े चिनार के लाल-पीले पत्तों से भूमि ढँकी थी। शाखाओं पर पक्षियों की मण्डली अपनी गोष्ठी में मग्न थी। अभिव्यंजना से फूटती सांगीतिक स्वरलहरियों से पक्षियों का कलरव जैसे प्रतिस्पर्धा कर रहा था। मध्याह्न होने में अभी एक प्रहर शेष था। अभिव्यंजना का प्रशाल शिष्यों से भरा था। प्रथम पंक्ति में बैठे मन्द्र, श्रीभट्ट, यशोवर्धन, क्षेमेन्द्र आदि शिष्यगण आँखें बंद किए अपने गुरु की स्वरसाधना से स्वयं को एकाकार करने का प्रयास कर रहे थे। *'व्याप्तचराचरभावविशेषं चिन्मयमेकमनन्तमनादिं भैरवनाथमनाथशरण्यं मृत्युयमान्तककर्मपिशाचैर्नाथ नमोऽस्तु न जातु बिभेमि....'* भैरवस्तुति की यह स्वरलहरी अभिव्यंजना के प्रांगण में गुंजायमान थी। आचार्य अभिनवगुप्त के शिष्य अपने गुरु के स्वर में स्वर मिलाकर उसे तन्मयता के साथ गा रहे थे। आसन पर विराजमान अभिनवगुप्त की उंगलियाँ गोद में रखी वीणा के तन्त्रियों पर एक सुनिश्चित लय में निरंतर थिरक रही थीं। उनकी आज्ञापालन को तत्पर दो शिवदूतियाँ उनके दोनों पार्श्व में खड़ी थीं। सामने मधु का चषक रखा था। धुआँते अगुरु-देवदार की सुगंध पूरे वातावरण को सुरभित कर रही थी। आचार्य की आँखें बन्द थीं और अधर स्वरों से विकम्पित। शिष्यमण्डली में उनकी बहन अम्बा भी थी। दो वर्ष पूर्व उसके पति का निधन हो गया था। असमय वैधव्य के वज्रप्रहार से वह दो वर्षों तक वह विचलित और अशांत रही, फिर अभिनव ने उसे ज्ञान का मार्ग दिखलाया। उसने अपनी सांसारिक वृत्तियों का परित्याग कर दिया और अपने अनुज अभिनव की शिष्या बन गई। अभिनव की ज्येष्ठमाता मधूलिका भी अभिनव के शरण में आ गई। भैरवस्तोत्र का संगीतमय पाठ संपन्न हुआ तो लगभग एक घंटे की इस दिव्य साधना से अभिनवगुप्त व्युत्थित हुए और बोले-

"शिष्यवृन्द! जिसके चित्त में शिवस्वरूप प्रकाश का प्रसार हो जाता है

उसकी अज्ञानग्रंथियाँ कट जाती हैं, वह बन्धन से छूट जाता है। ज्ञान का दिव्य प्रकाश जब अज्ञान के तिमिर को ग्रस लेता है तब वह व्यक्ति किसी भी सांसारिक भय से, मृत्यु के भय से भी भयभीत नहीं होता। यह दिव्य प्रकाश ही परमशिव है जिसमें सम्पूर्ण चराचर जगत् की सत्ता विराजमान है।"

"आचार्य! इस शिवस्वरूप को जीव कैसे प्राप्त कर सकता है?" अम्बा ने प्रश्न किया।

"भद्रे! जब अज्ञान पूर्णतः उच्छिन्न हो जाता है तब जीव पूर्ण और परमात्मस्वरूप को प्राप्त कर लेता है। जीव में शिव के अभेद की यह दशा मानवीय शब्दों में नहीं बाँधी जा सकती। यह केवल अनुभव का विषय हो सकती है जब जीव इस अवस्था में पहुँच जाता है तब जगत् का बोध या उसकी स्मृति भी उसे नहीं रहती।"

"इस अभेददशा को प्राप्त करने के लिए चित्त में कैसे परिवर्तन अपेक्षित हैं?" अम्बा ने पुनः प्रश्न रखा।

"अज्ञान से उच्छिन्न हो जाने पर निर्मल चित्त स्वयं उसका संकेत करता है भद्रे! जैसे कोई शिशु नौ माह तक गर्भ में धारण करनेवाली अपनी जननी को बिना किसी सहायता के स्वतः अपने सहजज्ञान से पहचान लेता है वैसे ही जब सत्य के लिए, परम शिव के लिए चित्त में प्रबल पिपासा जगती है तो उस परमशिव का साक्षात्कार हो जाता है। शास्त्रविहित स्वरूप से उसके स्वरूप की तुलना करने की आवश्यकता नहीं रह जाती। शिव को पाने की जो व्यग्रता है, पर्युत्सुकता है वही साधन है। जो जीव यथार्थतः व्याकुल होकर परमशिव की खोज करता है, शिवस्वरूप ईश्वर उससे प्रच्छन्न नहीं रह पाता। जब तक संसार के संकल्प विकल्पों में चित्त भटकता रहता है तब तक शिवोऽहं की आनंदानुभूति नहीं हो सकती। जैसे गहन निद्रा की अवस्था में क्षण मात्र के लिए ही लेकिन सांसारिक द्वंद्व पीछे छूट जाते हैं और चित्त सुषुप्ति में गहरे डूब जाता है। उस गहन सुषुप्ति से जागे हुए व्यक्ति से कोई उसकी अनुभूति पूछे तो वह कहता है कि आनंद में निमग्न था। उसे कोई सविकल्पक ज्ञान नहीं रहता। उसका चित्त आनंद के पारावार में निमग्न होता है जिसकी निर्विकल्पक स्मृति उसे जागने के बाद भी रहती है। स्वयं के शिवस्वरूप का प्रत्यभिज्ञान जब हो जाता है तो वह व्यक्ति इस संसार का व्यक्ति नहीं रह जाता। वह शैवानन्दलहरी में निमग्न हो जाता है।"

"आचार्य! निद्रा की अवस्था में तो स्वप्न हमारे चित्त को झकझोरते रहते हैं तो फिर संसार से मुक्ति कहाँ होती है?"

"वह सुषुप्ति की दशा नहीं है भद्रे! वह स्वप्न की अवस्था है। मन की वासनाओं का विलास स्वप्न में झलकता रहता है। चित्त की निर्द्वंद्व दशा में ही विशुद्ध निद्रा का प्रवेश हो सकता है। जाग्रत अवस्था में जो भोग प्राप्त नहीं होते तो मन उन्हें स्वप्नों के माध्यम से साधने का प्रयत्न करता है। स्वप्न हमारे चिन्तन का प्रतिबिम्ब है, हमारी अपूर्ण आकांक्षाओं की छद्म परितृप्ति है। आँख खुलते ही स्वप्नावस्था के भोग विलुप्त हो जाते हैं। अभ्यास और वैराग्य से मन को साधने का प्रयत्न करना चाहिए तभी वह निर्मल और निर्द्वंद्व बन पाता है।"

"तो, इसका अर्थ ये हुआ कि सुषुप्ति और समाधि में समानता है?"

"नहीं, सुषुप्ति परवश निद्रा है और समाधि स्ववश निद्रा। सुषुप्ति तमोगुण से आच्छादित है और समाधि सत्त्वगुण से।"

बिखरी कुन्तलराशि वाली अम्बा की दृष्टि अभिनव पर टिकी थी। जीव और शिव के अभेद और उस अवस्था के प्रत्यभिज्ञान, चित्त की दशाओं का ऐसा विवेचन सुनकर वह चकित और आनंदित थी। उसे जीवन का मर्म अब समझ आ रहा था। उसने सोचा कि वयस् में उससे छोटा उसका भाई कितना ज्ञानी है जिसने अल्पवय में ही जीवन का मर्म गहरे समझ लिया है।

(37)

मध्याह्न का समय निकट था। प्रवरपुर की शांत उपत्यकाओं में सूर्यदेव अपना तेजस्वी साम्राज्य फैला चुके थे। उनकी किरणें कुंकुमधरा के रौप्यमय पर्वतशिखरों को सुनहरी आभा में नहला रही थीं। देवदार के वृक्ष स्थिर खड़े जैसे किसी गहरे ध्यान में लीन थे। दूर-दूर तक पसरी शांति को बस पत्तों की सरसराहट और कहीं दूर बहते झरने की मृदुल ध्वनि ही भंग कर रही थी। हरिपर्वत की एक शिला पर, अभिनवगुप्त ध्यानमग्न बैठे हैं। वे पद्मासन में स्थित हैं। उनकी मुद्रा स्थिर, अडिग और शाश्वत है, मानो स्वयं कैलाश पर्वत का स्थैर्य उनमें समाया हो। उनके शरीर की संरचना देखने में कोमल और क्षीण है, लेकिन उसमें एक अद्वितीय तेज और ओजस्विता है। नेत्र बंद हैं, लेकिन उनकी बंद पलकों के पीछे एक अनंत दृष्टि है– ऐसा लगता है जैसे वे बाहरी संसार को त्यागकर भीतर के ब्रह्मांड में विचरण कर रहे हैं। उनके होंठों पर एक हल्की, अद्‌भुत मुस्कान है– वह मुस्कान, जो आत्मसाक्षात्कार, ध्यान और परमानंद के चरम को पाकर स्वतः ही उत्पन्न होती है। उनकी जटाएँ माथे पर मुकुट की भाँति सजी हैं। उनके कानों में कुंडल झूल रहे हैं। कन्धों से लहराता एक धवल उत्तरीय, उनके सत्यान्वेषी धवल व्यक्तित्व को दर्शाता है। उनके गले में रुद्राक्ष की माला है, जो उनकी शिव-साधना की निरंतरता को प्रकट करती है। हाथ ध्यानमुद्रा में स्थित हैं– दायाँ हाथ गोद में, अँगुलियाँ ज्ञानमुद्रा में, मानो वे साक्षात् ब्रह्म को स्पर्श कर रहे हों। बाँया हाथ हृदय के समीप है, इस भाव के साथ कि वे चैतन्य के सबसे सूक्ष्म स्पंदन को ग्रहण कर रहे हैं। उनकी साँसें इतनी मंथर और स्थिर हैं कि लगता है जैसे शरीर और आत्मा का भेद विलीन हो गया है। वे स्वयं शून्य में विलीन हो चुके हैं– उनके शरीर की उपस्थिति केवल प्रतीकमात्र है, उनका चैतन्य अनंत ब्रह्मांड में विचरण कर रहा है।

आज उन्होंने हरिपर्वत पर सभी शिष्यों को आमंत्रित किया था। लगभग

बारह सौ शिष्यों, अनुयायियों का समूह उनके चारों ओर एकाग्रचित्त होकर बैठा था। कई दिनों से गुरु के संकेतों से उन्हें लग रहा था कि आज का दिन कुछ विशिष्ट है जिसमें गुरुदेव के किसी अलक्षित स्वरूप का साक्षात्कार होगा। ध्यानस्थ अभिनवगुप्त के आयत ललाट पर दमकता अद्भुत तेज जैसे ऊपर आकाश में भासमान सूर्य के तेज से प्रतिस्पर्धा कर रहा था। कुछ क्षणों बाद अभिनवगुप्त अपनी समाधि से व्युत्थित हुए और आँखें खोलीं। उनकी दृष्टि दूर किसी अज्ञेय क्षितिज को देख रही थीं– उस क्षितिज को, जहाँ शब्द मौन में विलीन हो जाते हैं, जहाँ तर्क का भाव में लय हो जाता है और जहाँ समस्त द्वंद्व शिवत्व में समाहित हो जाते हैं। उनके चेहरे पर अद्भुत शान्ति विराजमान थी– एक ऐसी शांति, जिसमें अपार ज्ञान और अनुभव का प्रकाश झलक रहा था। उन्होंने धीरे-से अपनी वीणा उठाई और उसके तारों को छुआ। जैसे ही वीणा की पहली ध्वनि गूँजी, सारा वातावरण दिव्यता से भर उठा। उन्होंने भैरवस्तोत्र का पाठ शुरू किया। जब कभी भी वे दिव्य आनन्द की चरम अवस्था का साक्षात्कार करते तो इसी तरह वीणा की तंत्रियों को झंकृत कर भैरव की स्तुति करते। अभिनवगुप्त की आँखें बंद हैं और उंगलियाँ वीणा के तारों पर अविरत गति से अपनी वर्षों की चिर-परिचित शैली में थिरक रही हैं मानो वे भी अपनी समाधि की अवस्था में हैं। उनके कंठ से फूटते स्तुति के शब्दों की गंभीर लयबद्ध ध्वनि पर्वत की उपत्यकाओं से टकराकर सारे वातावरण में व्याप्त हो रही थी– *'चिन्मयमेकमनन्तमनादिं भैरवनाथमनाथशरण्यं. …../'* आचार्य की कंठध्वनि और उसका अनुगमन करती वीणा की झंकृति ने जैसे प्रकृति को भी स्थिर कर दिया। पक्षी चुप हो गए, हवा ठहर गई। उनके चित्रलिखित से शिष्य मंत्रमुग्ध होकर इस दिव्य संगीतमय साधना में डूब गए। उनके शब्दों में भैरव की महिमा की गूंज थी। संगीत और स्तोत्र का यह संयोग ऐसा लग रहा था, मानो स्वयं भैरव प्रकट हो रहे हों। शिष्य भाव-विभोर हो गए। कुछ की आँखों से अश्रुधारा बह रही थी, तो कुछ ध्यानमग्न थे। उस क्षण ऐसा प्रतीत होता था जैसे भैरवनाथ की उपस्थिति साकार हो उठी है। कुछ देर बाद, अभिनवगुप्त ने वीणा हाथ में ली और उठ खड़े हुए। उनके चेहरे पर एक गहरी शांति थी, मानो वे किसी अलौकिक यात्रा के लिए तैयार हों। उन्होंने शिष्यों से धीरे से कहा–

"वत्सवृन्द! समय आ गया है।"

शिष्यों के मुख पर विस्मिति की रेखाएँ उभर आईं। वे चौंककर एक-दूसरे को देखने लगे। मधुराज, क्षेमेन्द्र, श्रीभट्ट, यशोवर्धन आदि प्रमुख शिष्य आगे

बढ़े। श्रीभट्ट ने आशंकित स्वर में उनसे पूछा–

"कौन-सा समय गुरुवर? आप किसकी बात कर रहे हैं भगवन्?"

अभिनवगुप्त के अधरों पर मन्दस्मिति छलक आई। उन्होंने शिष्यों की ओर स्नेहिल दृष्टि डाली और बोले–

"उस यात्रा का समय, जिसका अंत नहीं। जहाँ शब्द मौन में विलीन हो जाते हैं और स्वर अपनी पूर्णता को प्राप्त करते हैं, अपनी पराकाष्ठा में विलीन हो जाते हैं। वत्स! यह वह यात्रापथ है जिस पर प्रत्येक प्राणी को जाना है। यह यात्रा बाहर की ओर नहीं, भीतर की ओर है। यह समय है आत्मा के परमशिव से मिलन का, यह समय है चेतना के अपने मूल स्वरूप में लौटने का। भैरव का साक्षात्कार समीप है।"

शिष्यों के चेहरों पर चिंता और श्रद्धा का मिला-जुले भाव थे। एक अन्य शिष्य ने काँपते स्वर में पूछा–

"गुरुदेव, क्या आप हमसे दूर हो जाएँगे?"

"वत्स! मैं कभी दूर नहीं जाऊँगा। जब-जब तुम आत्मा के मौन में गहरे उतरोगे, जब-जब इस संसार के कोलाहल से परे जाकर अपने भीतर शुद्ध चैतन्य का साक्षात्कार करोगे तो मैं तुम्हें वहाँ मिलूँगा। मैं इस शरीर से नहीं चेतना से जुड़ा हूँ। जब-जब तुम सत्य, प्रेम और ज्ञान के पथ पर चलोगे तुम्हें मेरा सान्निध्य प्राप्त रहेगा। तुम सदा मेरे साथ रहोगे। मेरे विचारों में, मेरे शब्दों में, भैरव के इस अनंत नाद में। चलो, आज उस द्वार तक चलते हैं, जहाँ से केवल आत्मा आगे बढ़ती है।"

अभिनवगुप्त आगे बढ़े। उनके पीछे उनके बारह सौ शिष्यों का समूह श्रद्धा और भक्ति के साथ चल पड़ा। मार्ग में प्रवरपुर के निवासी चकित नेत्रों से इन सबको निहार रहे थे। उन्हें प्रतीत नहीं हुआ कि आचार्य आज अपनी अंतिम यात्रा पर हैं स्यात् वे उन्हें रोक लेने का प्रयास करते। अभिनव प्रायः अपने शिष्यसमूह के साथ इस तरह गाते हुए यात्रा करते कहीं भी जाते दिख जाते थे। वे भैरवस्तोत्र का गान करते रहे और रास्ते भर वीणा की स्वरलहरियाँ निर्झर की तरह अविराम गति से झरती रहीं। भावविह्वल शिष्यवृन्द भी अपने गुरु के स्वर में स्वर मिलकर उस परमशिव की आराधना का गीत गाते चल रहे थे। कोई अन्यथा शब्द उनके कंठ से फूटता ही न था। उनकी चेतना में केवल एक ही अनुभूति थी– गुरु के साथ अंतिम यात्रा की अनुभूति। पर्वत, उपत्यका, निर्झर, वृक्ष, पक्षी सब इस दिव्य यात्रा के साक्षी बन गए थे। हरिपर्वत से लगभग आठ कोस की दूरी तय करने के बाद वे भैरवगुफा के द्वार पर पहुँचे। गुफा के मुख

पर एक अद्‌भुत ऊर्जा थी। शिष्यों के मन में अज्ञात आशंका थी, लेकिन भक्ति और विश्वास ने उनके मन को स्थिर रखा।

अभिनवगुप्त ने शिष्यों की ओर दृष्टि डाली और बोले–

"यात्रा कभी समाप्त नहीं होती। केवल रूप बदलता है। जो आज अंत प्रतीत होता है, वह केवल एक नया आरंभ है। मैं इस नाद में, इस भैरव के अनंत संगीत में जीवित रहूँगा।"

कहकर वे फिर भैरवस्तुति के पद गाने लगे। उनका स्वर गुफा की दीवारों से प्रतिध्वनित हो रहा था। उन्होंने गुफा में प्रवेश किया। उनके पीछे उनके सभी शिष्य चले। वीणा की मधुर ध्वनि और स्तोत्र का पाठ धीरे-धीरे क्षीण होता गया। कुछ ही क्षणों में गुफा में प्रवेश करने वाले सब अंतर्धान हो गए और हिमालय की चोटियों पर एक अनहद नाद गूँज उठा। कन्दरा के बाहर केवल सन्नाटा था। पर्वत स्थिर थे, हवा रुक गई थी, पक्षी मौन थे, मानो सारा ब्रह्मांड इस अलौकिक क्षण को नमन कर रहा था।

❑❑❑

www.ingramcontent.com/pod-product-compliance
Lightning Source LLC
LaVergne TN
LVHW090350051026
849518LV00006B/2093
9789358690170